フォルは毅然として周囲の〈ネフェリム〉たちを睥睨した。
それから、大きく深呼吸をしてから声を張り上げる。
「私の名はウォルフォレ！
お前たちの身を預かる〈魔王〉」
魔王の俺が奴隷エルフを嫁にしたんだが、どう愛でればいい？

不器用な親子の語らいは
チェス盤を挟んで――

守銭奴の少女は、街を見下ろす
橋のひとつに腰掛ける。
そんな少女のすぐ横に、
すっと桃色の花が差し出される。
「――美しいお嬢《レディ》さん。
財宝集めも、時と場合を
考えた方がよろしいですぞ？」
「あは、気安く間合いに
入らないでもらえます？
グラシャラボラスさん」

魔王の俺が奴隷エルフを嫁にしたんだが、どう愛でればいい？15

手島史詞

HJ文庫
1013

口絵・本文イラスト　ＣＯＭＴＡ

Contents

魔王の俺が奴隷エルフを嫁にしたんだが、どう愛でればいい？
ザガン
本作の主人公。
幼いころとある魔術師に実験用として攫われ、逆に魔術師を暗殺してその財産と知識を手に入れた。
ネフィに一目惚れして買い取るが、初めて人に好意を持ったためにどう扱っていいのか悩んでいる。
ネフィ
白い髪を持つ珍しいエルフの少女。愛称はネフィ。魔力の高いエルフの中でも際立って魔力が高く、
“呪い子”として扱われていた。自分のことを「必要だ」と言ってくれたザガンに少しずつ好意を抱いていく。

バルバロス

ザガンの悪友。魔術師としての腕はかなりのもので、次期<魔王>候補の一人であった。シャスティルのポンコツっぷりに頭を悩ませながらも放っておけない。

シャスティル・リルクヴィスト

聖剣の継承者で聖剣の乙女と呼ばれる少女。剣の達人だが真面目すぎて騙されやすい。近頃は護衛役の魔術師バルバロスとの仲を周りに疑われているが絶賛否定中。

ネフテロス

ネフィによく似た容姿の魔術師で、その正体は魔王ビフロンスに造られたホムンクルス。
ビフロンスから離反した後は教会に身を寄せている。

フォル

賢竜オロバスの子で現<魔王>でもある少女。ザガンとネフィの養女となり、二人に溺愛されてとてつもない勢いで成長中。

アルシエラ

夜の一族の少女。実は悠久の時を生きており、ザガンを<銀眼の王>と呼ぶ。失われた歴史について把握しているが、何らかの理由で答えられない模様。

アスラ

シアカーンによって作られた<ネフェリム>の一人。その正体は1000年以上前にアルシエラと行動を共にした少年兵。

CHAR

プロローグ

「ときが来た」

魔王殿深奥《まおうでんしんおう》にて。ザガンはマントを翻《ひるがえ》すと〈魔王《まおう》〉の威厳《いげん》さえ込《こ》めてそう宣言した。

シアカーン、そしてビフロンス。恐《おそ》るべき〈魔王〉たちとの戦いを制し、万難《ばんなん》を排《はい》してついぞこのときを迎《むか》えたのだ。

「これより、ネフィの誕生日プレゼントを作成する！」

そう。ザガンの誕生日を祝ってもらってから数日。来月にはネフィの誕生日が迫《せま》っているのだった。日数にして四十日以上あるものの、到底《とうてい》油断できる時間ではない。

内からこみ上げる強大な魔力《まりょく》を抑《おさ》えきれないザガンと、ひとり向き合うのは仮面の〈魔王〉ナベリウスである。

ザガンが見上げるほどの巨躯《きょく》。鋼のような筋肉を震《ふる》わせ、ナベリウスはうなるように言った。

「あんたたちさあ、いくらなんでもあたしのこと便利に使い過ぎじゃないかしらあ？」

〈魔王〉ナベリウスの通り名は《魔工》――この時代に於《お》いて魔法銀《ミスリル》を精製できる唯一《ゆいいつ》の魔術師《まじゅつし》である。

元々は異界に消えた〈魔王〉フルカスの救助を依頼《いらい》にきたのがこの男なのだが、それをいいことにザガンたちはあれやこれやと物作りを押《お》しつけているのだった。

ザガンは嘆《なげ》かわしいと頭を振《ふ》ると、ビシッと人差し指を突《つ》き付ける。

「女々《めめ》しいぞ〈魔王〉ナベリウス！　この俺《おれ》が嫁《よめ》のプレゼントに手を抜《ぬ》く男と思ったか」

「女々しくてなにが悪い。心は乙女《おとめ》だ」

どこまでも野太く男らしい声だった。仮面の奥《おく》では深紅《しんく》の瞳《ひとみ》が怒《いか》りに震えている。

「そう……なのか？　それはすまなかった」

これにはザガンも素直《すなお》に謝《あやま》った。

――やはり理解できんが……。

ナベリウスの正体は魔眼族《イビルアイ》と呼ばれる魔獣《まじゅう》の一種だが、その人化の方法は娘《むすめ》のフォルと同種のものである。つまり他者に化けているわけではなく〝彼《かれ》らが人間ならばこうだった〟という姿に変換《へんかん》されているのだ。

なのでザガンも筋肉質な容姿には触《ふ》れないよう気を遣《つか》ったのだが、性別的には立派な男らしい。なぜ女のように振る舞《ま》うのかは理解できない。

とはいえ、別に理由を知りたいわけでもないのでザガンは引き下がる。理解はできないが、この男にはきっと大切なことなのだろう。

話を元に戻《もど》して、ザガンは首を傾《かし》げる。

「ふむ。ネフィが指輪を作ってもらったとは聞いているが、他になにかあったか？」

今回のプレゼントはなにも全部ナベリウスに任せるわけではない。あくまで協力を仰《あお》いだだけのことであり、報酬《ほうしゅう》も用意するつもりだ。批難される謂《い》われはない。

なのだが、ナベリウスはひとつしかない瞳を批難がましく向けてくる。

「あんた、魔法銀《ミスリル》のチェス盤《ばん》とかもらわなかった？」

「……ああ、そういえばもらったな」

返事が苦くなったのは、それがとある少女からの贈《おく》り物《もの》だったからだ。

吸血鬼《きゅうけつき》アルシエラ――ザガンの母親である。

しかし初めて知る母親というものをどう受け止めればいいのか、ザガンはまだその答えを出せていなかった。

「あれも、もしかして貴様が作ったのか？」

「他に誰《だれ》があんなもん作れると思うのう？」

チェスの駒《こま》は全部で三十二ピース。さらにザガンがもらったそれはチェス盤さえも魔法銀《ミスリル》製だったのだ。駒の一ピースですら城がいくつも建つような値打ちがある。となると、ナベリウスが文句をこぼすのは無理もない。

にも拘《かか》わらず、愚痴《ぐち》りながらもこの男がザガンの無理難題を呑《の》んでいるのは、相応の弱みがあるからである。

――ナベリウスはシアカーンの〈刻印〉を〝紛失《ふんしつ》〟した。

先の戦は〈魔王〉が四席も交代するほどの事件に発展した。うち三つはザガン側で確保しているが、残る最後のひとつ――本来ならばバルバロスが継承《けいしょう》するはずだったシアカーンの〈刻印〉だけは行方《ゆくえ》知れずとなっていた。

その〈刻印〉を管理していたのがこのナベリウスであり、ザガンはそれを追及しないことを対価に今回の依頼を持ちかけているのだった。愛しい嫁《ネフィ》への誕生日プレゼントは、それを天秤《てんびん》にかけるだけの価値があるのだから。

――それに、あの〈刻印〉を誰が持ち去ったのか、見当が付かんわけでもないからな。

ゆえに、ザガンは余計な追及はせずに腕《うで》を組んでうなる。

「なるほど。あのチェス盤は確かによい品だった。それだけに、俺は貴様の腕を高く評価しているつもりだ」

もらったチェス盤はもちろん嬉《うれ》しかったし、毎晩ラーファエルやフォルと対局しているほど気に入っているのだ。

その答えに、ナベリウスも気をよくしたように笑う。

「ふん！　あんたのそういう素直なところ、嫌《きら》いじゃないわよう」

「ふっ。俺も貴様の腕以外は吐《は》き気《け》がする程度には嫌いだ」

まったくかみ合っていないまま固《かた》い握手《あくしゅ》を交《か》わすと、ふたりの〈魔王〉は合作の魔道具開発に取りかかるのだった。

と、そこでナベリウスがふと思い出したようにつぶやく。

「でもザガン、大事な宝ものがあるなら宝物庫くらい持つべきよう。なんでもかんでも亜《あ》空間《くうかん》に収納してるようじゃ、コレクターとしては評価に値しないわよう」

「ふむ、宝物庫か。考えたことがなかったな」

　確かに〈魔王〉としてそれくらいは持っておくべきかもしれない。ネフィの誕生日プレゼントや、まだ渡《わた》せていないが結婚《けっこん》指輪だってあるのだ。他にはフォルたちがくれた贈り物や、ネフィの〈封書《ふうしょ》〉なども収納すべき宝だろう。

　ナベリウスが呆《あき》れたように頭を振る。

「魔王殿《まおうでん》なら宝物庫のひとつくらいあるでしょう？」

　ああ、とザガンは頷《うなず》くと、事もなげにこう答えた。

「確かにあるが、開放しているから別に誰でも入れるぞ」

「ふぁっ？」

　それは誰でも《最長老》マルコシアスの遺産を手に取ることができるということだ。もちろん、持ち出しには相応の制限をかけてあるが。

　——用途《ようと》も正体もわからんような品も珍《めずら》しくないからな。

　ナベリウスは唖然《あぜん》とするも、ザガンはそもそもマルコシアスの遺産を管理解析《かいせき》するためここに配下の大半を配置しているのだ。人が入れないのでは意味がない。

　——魔術師にとっての宝は書であり智《ち》だからな。

宝物庫の財宝にはさほど価値はない。むしろ触れると危険なものを入れてある場合の方が多いだろう。だから配下が望めば、恒久的《こうきゅうてき》な解析データと引き換《か》えにそのまま与《あた》えることもあるくらいだ。

シャックスやレヴィアタン、ベヘモスを見ていればわかることだが、配下の力が増すということはザガンの利益にも直結するのだ。

「しかしまあ、確かに守りは堅牢《けんろう》だったな。そろそろ中のものを放《ほう》り出して私物を格納するのも悪くないかもしれん」

危険物の封印《ふういん》場所は考え直す必要があるが、誰も入らないようにすれば壁《かべ》一面をネフィの〈封書〉で埋《う》め尽《つ》くすような使い方もできるだろう。なかなか悪くない。

――まあ、誰かにそれ見られたら殺すしかないが。

ナベリウスは頭が痛くなったように額に手をやる。

「私物ってあんたねえ……」

「俺の宝なんだから私物だ。宝物庫に収める価値もある」

ザガンはさも名案だと笑った。

この紛《まぎ》らわしい提案が、後に厄介《やっかい》な事件を引き起こすなど知る由もなく。

第一章 ✡ 親子関係というものは子から親の方が面倒くさいものである

「おっすザガン！　おじさんが会いにきてやったぞ」

「そうか――〈天鱗《てんりん》・一爪《いっそう》〉――」

魔王殿玉座の間にて、ザガンはため息交じりに禁呪の刃《やいば》を放った。

ネフィの誕生日プレゼントを作り始めてしばらく。シアカーンとの決着がついて半月が過ぎようとしていた。ネフィの誕生日プレゼント作りは失敗も多く、まだ完成には至っていないが順調といえば順調な進みではある。

順調でないのは、先の戦の後始末だった。

街への物理的な損壊《そんかい》は防いだものの、三日にわたり物流が途絶《とだ》えた影響《えいきょう》は大きい。このキュアノエイデスは商売の街なのだ。そこで物流が途絶えるということは、簡単に言うと街の機能が停止するということだ。商人の損害だけでも計り知れない。

そうした被害《ひがい》の補填《ほてん》、傷ついた配下や聖騎士《せいきし》どもの治療《ちりょう》。〈天燐《てんりん》・鬼哭驟雨《きこくしゅうう》〉を始めとする魔術《まじゅつ》の行使で消耗《しょうもう》した道具や触媒《しょくばい》、食料等、備蓄《びちく》の確認《かくにん》と再配置。さらには生け捕《ど》りにしてしまった捕虜《ほりょ》などの身《み》の振《ふ》り方《かた》など、やらなければならないことはキリがなかった。

それでも普段《ふだん》ならいい加減片付いているだろうころだが、現在は人手が足りないのだ。

まず執務《しつむ》の大半を任せていたラーファエルを含《ふく》む、戦の功労者たちには褒美《ほうび》とともに長期休暇《きゅうか》を与えてしまった。労働と休養は等価でなければならないのだ。

特にラーファエルはそもそも死んだことになっていた上に、枢機卿《すうききょう》を殺した件も明るみに出てしまった。当面は身を隠《かく》す必要があった。

もちろん休暇の時間をどう過ごすかは個人の自由である。魔王殿に残って自分の研究に没頭《ぼっとう》する者もそれなりにいるが、休暇中の彼らを引っ張り出すという選択肢《せんたくし》はない。

おかげで、ザガン自身も己《おのれ》の居城を離《はな》れて魔王殿にこもる羽目になっている。

――ネフィとデートに行ったりお茶を飲んだりしたいのに、ろくに顔も合わせられん！

ネフィだけではない。娘のフォルも〈魔王〉になったことでオリアスやアルシエラから教えを受けるようになり、傍《そば》にいないことが多くなっている。

――俺もゆっくり家族旅行とか行きたい。

そんなわけで、人手不足で事後処理も手が回らぬところにこの脳天気なおじさんがやってきたのだ。ザガンが反射的に必殺の一撃《いちげき》を放つのも無理からぬことではあった。

その場で仰《あお》向けに身を逸《そ》らしビタンと地に手を突いて、闖入者《ちんにゅうしゃ》のおじさんは命からがら黒炎《こくえん》の刃から逃《のが》れる。

「いま本気で殺そうとしたよねっ?」

「……ふむ。やはり正攻法《せいこうほう》で殺すのは難しいな。さすがは元〈魔王〉だけのことはある。ならかまわん。自害しろ」

このおじさんはザガンやキメリエスのように、直接攻撃《こうげき》を得意とする魔術師の極致《きょくち》ではあるのだ。

反面、そちらに特化しすぎてシアカーンやビフロンスのように知略や策謀《さくぼう》に秀《ひい》でた相手には脆《もろ》くも敗北を喫《きっ》したが。

おじさんは絶句しながらも抗議《こうぎ》の声を上げる。

「お前いつもボコスカ殴《なぐ》ってる《煉獄《れんごく》》にもそこまで言わないよね? なんで俺にはそんなに厳しいわけ」

「バルバロスは阿呆《あほう》でクズの悪党だが、有能だ。貴様とは違《ちが》う」

断言すると、元〈魔王〉アンドレアルフスは額に青筋を立ててプルプルと震えた。

そんな騒《さわ》ぎを聞きつけてか、玉座の間の扉《とびら》が蹴破《けやぶ》られんばかりの勢いで開けられ、いくつもの足音が駆《か》け込んでくる。

「ボス! 何事だ」

最初に踏《ふ》み込んできたのはシャックスだった。

この男も新しく〈魔王〉となった者のひとりだが、普段からの苦労性《くろうしょう》ゆえに休暇も取らずザガンの補佐《ほさ》をしてくれている。負傷者の治療も請《う》け負《お》っているのに大した男である。

――まあ、黒花《くろか》がラーファエルと旅行に行っているというのもあるんだろうが……。

あのふたりには現在、休暇としてラジエルまで親子温泉旅行を与えてある。教会もまさか失踪《しっそう》中の元聖騎士長が自分たちの膝元《ひざもと》でバカンスをしているとは思うまい。

黒花としては、ようやく交際できるようになったシャックスと過ごしたい気持ちもあるだろう。だがここでちゃんとラーファエルに気持ちの整理をつけておいてもらわねば、後《のち》のシャックスの命が危ない。

というわけで、これは必要なことだった。

――それに、ラーファエルの昔話を聞いてしまうとな……。

盗《ぬす》み聞きするつもりではなかったのだが、あのときの彼らの話は聞こえてしまった。血の繋《つな》がりがなくとも、黒花はラーファエルの娘なのだ。彼らの時間を大切にしてやりたい。

〈一爪〉を避《よ》けた姿勢のまま、アンドレアルフスはシャックスに手を振る。

「おう、親愛なる我《わ》が後継者《こうけいしゃ》ではないか。ちょっと助けちゃくれねえかい。お前のご主人さまが真面目《まじめ》に殺そうとしてきてるんだが」

「あんた、今度はなにをやらかしたんだい……？」

呆れたようにため息をもらすシャックスに、アンドレアルフスは感心したように「ほう」と声をもらす。仰向けに踏ん張ったままなので威厳の欠片《かけら》もないが。

「なるほど。少し見ねえうちに落ち着きを持つようになったみたいだな。猫《ねこ》の嬢《じょう》ちゃんが傍にいないってのもあるのかね」

「クロスケは関係ねえだろ……と言いたいところだが、いつまでも及《およ》び腰《ごし》じゃあいつを守れねえらしいからな」

その答えに、アンドレアルフスはよっと声を上げて身を起こす。

「いい面構《つらがま》えだ」

その口ぶりから、この男がシャックスに用事があるらしいことがわかった。

ザガンが問い詰《つ》めようとすると、また次の足音が近づいてくる。駆けつけた、というよりは様子を見に来たのだろう。

まず顔を出したのは、フォルだった。

「お前は、ええっと……アンドレ、ラフ、ル……？」

思えばフォルとアンドレアルフスは顔を合わせてはいても、ろくに口を利《き》いたこともなかった。名前がうろ覚えなのは無理はない。娘の覚えにくい名前をしている方が悪い。

駄目《だめ》なおじさんはパチンと指を鳴らした。

「惜《お》しい！　アンドレアルフスな」

神妙《しんみょう》な顔で頷くと、フォルは確かめるように繰《く》り返す。

「アンドレラルフス？」

「……うん。ちょっと呼びにくいよな。なら〝優《やさ》しいおじさん〟とでも呼んでくれ！」

「それは生理的にちょっと……ヤダ」

幼女から露骨《ろこつ》に後退《あとずさ》られ、アンドレアルフスの目にも哀《かな》しみの涙《なみだ》が浮《う》かんだ。

「フォル、そんなことを言っては失礼ですよ。素直な気持ちを返しては相手を傷つけることもあるんです」

人差し指を立て、優しく叱咤《しった》したのはネフィだった。神霊《しんれい》言語の勉強をしていたのだろう。いつもの侍女《じじょ》姿ではなく、青みがかった白のローブをまとっている。

――こういう姿は凜《りん》としててよいものだな！

トントンと胸を叩《たた》いていると、フォルが申し訳なさそうな顔をする。

「そう……。気付かなかった。ごめんなさい」

「待ってくれお嬢さん。謝られる方が傷つくんだが」

アンドレアルフスが唇《くちびる》をわなわなと震わせ涙がこぼれるのを必死に堪《こら》えていると、続いて獅子《しし》の鬣《たてがみ》を持つ巨漢《きょかん》が姿を見せる。

「ああ、あなたでしたか。ごぶさたしております、アンドレアルフスさん」

「くう……っ、ここで俺を人間扱《あつか》いしてくれるのはお前さんだけだぜキメリエス！」

「そんなことはないと思いますよ……って、どうされたんですかっ？」

ちゃんと挨拶《あいさつ》してもらえたことに感動しつつも、キメリエスがぺこりと会釈《えしゃく》するとアンドレアルフスはびくりと身を震わせて飛び退《の》いた。

「い、いや、なんでもねえ。なんでもねえんだ……」

どうやら先日キメリエスに殴り倒《たお》されたのは相当に効いたらしい。武闘派《ぶとうは》のはずのこの男が、意識を取り戻すまで数刻もかかる一撃だったのだ。無理もないが。

——まあ、普段温厚《ふだんおんこう》なやつほど怒《おこ》らせると怖《こわ》いからなあ……。

同情の余地がないわけではないが、自業自得《じごうじとく》といえばそうなので触れないことにした。

そこに、老婆《ろうば》の姿のゴメリが顔を出す。

「アンドレアルフスじゃと？　うーん……。そこにおるのかのう。愛《め》で力《りょく》が低すぎてよう見えんのじゃが……」

ようやく傷も完治したはずだが、なんか小さい文字でも見るように目を細めていた。

——こいつ、いつぞや斬《き》られたのは本気で見えなかったからじゃないだろうな……。

　このおばあちゃんの場合、あり得ない話ではないので一抹《いちまつ》の不安が過る。

　これで全員かと思いきや、まだひとり扉の陰《かげ》からこちらを覗《のぞ》き込んでいる顔があった。

「アルシエラ、なにしてるの？」

「……いいえ、あたくしが顔を覗かせるほどのことではなさそうなのでしたから」

　素っ気なく顔を背《そむ》けるも、その視線がザガンを意識しているのは明白だった。向こうもまだ、どう顔を合わせたらいいのかわからないような心境なのだろう。

　ザガンは小さくため息を漏《も》らして口を開く。

「気になるなら入ってくればよかろう。そこを閉めねば話もできん」

「………………」

　なおも躊躇《ちゅうちょ》の表情を見せるアルシエラだが、そんな彼女《かのじょ》の友がフォルである。

「往生際《おうじょうぎわ》が悪い。さっさと入ってアルシエラ」

「あうぅ……」

　キュッとアルシエラの手を引くと、玉座の間の扉を閉めるのだった。

◇

玉座の間に集まったのは、ザガンとアンドレアルフス。続いてシャックス、フォル、ネフィの新しい〈魔王〉たち。キメリエスとゴメリ、最後にアルシエラの八人だった。この城に残っている最大戦力でもある。

ザガンの城だとそろそろ手狭《てぜま》になる人数だが、この魔王殿ではどうということのない人数である。

玉座の後ろには重苦しい天鵞絨《びろうど》のカーテンが引かれ、襞《ひだ》の隙間《すきま》から見える中央の壁には大きな絵画のようなものをかけていた跡《あと》が残っている。ザガンがここをもらい受けたときにはもう残っていなかったが、誰かの肖像画《しょうぞうが》だったのではないかと思う。

ザガンの城と異なりとずいぶん豪奢《ごうしゃ》な空間だが、ここのかつての主の趣味《しゅみ》がそのまま残っていた。

集まった顔ぶれを確かめ、ザガンはまたトントンと自分の胸を叩いた。

――ネフィと落ち着いて顔を合わせるのって、なんか久しぶりな気がする。

一応、恋人《こいびと》として口づけを交わす程度の仲になったものの、少し離れるとまた出会ったころのように逆戻《ぎゃくもど》りするのがこの男……いや、ふたりだった。

ちらりとネフィに目を向けてみると、彼女もこちらを見つめていて、ちょうど視線がぶつかった。

「ふふふ……」

「えへへ……」

お互《たが》い、笑うしかないといった様子で笑い声をこぼすことしかできなかった。ザガンは膝《ひざ》を折りそうなのを必死に堪え、ネフィは耳の先を赤くして頬《ほお》を覆《おお》う。

そんなネフィに、フォルが仕方なさそうにローブの裾《すそ》を引っ張って声をかける。

「ネフィ、たぶん真面目な話をするみたいだから……」

「はうぅ、わかってます。わかってますよ？」

シャックスが同情したようにつぶやく。

「お嬢、あんたも大変だな」

「シャックスも反省して」

「最近は俺も努力してると思うんですけどねえ！」

冷ややかな視線を返され、シャックスも鼻白んだ。そこにアンドレアルフスが口を挟《はさ》む。

「……んで、そろそろ俺っちの話をしてもいいかい？」

「ああ、自害するんだったな。まあ床《ゆか》の汚《よご》れくらいは大目に見てやる。さっさとしろ」

「しないからね？」

ぜえぜえと肩《かた》で息をしながら、アンドレアルフスは改まった口調で言う。

「ザガンから預かった〈ネフェリム〉の生き残り六百名の街が完成したぜ」

これが、アンドレアルフスが提案した〈ネフェリム〉の処遇《しょぐう》だった。

フォルが目を丸くする。

「街？〈ネフェリム〉たちに街を作らせた？」

「おうよ。連中の大半は千年、何百年と昔の人間だ。近代のやつらにしても死んだはずなんだから、大っぴらにウロウロさせるわけにはいかねえだろ」

なにより、世界を滅《ほろ》ぼすために蘇《よみがえ》らされた者たちだ。シアカーンの先兵と知っていい顔をする者はいまい。

その言葉にシャックスも頷く。

「生きていくなら、過去と現在の認識《にんしき》の差異を埋める必要もあるな」

この時代で生きていくための知識もだ。それらの教育の意味でも、彼らだけの街を作るというのは、なるほど上手《うま》い手ではある。

そんな説明に、不思議そうな声をもらすのはアルシエラだ。

「ですが、そもそもよくあの状況《じょうきょう》で生き残りがいたものですわね？」

「シアカーンの傀儡《かいらい》にかかっても意識を取り戻さんかった連中だ。正確には、傀儡が意味をなさんほど死にかけていた連中か」

〈天燐・鬼哭驟雨《きこくしゅうう》〉は敵対者の敵意から標的を選別していた。その敵意には傀儡者たるシアカーンの敵意も含まれる。一万もの敵味方が入り乱れる戦場で対象を識別する方法は、他になかった。

それゆえ、そもそも意識がない者には当たらなかったのだ。

「ザガンさんが傀儡を外せた方々もいますよ」

「……ふん」

キメリエスが申告漏《しんこくも》れを教えてくれるように言う。

あの戦いでザガンがわざわざひとりずつ丁寧《ていねい》に殴っていったのは、これが理由でもあった。殴るたびに魔術による命令伝達機能を壊《こわ》していたのだ。

傀儡が解けた者たちは、無残な屍竜《しりゅう》にされたオロバスと、それと戦うフォルたちの姿を見ては敵意を抱《いだ》くこともできなかっただろう。

――まあ、身体の機能を破壊《はかい》したことに変わりはないからな。

ショックで死んだ者もいただろうが、運がよかった何割かは生き残ることができた。

鼻を鳴らすことしかできないザガンに、アルシエラが少し驚《おどろ》いたような顔をした。

「……なにか言いたいことでもあるのか？」

「クスクス、銀眼の王はやはり銀眼の王だと確認できただけなのですわ」

その声には安堵《あんど》とともに慈《いつく》しむような響《ひび》きが含まれていた。

──やはり、やりにくいもんだな……。

ザガンは言葉にできない戸惑《とまど》いを誤魔化《ごまか》すように、アンドレアルフスへ視線を戻す。

「で、貴様ほどの者がそんなことを報告にきたわけでもあるまい。用件はなんだ？」

「話が早くて助かるぜ」

アンドレアルフスはひとつ苦笑《くしょう》を浮かべてから、真面目な声音《こわね》でこう答えた。


「連中に〈魔王〉の後《うし》ろ盾《だて》が欲《ほ》しい」


その言葉に、ザガン以外の面々は目を丸くした。

シャックスが確かめるように問いかける。

「あんたがいるのにかい？　元とはいえ、〈魔王〉筆頭だろ」

「〝元〟じゃ足りねえんだわ。連中はシアカーンの残党ってことになるわけだが、シアカーンの野郎《やろう》は世界中から恨《うら》みを買ってやがったからな。おまけに、連中の中には絶滅《ぜつめつ》したはずの希少種なんてのも少なくない。魔術師からすると狙《ねら》わねえ理由がねえ」

〈ネフェリム〉という存在自体も興味深い研究対象である。なにせ、ただでさえ重宝されるホムンクルスの改良版とも言えるものなのだ。

　ザガンも面倒くさそうに頷く。

「加えて、聖騎士どもとしても残党を野放しにしとくわけにはいかんだろう。規模は小さくとも歴史上、初めて〈魔王〉との戦争だったわけだからな」

　聖騎士側が投入した戦力は三〇〇名と、シアカーンの軍勢に比べれば少なくはあるが、ひとつの街に駐在《ちゅうざい》する聖騎士の数が一〇〇名程度――シャスティルは引退した老兵や年若い訓練兵まで含めて一五〇を用意した――であることを考えれば、一日でよくぞ即応《そくおう》できたものだ。他の街とて防衛をおろそかにするわけにはいかないのだから。

　つまるところ、〈ネフェリム〉たちは魔術師からも聖騎士からも追われているのだ。

　それをここまで保《も》たせたあたりは、現役《げんえき》を退いたとはいえさすがはアンドレアルフスである。だがそれももう限界だということだ。

　だが、ザガンはすぐには頷けなかった。

　それに代わってキメリエスが険しい表情でつぶやく。

「事情はわかりました。ですが、ザガンさんの庇護《ひご》を受けるのは難しいのではないでしょうか?」

「どういうこと?」

首を傾げるフォルに、ゴメリが答える。

「事情はどうあれ〈ネフェリム〉たちにとって、我が王は同胞《どうほう》を皆殺《みなごろ》しにした怨敵《おんてき》なのじゃ。それが今度は守ってやると言われて、連中が素直に聞くかのうという話じゃ」

「……ザガンは命の恩人なのに?」

納得《なっとく》いかないようにつぶやくフォルに、ザガンはそっと頭を撫《な》でてやる。

「俺たちがこいつに抱いている不快感を考えれば、わかるだろう?」

「「「あー……」」」

その言葉に、アンドレアスフル本人を含めて納得したように頷いた。

アンドレアルフスは責任を取ろうと単身シアカーンに挑《いど》み、返り討《う》ちに遭《あ》って傀儡にされたのだ。もちろん褒《ほ》められた話ではないが、執拗《しつよう》に責められる謂われもない。

だがそれはそれとして、腹が立つものは立つのだ。

そこで我に返ったシャックスが声を上げる。

「いや、なんであんたまでそれで納得してるんだよ」

「だっておじさん、こんながんばってるのになんで嫌われてるのか不思議でしょうがなかったからよ……」

とはいえ、これは問題だった。

ザガンではいつものように庇護することができない。

──オリアスは現役を退いたし、そもそも人間嫌いだからな……。

娘たちに対してはときめきで立っていられなくなったりするが、根本的に彼女は世捨て人なのだ。わざわざ見ず知らずの他人を、それも六百人も擁護《ようご》する理由がない。

──フルカスにも無理だ。いまのやつは魔術師として駆け出しもいいところだからな。

加えて、万が一にも記憶《きおく》が戻れば敵対する危険も孕《はら》んでいるのだ。〈ネフェリム〉どもを預ければいつか戦いの道具にされる可能性がある。というかリリスの後ろをくっついて回ってはセルフィに睨《にら》まれている少年だ。庇護される側からしても不安しかないだろう。

──ナベリウスは……論外だな。

いまのところ協力的ではあるが、それはザガンとの〝契約《けいやく》〟があるからだ。契約が終われば敵になってもおかしくない上に、契約外《けいやくがい》のところでは平気で敵と内通する。

一切《いっさい》信用できない相手である。

——となると……。

力と名声があり、なおかつザガンと敵対的でなく、聖騎士とも友好的もしくは敵対的でなく、さらに〈ネフェリム〉からも恨みを買っていない〈魔王〉。そんな都合のよいものが存在するものか。

ザガンは小さくため息をもらした。

思いつかなかったからではない。この上ない適任者がいるからだった。

——腑抜《ふぬ》けるなザガン。一人前と認めたからこそ〈魔王〉にしたはずだ！

そうして、ザガンはこの場にいるひとりの人物へ目を向けた。

「フォル。この話、やってみる気はあるか？」

その言葉に、フォルは大きく目を見開いた。

「……っ、私？」

フォル以外の面々も困惑《こんわく》を隠せないが、アンドレアルフスがひとり白々しく芝居《しばい》がかった仕草で声を上げる。

「ほう、なるほどな。確かに嬢ちゃんはあの戦場で聖騎士と〈ネフェリム〉の両方を守ろう戦った。賢竜《けんりゅう》オロバスの遺児ってのも、連中からすれば親近感を抱く。なにより、あの戦いでもっとも力を示した〈魔王〉だ。これなら誰も文句が言えねえな」

初めからそのつもりで話を持ちかけてきたのだろう。ザガンは批難がましくアンドレアルフスを睨み付ける。

ネフィが声を荒《あら》らげる。

「お待ちください、ザガンさま。フォルだってまったく恨みを買っていないわけではないと思います。そんな危険なことを……」

愛しい嫁にそう言われると途端《とたん》に及び腰になりかけるが、ザガンは気を強く持って首を横に振った。

「危険は、確かにあるだろう。だが、俺はフォルならできると思う」

ザガンはフォルを真《ま》っ直《す》ぐ見つめて言う。

「フォル、お前はどうだ？　もちろん、面倒なら断ってもいい。ネフィの言う通り、他の〈魔王〉や聖騎士どもと事を構えることになるかもしれんからな」

それでも、ザガンはフォルが適任だと考えている。

フォルは胸の前でキュッと手を握《にぎ》り、考《かんが》え込《こ》む。

しかし、悩《なや》んだ時間はそう長くはなかった。

いるのだろう。

「……わかった。私、やってみる」

「フォル！」

ネフィが思わず声を上げるが、しかしここでフォルを責めるのもお門違《かどちが》いだとわかって

フォルにはまだ早いという気持ちと、一人前になろうとしている娘を認めてあげたい感情がない交ぜになったようにネフィは懊悩《おうのう》する。ツンと尖《とが》った耳の先は苦悩《くのう》を示すようにプルプルと震《ふる》えていた。

――ネフィのこんな顔、初めて見た！

そんな嫁の表情にときめかせるザガンは、〈魔王《まおう》〉の全知全能を尽くして自重する。

「く……ッ、なんという愛で力！　この状況でなおも高まるじゃと？」

「ゴメリさん、自重してください」

隣《となり》でゴメリが気圧《けお》されたように後退るが、これはさすがにキメリエスが止めてくれた。

やがて根負けしたように、ネフィは肩を落とす。

「ご飯の時間には、ちゃんと帰ってくるんですよ……？」

ちゃんとうちに帰ってくること――これが、ネフィの落とし所だったようだ。

フォルは仕方なさそうに苦笑した。

「……ふふ、うん。ちゃんと帰ってくる」

娘の立派な姿に胸を押《お》さえながら、ネフィもなんとか笑い返した。

そこに、アルシエラが寄り添《そ》う。

「ネフィ嬢。心配には及ばないのですわ。あたくしもしばらくはフォルといっしょにいるのです。彼らの大半は、顔なじみですもの」

「くぅ……っ、フォルをよろしくお願いします、アルシエラさ――」

言いかけて、ネフィはなにか思い直したように頭を振《ふ》る。そして、いつも通りの笑《え》顔《がお》でこう返した。

「フォルをよろしくお願いします、お義母さま」

その言葉に、今度はアルシエラが目を見開かされる。

それから、困ったようにスカートの裾を持ち上げ腰を折って返す。

「任せてほしいのですわ」

ザガンも居《い》心地《ごこち》が悪そうに視線を泳がせてしまうが、やがて仕方なさそうに頷く。

――こちらも、いつまでもうやむやにするわけにはいかんか。

しぶしぶ観念していると、アンドレアルフスがいかにも微笑《ほほえ》ましそうに笑っていた。どうやらこの男もアルシエラの正体を知っていたようだ。

八つ当たりもかねて、ザガンは睨み付ける。

「気に入らんな。いかにも肩の荷が下りたと言う顔をしているぞ、アンドレアルフス」

「実際、そうなんだから仕方ねえだろ？　元々ガラじゃなかったんだよ、筆頭だとか聖騎士長だとか、人の上に立ったりするようなのはよ」

だからこの男は聖騎士長としてもナンバー2に甘《あま》んじていたのだ。

シアカーンに負けなくとも、この男はそれを最後の仕事に〈魔王〉を誰かに譲《ゆず》るつもりだったのだろう。それがシャックスだったことは、想定の外だろうとも。

「聖騎士ミヒャエルも戦死したことになってるんでな、ここいらで俺《おれ》っちは隠居《いんきょ》させてもらいたいもんだぜ」

「好きにすればよかろう。……後始末が終わればな」

「はっ、相変わらず手厳しいねえ」

自分から買って出たこととはいえ、〈ネフェリム〉たちの面倒を見るという仕事は、そう簡単に終わるものではない。

いかにも煙草《たばこ》を吸いたそうに木箱を振って、アンドレアルフスは苦笑いをする。

話が途切《とぎ》れると、今度はゴメリが神妙な顔で声を上げる。

「そっちはもうよいかの？　妾《わらわ》の方からも話があるのじゃが」

「お前の話は定例会とやらでやってくれ」

「真面目な話じゃというに！」

このおばあちゃんは真面目な話でも〝愛で力〟とかのたまうので、なにひとつ信用できないのだが。

とはいえ、配下の話に耳を傾《かたむ》けるのは王の責務である。仕方なさそうに次の言葉を待ってやると、ゴメリは重たい声でこう打ち明けた。

「シアカーンの過去についてじゃ。魔術師《まじゅつし》と聖騎士の確執《かくしつ》、放ってはおけぬ」

ゴメリが見たというシアカーンの記憶。その報告はすでに受けている。それはこの場にいる全員が共有している情報だった。

シアカーンが凶行《きょうこう》に至った原因とも呼べる事件のことである。

かの〈魔王〉の師であるリゼット・ダンタリアンは、かつて世界を平定していた。それをマルコシアスが裏切ったことで、魔術師と聖騎士は決定的に道を違えたという。

――その決着は、シアカーン自身が付けている。

なぜなら、彼《かれ》と戦った〝マルク〟という存在は、この世界から消失しているのだ。相討《あいう》ちという結末に納得がいかぬのなら、外ならぬシアカーン自身が決着を付けるべき話である。ザガンが横からしゃしゃり出るのは筋違《すじちが》いというものだ。

仇討《あだう》ちのような真似《まね》を、友《シアカーン》は望まない。

だが、友として彼らが果たせなかった願いを叶《かな》えたいというのも事実ではあった。

ネフィが胸を痛めるように言う。

「わたしとシャスティルさんだって友達になれたんです。魔術師と聖騎士でも、手を取り合うことはできると思います」

そこに、キメリエスが頷く。

「そうですね。難しいことだとは思いますが、不可能というわけではないと思います」

かつて友だった者として、シアカーンの思いを汲《く》み取ってやりたいのだろう。実際に方法があるかはともかくとして、キメリエスも肯定的《こうていてき》だった。

シャックスは難しそうに顔を歪《ゆが》める。

「俺も気持ちは同じだが、問題は手段だ。聖騎士には魔術師への憎《にく》しみから剣《けん》を取った連中だっているし、魔術師も決して手綱《たづな》をかけられる連中じゃあない」

だが、そこで首を傾《かし》げたのはフォルだった。

「そう、難しい話？」

「まあ、ここにいるとわからねえかもしれねえが、世の中は複雑なもんでな」

アンドレアルフスの言葉に、やはりフォルはわからないという顔をする。

「なぜ？　方法はあるのに」

「うん……？　どういうことだい？」

確信めいた言葉に、アンドレアルフスも一笑《いっしょう》にはできなかったようだ。

フォルから目を向けられ、ザガンは頷《うなず》く。

「そうだな。ちょうどお誂え向きの騒ぎが起きているのだ。これを使わん手はない」

そう言って、ゴメリに視線を返す。

「ゴメリ、貴様の好きにやるがいい。俺の名前も人員もなんでも使ってかまわん」

この指令に、ゴメリは素敵《すてき》な宝物をもらったかのように目と口を三日月型に歪めた。

「きひひひひっ！　我が王の命となれば、妾も全力でお応《こた》えせねばならんのう」

「白々しいことを言うな。初めからそのつもりだろうがお前は……」

そうなのである。このおばあちゃん、神妙なことを言っているようで、単に大々的に動くためにザガンの許可が欲しかっただけなのである。

ネフィたちも、ようやくゴメリがなにをするつもりなのか気付いたのだろう。頭を抱《かか》えたり仕方なさそうに苦笑したりしている。

「とはいえ、そうなるともうひとつ〈魔王の刻印〉が欲しいところだな。やつが〈魔王〉でいてくれた方が都合がいい」

「そうじゃな。つくづく、シアカーンの〈刻印〉を押さえられなかったのが痛いのう」

「まあいい。こちらで押さえた三つに文句を付けないだけでも、連中からすれば妥協《だきょう》したのだろうさ」

ゴメリと話を進めていると、ひとりついて来られなかったらしいアンドレアルフスが待ったの声を上げる。

「あー、ちょいと待ってくれねえかい？　おじさん、まだ話がよくわからないんだが」

「なんじゃ、おぬしそれでも我が王の配下か？　そういえばいかにも愛で力の低い顔をしておるからのう」

「俺、ザガンの配下になってたのっ？」

「でなければ、いまごろ殺されておってもおかしくなかろう」

内輪での扱いはともかく、世間的には元〈魔王〉アンドレアルフスはザガンの軍門に降ったことになっている。

——こんなの庇護するつもりはさらさらないんだがな……。

だが否定もしないのがザガンだった。その話は無視して、面倒《めんどう》くさそうに語りかける。

「アンドレアルフス、貴様は仲のこじれたふたつの組織を融和《ゆうわ》させるには、なにをすればよいと思う？」

「それがわかんねえから困ってんだよ。なんだい、なんか適当な敵でも作るつもりか？」

「それは楽でいいが、余計な禍根《かこん》を残す。もっと平和的で一般人《いっぱんじん》の好きそうな話だ」

平和とは〈魔王〉が語るにはあまりに滑稽《こっけい》な言葉だが、ザガンは大真面目《おおまじめ》だった。

やはり首を傾げるアンドレアルフスに、仕方なさそうに答えたのはフォルだった。


「魔術師と聖騎士《せいきし》が恋《こい》して、くっつけばいい」


その答えに、アンドレアルフスが困ったように笑う。

「はは、嬢ちゃん冗談《じょうだん》は困るぜ。そんなことで……」

しかし、笑ったのはアンドレアルフスひとりだった。

「……え、マジ？」

「まあ、ここにいるとその手段がもっとも適切で確実だと思い知りますから」

キメリエスをしてこうなのだ。これが真実だった。

アルシエラがため息をもらす。

「たぶん、上手くいくと思いますわ。こんな方法、マルコシアスは間違《まちが》ってても思いつかないのです。であれば、対策も打てないのですわ」

肯定的な言葉とは裏腹に、沈痛《ちんつう》な声である。

「元はと言えば貴様が提案した方法であろう」

ホムンクルスとして死期が迫《せま》っていたネフテロスを救うため、恋をさせろと言ったのはこの少女ではないか。問題は、誰《だれ》と誰をくっつけるかという点である。

「候補はいくつかいた方がいい。ネフテロスとリチャードはダメ？」

「リチャードは悪くないが、ネフテロスは聖騎士寄り過ぎる。魔術師への影響《えいきょう》が少ない」

フォルの言葉に、ザガンは首を横に振る。

ビフロンスの弟子《でし》という肩書《かたが》きは残っているが、そのビフロンスもういない上にネフテロス自身は魔王候補にも名前が挙がらなかった。要するに魔術師として無名なのだ。

「ネフテロスはようやく甘えられる人ができたんです。そっとしておいてあげたいです」

ネフィから駄目出《だめだ》しが出たのでこのふたりはあり得ない。

「きひっ、新しき《虎《とら》の王《おう》》と黒花嬢も良い線はいっているがのう」

「……勘弁《かんべん》してくれ。それにクロスケは教会つっても暗部だ。この前の一件でも目立ち過ぎて、教会がどう出るかわからねえところなんだぜ？」

魔術師への影響は大きいが、こちらは教会への影響が小さいのだ。最悪、教会が黒花を切り捨てる可能性だってある。

そこにアルシエラが口を開く。

「銀眼の王、ステラ嬢と言ったですかしら。貴兄《きけい》の姉君はいかがですの？」

「ステラか……」

その名前に、腕《うで》を組む。

——魔術師と聖騎士の融和というなら、あいつの存在自体がひとつの回答なのだろうが。

だが、それゆえに立場的な問題が発生する。

「あいつは魔術師なのか聖騎士なのかよくわからんことになっている。《魔王殺し》とか名乗ってたのもデカラビアの方だしな。ステラの名前は無名だ」

力の上では間違いなく魔王候補であり、次の空席が出れば座《すわ》ることも可能だろう。しかしアンドレアルフスはどちらかと言うと聖騎士としての立場を残していった。それもあって、魔術師への影響がいまいち期待できない。

当のアンドレアルフスがヒューヒューと下手くそな口笛を吹《ふ》いて誤魔化そうとしている

のが鼻持ちならないが。

聖騎士のトップにでも立ってくれれば状況も進めやすくはなるのだが、到底《とうてい》当人にそんな気がなさそうなのである。

「そもそも、ギニアスがあいつを口説き落としている未来が想像できん」

「えっと、あと数年か待てば良い殿方《とのがた》にはなると思うのですわ」

そう返すも、アルシエラは視線を合わせることができなかった。それに、その数年を待てないというのが現状だろう。

というわけで、人選に関しては選択《せんたく》の余地などないのである。

ゴメリが自信たっぷりに胸を張る。

「きひひっ、全《すべ》ては妾に委《ゆだ》ねるのじゃ。あのふたりを我《わ》が王に比肩《ひけん》する愛で力に育ててあげてみせよう！」

途端に不安がこみ上げてくるが、ゴメリ以上の適任者はいない。

結局、存外に真面目《まじめ》な話であり、しかしやっぱりいつも通りの話なのだった。

フォルが不思議そうにネフィを見上げる。

「あっちは放っておいていいの？」

「ネフテロスと違《ちが》って、おふたりとも意地っ張りなところがありますから……」

親友の窮地《きゅうち》とも言える状況ではあったが、ネフィは仕方なさそうに苦笑するばかりで止めようとはしなかった。

結論が出たところで、アンドレアルフスが観念したようにため息をもらす。

「……まあ、お前さん方がそれで上手くいくと考えてるんなら、信じてみるかね」

やはりわからないという顔をしながらも、止めても無駄《むだ》だと悟《さと》ったらしい。

それから、アンドレアルフスはどこか真面目な声音で続ける。

「代わりと言っちゃなんだが、もうひとつ頼《たの》みがある」

「ふてぶてしいな。まだなにかあるのか」

ザガンが嫌《いや》そうな顔をしても、アンドレアルフスはめげずにこう訴《うった》えた。

「シャックス、付き合ってくれ。お前に俺の全てを与《あた》える」

しんっと、空気が凍《こお》り付いた。

◇

「べぶしっ」「くしゅん」

キュアノエイデス教会執務室《しつむしつ》にて、バルバロスとシャスティルは同時にくしゃみをしていた。

「なんだろう。いま、猛烈《もうれつ》に嫌な予感がしたのだが」

「……奇遇《きぐう》だな。なんか俺も嫌な頭痛がしてきたところだ」

いやもう、本当に頭が痛い。

シャスティルはいつも通りの礼服姿で執務机《しつむづくえ》に貼《は》り付き、バルバロスは客用ソファにふんぞり返って魔道書《まどうしょ》を開いているところだった。

〝影《かげ》〟の中ではなく、表である。

――なんだって俺が真っ昼間からポンコツのとこに入り浸《びた》らなきゃいけねえんだか。

バルバロスにとって場所や距離《きょり》は意味を持たない。護衛という任務でさえ傍《そば》にいる必要がない。〝影〟はどこにでも繋《つな》がっているのだ。姿を見せずとも守れるし、声を届けることも聞くこともできる。

加えて〝影〟の中にはバルバロスの本拠地《ほんきょち》でもある屋敷《やしき》が内包されており、ほどよく陰気《いんき》で薄暗《うすぐら》く魔術師としてはどこまでも快適な空間である。それがなぜかこんな眩《まぶ》しくて清潔な執務室のソファを使う羽目になっている。

　直接の理由は、悪友《雇い主》からの命令だ。

――間者だ間男だ隙間男と誹《そし》られたくなければ、しばらく堂々と表に出ておけ――

……最後のひとつは関係ないと思うのだが。

とはいえザガンの言うことに従う義理はないが、正直バルバロスには現状をどう解決すればいいのかまったく見当も付かない。かといって逃《に》げようとしてもシャスティルはついてこないし、となると駄目元《だめもと》でザガンに従う外なかった。

　そしてその〝現状〟というのが……。

「おふたりともくしゃみのタイミングまでいっしょだなんて、通じ合ってますね！」

　どこまでも満足そうに顔をゆるませてそう言ったのは、修道服の少女だった。

　名前はレイチェル。小麦色の髪《かみ》にそばかすの目立つ顔立ち。歳《とし》はまだ十五で修道女としても見習いである。司教の執務室に出入りできる立場の人間ではないが、人手不足のこの教会ではシャスティルの小間使いを務めている。

　修道女見習いゆえ直接執務《しつむ》に携《たずさ》わることはできないが、彼女が注ぐ紅茶は人知れずシャスティルの心労を拭《ぬぐ》ってきた。

　レイチェルはシャスティルとバルバロスの前に、それぞれ紅茶を並べる。

「「そんなのじゃねえ《ない》から！」」

「ぐへへ、わかってますってば」

またしても声が重なり、レイチェルからだらしない笑《え》みを向けられた。

「おふたりの仲もとうとう世間に知られちゃいましたね！　私としても感慨深《かんがいぶか》いです」

そう。これがバルバロスを悩ませている頭痛の理由だった。いや、頭痛の種はもうひとつあるのだが、ともかく一番大きいのはこれである。

現在、バルバロスには戦場で堂々聖騎士長を誘拐《ゆうかい》した……正確には拐《かどわ》かした疑いが、シャスティルにはそのバルバロスと共に敵前逃亡《とうぼう》をした疑いがかけられている。

要するに、ふたりは戦闘《せんとう》の真《ま》っ只中《ただなか》に駆《か》け落ちしたことになっているのだ。

――そんなんじゃねえっつってんのによお！

だが否定すれば否定するだけドツボに嵌《は》まっていく。

シャスティルも弁明して回ったが、状況を悪くするだけだった。それどころか――

『ようやく貴公という騎士が理解できた気がする。その動機を不純だと罵《のの し》る者もいるかもしれないが、俺は貴公を肯定《こうてい》したいと思う』

『ああ。惚《ほ》れた男と生きるために〈魔王〉ザガンまで仲間に引き込むなんて、あんたはすげえよ。尊敬する』

どっちがアルヴォでどっちがユリウスだったかは覚えていないが、同じ戦場で戦った聖騎士長などからは変な理解を示される始末である。

これにはバルバロスも声を荒らげる。

「お前、これまで俺たちのなに見てきたのっ？」

「え、まさにそういうところですけど？」

この修道女が小間使いになったのは、いつぞやの夜会から帰った直後くらいだ。

普段《ふだん》は目立たないが実は半年以上小間使いをやっているのだ。どうにもこちらをニヤニヤしながら見つめていることがあると思っていたが、まさかそのころからそんな目を向けられているとは思わなかった。

痛みを堪《こら》えるようにバルバロスが頭を抱えると、シャスティルが話を逸《そ》らすように執務室を見渡《みわた》す。

「しかし、三人しかいないとこの執務室も妙《みょう》に広く感じてしまうな」

「あ、ふたりきりですよ。私のことは空気かなにかと思ってください」

笑顔でそう答えると、レイチェルは言葉通りスッと気配を消して部屋の隅《すみ》に移動する。

現実逃避《とうひ》すら許さないようなひと言に〝職務中〟のシャスティルも閉口した。

頭が痛い理由のひとつに、これもある。どういうわけか責められるどころか、こんな生暖かい視線を向けられているのだ。

戦のあと、観念したシャスティルが教会に戻《もど》ると拍手《はくしゅ》で迎《むか》えられたくらいである。

『心配しないでいいよー。大方の事情は私が説明しといたから』

いまはステラとか名乗っている魔術師だか聖騎士長だかはなにをしゃべったのか。早々に聖騎士団長ギニアスと共にラジエルへと帰還《きかん》してしまった彼女《かのじょ》から聞き出すことはできず、結局わからず終《しま》いなのも恐《おそ》ろしい点だ。悪魔《あくま》と取り引きをしたのに対価がわからないような気分である。

実情はどうあれ、シャスティルは〝魔術師と内通した聖騎士長〟である。状況だけ述べるなら、いつぞやか始末したヴァリヤッカと同じのはずだ。

にも拘《かか》わらず、糾弾《きゅうだん》されるどころか祝福までされるというのはどういうことなのか。

……まあ、そんなんだからザガンとゴメリから生け贄《にえ》に選定されるのだが、不幸なことに〝影〟の外にいたバルバロスはザガンたちの不穏《ふおん》な〝会議〟を盗《ぬす》み聞きすることができなかった。向こうもそれを確信していたからそんな話をしていたわけだが。

気を取り直すように、シャスティルは言う。

「く、黒花さんもネフテロスもリチャードも、いまはラジエルだからな」

それはシャスティルの仕事を補佐《ほさ》する者が誰もいないことを意味するが、もろもろの状況から仕方のないことでもあった。

まず忌々《いまいま》しい黒花《猫女》だが、先代聖騎士団長を一蹴《いっしゅう》した上に最強《アンドレアルフス》を倒《たお》してしまったのだ。一応教会に属しているものの、〈アザゼル〉という暗部に聖騎士長を圧倒《あっとう》する戦力がいた事実を、教会がどう受け止めるのかという問題があった。

正直、手元にいるんだから活用しろよとは思うが、教会という組織のメンツはかくも面倒くさいものらしい。

つまるところ、光の下《もと》で賞賛されるのか闇《やみ》に葬《ほうむ》られるのか、どちらに転がるか読めないのだ。それゆえ同じく身を隠《かく》す必要のあるラーファエルと共にラジエルに潜伏《せんぷく》中だった。

バルバロスは怪訝《けげん》そうに眉《まゆ》をひそめる。

「まあ、黒花《猫女》とリチャード《聖剣拾ったやつ》はわからねえでもねえが、ネフテロス《エルフ女》まで姿を消したのはどういうこった？」

聖騎士リチャードは聖剣《せいけん》〈カマエル〉の所持者となった。教会としては正式な継承式《けいしょうしき》だとかが必要になるらしい。それはまあ理解できなくもないが、ネフテロスは別にここでシャスティルを手伝っていてもよかったはずだ。

シャスティルは首を横に振る。

「ネフテロスのことはザガンも庇護しているが、ここで一度立場を明らかにしておいた方がいい。オベロン卿《きょう》の息女ともなれば教会も全力で庇護する義務が出てくるからな」

もちろんそれによって面倒も付きまとうだろうが、敵を減らす意味では重要だろう。

しかしリチャードとかいう聖騎士は聖剣所持者となったのだ。前のようにシャスティルの部下というわけにはいくまい。キュアノエイデスに帰ってくるとは思えなかった。

となると、ネフテロスとて戻ってくるかは怪《あや》しい。

――それでてめえが苦労背負《せお》い込んでりゃ、世話ねえだろうが。

この少女はまたしてもてんこ盛りになった書類仕事をひとりで抱えているのだ。バルバロスとしてはとうてい見ていられない。

シャスティルはいつものように困った笑みを返す。

「まあ、リチャードたちはどうなるかわからないが、三日後には黒花さんが帰ってくる。それまでの辛抱《しんぼう》さ」

「……はん。どうだかな」

腹立たしそうに顔を背《そむ》けると、シャスティルはそんなバルバロスの顔を観察するようにじっと見つめてきた。

「なんだよ？」

「いや……えっと、もしかして、心配してくれているのか……?」

「は、はあああっ? なんで俺がお前の心配しなきゃいけねえんだよ!」

思わず声を荒らげると、シャスティルは両手の指を絡《から》めながらほのかに頬《ほお》を赤く染める。

「だ、だって、いまのあなたは〝あのとき〟と同じ顔をしてるから……」

言葉の意味がわからず、バルバロスは首を傾げた。

「あのときってなんだ?」

「その、あのときだ。戦場にフォルが来て……その、わかるだろう?」

「はあん?」

戦場というのは先日の〝ネフテロス〟との戦いのことだろうか。正直、あのときはバルバロスもほとんど表に出て来なかったため、ろくに顔も合わせていない気がする。

——いや、ロリガキがいたのはその前か。

〈ネフェリム〉との戦いでフォルが割って入ってきた。そこでフォルがネフテロスのことをバラしたおかげであんな面倒な戦いをする羽目になったのだ。

思えば、あのとき口論になったせいで駆け落ち疑惑《ぎわく》をかけられた。

――お前、絶対長生きできねえぞ――

そう言ったバルバロスに、シャスティルは肯定の言葉を返した。そのことが頭に来て怒《ど》鳴《な》りつけたのだった。だけど、彼女はバルバロスが怒《おこ》った理由もちゃんとわかった上で、帰ってくると言った。だから、バルバロスも折れざるを得なかったのだ。

果たして、自分はあのときどんな顔をしていたのだろう。

そのことを思い出して、顔が熱くなるのがわかった。

「「……ッ」」

そんなバルバロスの反応に、シャスティルも頬を赤くして顔を背ける。

――つまり、俺はまた心配してるってのか？　こんなポンコツを？

いや、思えば護衛を始めてから心配を抱《いだ》かなかったことはなかったのかもしれない。この危なっかしい少女を見ていて、呆《あき》れ以外に抱きうる感情はそれしかないのだから。

なにより、それをシャスティルに見抜《みぬ》かれてしまった事実に胸をかきむしりたくなった。

「ぐぬ、ぐぬぅぅ……」

言葉にならないうめき声をもらしていると、とさりとなにかが倒れるような音が聞こえた。目を向けてみると、修道女が鼻血とともに満ち足りた笑顔で倒れていた。

「主よ……。私の信仰《しんこう》は正しかった。世界は、こんなにも美しい……」

「レ、レイチェルッ？」

シャスティルが悲鳴を上げてレイチェルに駆け寄る。

見慣れた光景に、バルバロスはため息をもらした。本当の頭痛の理由は、これではないのだ。

――こんなとこに押し込められたら、誕生日プレゼントを探せねえじゃねえか。

もうじき海の月が終わり、羊の月になる。

羊の月の十九日は、シャスティルの誕生日なのだ。

未《いま》だになにを贈《おく》るかも決められていない男は、人知れず苦悩していた。

◇

「――シャックス、付き合ってくれ。お前に俺の全てを与える――」

再び魔王殿《まおうでん》。アンドレアルフスが放ったひと言により、魔王殿玉座の間は未曾有《みぞう》の空気に支配されていた。

シャックスは露骨《ろこつ》に顔を強張《こわば》らせ、キメリエスはそんなシャックスを庇《かば》うように前に出る。フォルは心底引いた表情で後退《あとずさ》り、ネフィはそれを守るように身構える。アルシエラは『あたくしが強く殴《なぐ》り過ぎたせいですの？』という表情でうつむき、ゴメリは『塵芥《ちりあくた》から愛《め》で力《りょく》が芽吹《めぶ》くとは！』と感動に打ち震えていた。

異様な雰囲気《ふんいき》を作ったアンドレアルフスは、ひとりきょとんとして首を傾げる。

「え、俺なんかおかしなこと言ったか？」

ザガンは頭を抱えながらも、これをうやむやにするわけにはいかぬと口を開いた。

「ああー……っと、好いた惚れたは個人の自由だ。理屈《りくつ》ではどうにもならん。ただ……こいつには心に決めた相手がいる。どうにか、諦《あきら》めてもらうわけにはいかんか？」

何度も何度も殺されそうになりながら、ようやく養父《ラーファエル》にも仲を認めてもらったばかりなのだ。この仲を裂《さ》くのはいくらなんでも忍《しの》びない。

ようやく自分の発言の意味に気付いたのだろう。アンドレアルフスが愕然《がくぜん》とした。

「理解を示そうとするのはやめろォッ！　違うからね？　おじさん、そういう趣味《しゅみ》じゃないから！　そっちのお嬢《じょう》さん方みたいに若い女の子の方が好きだから！」

ネフィとフォルを指差され、ザガンはゆっくりと立ち上がった。

「……一度だけチャンスをやる。言い間違いは、誰にでもあることだ。いかに貴様が不愉《ふゆ》快極《かいきわ》まりない男だろうと、我が嫁《よめ》と娘《むすめ》に、そんな不埒《ふらち》な目を向けたことはないな？」

どんな悪党にでも、一度くらいはやり直すチャンスがあってもいい。これがザガンの主義である。そう、一度だけだ。

そのチャンスを与えてやると、おじさんはとうとううずくまって泣き出した。

「だから違うんだってばよおおおおおおおおおおおおおっ！」

哀《かな》しい慟哭《どうこく》が魔王殿に響《ひび》くのだった。

数分後。元〈魔王〉筆頭のおじさんは膝《ひざ》を抱えてグスグスと鼻を鳴らしてぽつりぽつりと話し始めた。

「あのですね、新しい〈魔王〉の中で、シャックス殿《どの》にだけ教えを請《こ》う師がいないわけじゃないですか？　ですので、力不足ながら自分の方で力になれればと考えた次第《しだい》なんです」

「だったら初めからそう言え。紛《まぎ》らわしい」

「申し訳ないです。自分、口下手なもんで」

人生の全てが嫌になったような顔でつぶやくアンドレアルフスに、ザガンも頭が痛くなってきた。

「……というか、なんだその気味の悪いしゃべり方は」

「この子、元々こういう話し方ではありませんの？　いつぞやかあたくしのところに来たときはこんな感じだったのですわ」

「貴様のところに……？　ああ、なんか返り討《う》ちに遭《あ》ったという……？」

「軽く撫《な》でてあげただけですわ」

　二百年ほど前に、アンドレアルフスはアルシエラに挑《いど》んだという。さらに暗い過去をほじくられ、アンドレアルフスは本気で自害を考えるような瞳《ひとみ》で床《ゆか》のシミを見つめていた。

　そこで、ようやくシャックスが頭をかきながら口を開く。

「その辺りにしといてやってくれよ。それで、俺の師匠《ししょう》になってくれるってのはどういうことなんだい？」

「あ、うん。〈虚空《こくう》〉は元々自分の魔術《まじゅつ》なんで、シャックス殿にもちゃんとした使い方をお伝えできればと考えた次第です」

「……いや、そろそろシャンとしてくれねえかい？　ボスんところでいじられんのなんて日常茶飯事《にちじょうさはんじ》なんだし」

　無駄に頼もしい言葉に、アンドレアルフスも涙《なみだ》を拭って立ち上がった。

「お前さんがどうしてそこまで強くなれたのか、ようやくわかった気がするぜ」

「そこで理解するのはやめてもらっていいか？」

　とはいえ、これにはザガンも納得《なっとく》した。

　――シャックスの〈虚空〉は俺が教えたものだからな。

　この〈虚空〉という魔術は、時間をほぼ停止させるという最強の魔術のひとつである。

シャックスを〈魔王《まおう》〉にした力ではあるが、そもそもザガンもアンドレアルフスから盗んだものであるため、源流《オリジナル》に劣《おと》るのは事実だった。

「確かに貴様から教えを受ければ、シャックスの〈魔王〉としての力は盤石《ばんじゃく》となるな。……だが、それで貴様になんのメリットがある？」

その問いかけに、アンドレアルフスも困ったように腕を組んだ。

「得というなら、俺の魔術を後世に残してえから、ってところかな」

どこか遠い目をして、アンドレアルフスは語る。

「ステラのやつは弟子ってより患者《かんじゃ》だったからな。基礎《きそ》は教えたが、それ以上のことはやってねえ。右腕《みぎうで》の影武者《かげむしゃ》はデカラビアのやつに殺されちまった。となると、俺が死んだら本当になにも残らねえ。だから、かな」

魔術師にとって魔術は自らの存在証明とも呼べるものだ。

ゆえに、魔術師は徹頭徹尾《てっとうてつび》己《おのれ》のことしか考えぬにも拘わらず、弟子を取る。引退を考えているアンドレアルフスが、その力の継承者《けいしょうしゃ》を求めるのは自然なことではあった。

シャックスはなおも困惑《こんわく》が晴れぬようで問い返す。

「だが、具体的になにをすりゃいいんだい？　魔術師に修行《しゅぎょう》なんてナンセンスなことは言うつもりじゃないだろう」

魔術師は知識を得ることで強くなるのだ。修練を積んで強くなるのは、聖騎士の領分である。なのだが、アンドレアルフスは首を振《ふ》って返した。

「いいや、まさにその修行をしてもらうのさ」

「はあ？」

唖然《あぜん》とするシャックスに、アンドレアルフスは続ける。

「〈虚空〉はいついかなるときでも、当たり前に使えてこそ意味がある魔術だ。当たり前に使えるくらい慣れるには、訓練を積むしかない。ザガン、お前さんならわかるだろう？」

「貴様に同意するのは癪《しゃく》だが、わからんでもない」

確かにザガン自身も〈天輪《てんりん》〉を作ったときは、その速度に順応するためキメリエスを相手に訓練を必要とした。アンドレアルフスの言うことはわからなくもない。

ザガンが頷き返すと、アンドレアルフスは笑って言う。

「てなわけで、ひとりで俺《おれ》を倒せるくらいには強くなってもらうぜ！」

「無茶《むちゃ》言わねえでくれねえかっ？」

シャックスが悲鳴を上げる。

〈魔王の刻印〉を失ってなお、アンドレアルフスが最強だった事実は揺《ゆ》るがない。現存する〈魔王〉たちでさえ、この男を倒すことは容易ではないのだ。

なのだが、ザガンは無情にも頷く。

「なるほど、いいだろう。シャックスを連れていけ。ただし、三日だ。三日後には黒花たちが帰ってくる。それまでにケリをつけてこい」

「はああっ？　ボスまで無茶を言わねえでくれよ。え、本気じゃないよな？」

「冗談を言っているように見えるか？」

ザガンが真顔で返すと、シャックスは絶句した。

そこに、ネフィが恐る恐る声を上げる。

「ええっと、アンドレアルフスさまはザガンさまと同じくらいお強いのですよね？　でしたら、その条件は少々酷《こく》なのではないでしょうか」

その言葉に、シャックスがすごい勢いで頷く。

だが、疑問を呈《てい》したのはネフィだけだった。フォルがどこか突《つ》き放《はな》すように言う。

「私はそうは思わない。シャックスは、私やネフィよりも〝与えられて〟いる。シャックスが弱腰《よわごし》なだけ」

「与えられている……？」

首を傾げるネフィに、キメリエスが補足する。

「そうですね。たとえば僕《ぼく》ならゴメリさんから魔術を教わり、〈魔王〉であるザガンさんからさらに力をいただきました。ネフィさんの場合は、同じくザガンさんと、〈魔王〉であるオリアスさんから手解《てほど》きを受けていますよね？」

「あ……」

それでネフィも理解したようだ。フォルが呆れたようにつぶやく。

「ザガンとシアカーンとアンドレアルフス――三人もの〈魔王〉から知識《カ》を与えられているのは、シャックスだけ」

これにはシャックスも目を見開いて言葉を失った。言わば魔術師《まじゅつし》として誰よりも恵《めぐ》まれているのだ。これで臆病風《おくびょうかぜ》に吹かれているなら殴られても文句は言えない。

がしがしと頭をかきむしって、シャックスは観念したように肩《かた》を落とす。

「……わかったよ。確かに、それで足踏《あしぶ》みしてたらラーファエルの旦那《だんな》にも顔向けできねえな。三日で、ってのは約束できないが」

まあ、そこでヘタレなのはシャックスなので仕方がないだろう。

——ちゃんとやる気を出せばできん課題ではないと思うのだが。

だが過度な期待を寄せても重荷にしかならないだろう。ザガンは肩の力を抜《ぬ》くように笑ってみせる。……実際には、なにやら嘲笑《ちょうしょう》めいた笑みになってしまっていたが。

「ふたりがかりとはいえ、一度倒した相手だ。気楽にやってこい」

「そんなこと言えるのはボスくらいのもんだと思うぜ？」

それでも緊張《きんちょう》を解す程度の効果はあったらしい。シャックスの表情がいくらか柔《やわ》らかくなったように見えた。

反面、アンドレアルフスは額に青筋を立ててしまう。

「お？　おじさん、もしかして舐《な》められてんのか？　よーしっ、おじさん張り切っちゃうからな！　せいぜい死ぬんじゃねえぞオラアッ」

「……お手柔《てやわ》らかに頼むぜ」

アンドレアルフスに連れられ、シャックスが去っていく。

それでこの会合もお開きという流れになった。

「ではザガンさん。僕たちもこれで」

「きひひひっ、妾《わらわ》は楽しく……じゃなくて忙《いそが》しくなるのう！　くうぅ、王公認《こうにん》のおもちゃじゃ大事に遊ばねば！」

「……ゴメリさん。そこまで来ると最初に取り繕《つくろ》っても意味ないと思いますよ」

キメリエスの心労を増やしてしまった気がするが、ゴメリたちも去っていった。

続いて、フォルも扉《とびら》へ足を向ける。

「私も〈ネフェリム〉の街を見てくる」

「うむ。頼んだぞフォル。デクスィアとアリステラも連れていくがいい。〈魔王〉ならば供が必要だ」

「そう？　わかった。連れていく」

大仰《おおぎよう》な言い方をしてしまったが、あの双子《ふたご》も〈ネフェリム〉だ。彼《かれ》らの元を訪ねるならきっと役に立つ。それに相談できる相手がいるというのは、存外に気持ちが楽になる。

力の上ではゴメリたち元魔王候補に及《およ》ばないが、それでも一流と呼べる程度の魔術師ではある。フォルの従者としての役目は果たせるだろう。

フォルが頷《うなず》くと、ザガンはパチンと指を鳴らして魔《ま》法陣《ほうじん》を広げる。

「あとフォル、これも持っていくがいい」

そうして〝手《て》渡《わた》したもの〟は、魔王殿の宝物庫に収められていた用途《ようと》不明の遺産のひとつである。配下たちに調査させていたが、ようやく解析《かいせき》結果が出たのだ。

「こいつはこの世界のどんな物質とも異なる素材でできているらしい。鉱物なのか有機物なのかすらわからん。わかったのは、こいつが途方《とほう》もなく硬《かた》い未知の物質だということくらいだ。そのせいか、マルコシアスの宝物庫の中でもずいぶん厳重に保管されていた」

「未知の物質……？」

アルシエラが怪訝そうな顔をする。

「少し、見せていただいてよろしいかしら？」

「まあいいだろう」

差し出してやると、アルシエラは手に取ってしげしげと観察する。

「……こちら絡《がら》みかと思いましたけれど、取《と》り越《こ》し苦労《ぐろう》でしたかしら？　特におかしなところはなさそうですわ」

〈アザゼル〉絡みの品ではないようだ。

誰がなんのために造ったのかはわからないが、役に立つなら使わない手はない。それに、ザガンの勘《かん》はこれが掘《ほ》り出《だ》し物《もの》だと告げている。

「ザガン、ありがとう。私、がんばってくる」

「うむ。だが無理はするなよ？」

「うん。いってきます」

新しいおもちゃをもらったように軽い足取りで、フォルも玉座の間を去っていく。

——さて！　久しぶりにネフィとふたりきり……。

ネフィに向き直ると、その隣《となり》にまだ吸血鬼《きゅうけつき》がひとり残っていた。

「あら、お邪魔《じゃま》のようですわね。フォルのこともありますし、あたくしもこれで失礼するのですわ」

「——待ってください」

そのまま立ち去ろうとするアルシエラを呼び止めたのは、なんとネフィだった。

ネフィ自身もなんで止めたのかわからないという顔をしているが、やがて困ったような笑顔《えがお》でこう言った。

「その、お義母さまもザガンさまとのお時間を取ってはいかがでしょうか？」

「えうっ？　そ、それはその……。ネフィ嬢のお時間が減ってしまいますわよ？」

もっともな指摘《してき》に、しかしネフィは首を横に振る。

「わたしと母が初めて会ってぎこちなかったころ、ザガンさまは母との時間を作って取りなしてくれました。ですから……」

その言葉で、ネフィもザガンと同じように……いや、恐らくザガンよりも遙《はる》かに親子関係を気に懸《か》けていたのだとわかった。

——嫁にまで心配をかけるとは不甲斐《ふがい》ない！

ザガンとて親なのだ。このままでいいわけがない。

意を決して、ザガンは頷いた。

「すまん、ネフィ。余計な気を遣《つか》わせてしまった」

「いえ、わたしこそ差し出がましいことを言ってしまって……」

「大丈夫《だいじょうぶ》だ。ネフィの気持ちは十二分に伝わった」

そのあたりの気遣《きづか》いの十分の一でも他人に向けることができれば解決する問題なのだが、ザガンは自覚していなかった。

「では、わたしはこれで……」

そうしてネフィも玉座の間をあとにし、ザガンとアルシエラの親子だけが残される。

またしても、玉座の間に胃の痛くなるような沈黙《ちんもく》が広がるのだった。

◇

ひたすら重たい空気が残されたそこで、先に口を開いたのはザガンだった。

「アルシエラ。貴様チェスの心得はあるのか？」

「え？　まあ、人並み程度には……」

「なら一局付き合え。執事《ラーファエル》に一度も勝てんで苦戦している」

軍略をチェスにたとえたこともあったが、実際にやってみるとなかなか難しく惨敗《ざんぱい》を喫《きっ》している。状況《じょうきょう》を見て先を読むということは得意なつもりだが、ラーファエルには及ばなかったのだ。

ザガンが軽く腕《うで》を振るうと玉座の間にテーブルと椅子《いす》、そしてチェス盤《ばん》が滑《すべ》るように現れる。そこでパチンと指を鳴らすと、三十二ピースの魔法銀《ミスリル》の駒《こま》が盤面《ばんめん》に整列した。

ポーン、ナイト、ビショップ、ルーク、クイーン、そしてキング。動きの異なる六種の駒を用いて行うこのゲームは、なかなかに奥深《おくぶか》い。

アルシエラはきょとんとしてまばたきをする。

「あたくしでよろしいんですの？」

「貴様がよこしたものだろう。手解きを求められるのは不服か？」

そう言うと、アルシエラはようやくおかしそうに笑った。

「クスクス、そう言われては断れないのですわ」

そうして対面に座《すわ》り、言葉少なに駒を手に取る。最初に動かしたのはポーン。初手なら二マス進めることもできるが、ザガンは一マスだけ前進させる。

「存外に手堅《てがた》く攻《せ》めるものですわね。ルール通りにやらなければいけないと、緊張があるのですかしら。普段の銀眼の王なら、もっと大胆《だいたん》に進めてもいいはずなのですわ」

手解きを求めたせいか、アルシエラはたった一手でそこまで言い当ててきた。

──ひとつ動かしただけでそこまでわかるものなのか。

実際のところ、緊張しているのは事実だった。

他人とのゲームというもの自体経験がないのだ。それに、母《アルシエラ》とどう会話をしたらいいのかわからないという問題もある。

そんな〈魔王〉らしからぬ緊張が、指し手にもにじむものなのかもしれない。

アルシエラはザガンが進めたポーンと同じ列、キングの正面にあるポーンを二マス進める。一マス空けて向き合うことになる。

ザガンはそれを無視してキング右側、ナイトの正面にいるポーンを二マス進める。アルシエラはそれを牽制《けんせい》するように最初のポーン右後ろに次のポーンを置く。

慎重《しんちょう》というより、ザガンに合わせてゆっくり攻めてくれているような感覚だった。

──こいつは、ずっとこんなふうに見守ってきたんだろうな……。

それから数手進めてから、ザガンはようやく口を開く。

「ところで、俺は貴様をなんと呼ぶべきなのだ？」

「それは……。どうぞ、ご随意《ずいい》に」

母と呼んでほしいような、呼んでほしくないような、どちらとも取れる声音《こわね》だった。

――そういうことを人任せにするのは変わらんな。……いや、俺もか。

かつてまみえた父《友》が言ったように、ザガンはアルシエラ似なのかもしれない。

少し考えてから、ザガンはルークを大きく前進させてこう言った。


「なら、お袋と呼ぶ」


アルシエラは大きくまばたきをした。

「……いいんですの？」

「なにがだ？」

「……あたくしには、そう呼ばれる資格はない、と思っていますけれど」

これにはザガンも苦笑《くしょう》を隠せなかった。

――オリアスも似たようなことを言っていたな。

なら、ザガンが返す言葉も決まっている。

「資格だとかなんだとか判断するほど、俺は貴様を知らん。であれば、まずは知るところから始めねば仕方がなかろう」

そう告げると、アルシエラはどこか懐《なつ》かしそうに笑った。

「貴兄《きけい》のそういうところは、あの方に似ているのですわ」

「銀眼の王とやらか？」

「ええ……」

聞かれたくないことなのだろう。これ以上聞くなと言わんばかりに、嫌《いや》な位置へとビショップが置かれる。

だが、それで引き下がるくらいならチェスなど誘《さそ》わない。ザガンは果敢《かかん》にナイトを置いてビショップの進路を封《ふう》じる。

「やはり紛らわしくていかんな。貴様はいつまで人を銀眼の王などと呼ぶつもりだ？」

「お気《き》に召《め》しませんの？」

「その呼び名の人間が三人もいては紛らわしくてかなわん。貴様はいったい誰《だれ》に話しかけているつもりだ？」

「…………」

長い沈黙。言い訳を探すように先ほどのビショップを一歩下がらせた。

「……あたくしは、貴兄を守れなかったのですわ。貴兄はまだ七歳《さい》だったのに」

「知らんな。ゴミ溜《た》めで暮らす前のことなど覚えていない。覚えてもおらんことで責任を感じられても困るだけだ」

それに、と思い出すのは結界の中のアルシエラの姿である。

恐らくは〈アザゼル〉を封じ込《こ》めるための人柱になったのであろう、石とも鉛《なまり》ともつかぬ姿で柱に埋《う》め込まれた少女の姿だ。

――あんなものを見せられて、どう文句をつけろというのだ。

命を懸けても守れなかった。それだけ困難な時代だったのだ。この少女がそんな時代を必死に生きたことは、間接的にだが知っている。

「俺にはもう、フォルという娘がいる。あれを守るためなら命だろうがなんでも喜んで差し出そう。汚《きたな》いことでも平然とやる」

それはすでにそうして歩いてきたという事実だ。

「その結果、娘から憎《にく》まれることになろうと、やはり俺はそれを選ぶだろう。親というのは、そういうものだと思っている。貴様は、違《ちが》うのか？」

「……ッ、あたくしは」

アルシエラは、その先を言葉にすることができなかった。

それがどこまでも雄弁《ゆうべん》な答えでもあった。

――ならば、こいつは俺と同じなのだろう。

ただ、力が及ばなかったのだ。

この少女が戦ってきた相手が何者なのかを考えれば、それを誰に責められよう。

だから、ザガンは続ける。

「もしそうなったとき、俺は娘に嫌《きら》われたままではいたくない。なのに自分のお袋に対して歩み寄る気はないのでは、筋が通らんだろう」

その答えに、アルシエラも馬鹿馬鹿《ばかばか》しくなったように苦笑した。

「クスクス、結局フォルのためなんですの？」

「いかんか？　親なのだ。子に好かれていたいのは当然だろう」

「……なら、フォルには感謝しないといけませんわね」

「当然だ。よくできた子だろう。我《わ》が自慢《じまん》の娘だ」

ナイトでアルシエラのポーンをひとつ落として、ザガンは言う。

「話が逸《そ》れていたな。それで〝銀眼の王〟という呼び方はどうにかならんのか？」

「ぐぅ……」

いい話で終わったつもりだったのだろう。アルシエラは露骨に渋面《じゅうめん》を作った。

それを誤魔化《ごまか》すようにクイーンを前進させるが、まともに迷いが表に出た失策だった。

「悪手だな」

「あ」

ザガンは不用意に突出《とっしゅつ》してきたクイーンを、ナイトで容赦《ようしゃ》なく倒した。

小さくため息をついて、アルシエラは賞金でも支払《しはら》うように口を開く。

「──ルシア──」

それが名前らしいことはわかったが、知らぬ名だったことに首を傾《かし》げる。

「……なんだと？」

「貴兄の、父親の名前ですわ」

思わず息を呑《の》んだ。

いままでひた隠しにしてきた名前を、まさかこうも突然《とつぜん》告げられるとは。

──そうか。あいつはルシアという名なのか。

友がいまその名前をよしとするのかはわからないが、ザガンは不思議と少しだけ身近になったように感じられた。

「最初の銀眼の王の名前は、あいにくと口に出すことができませんの。正確には……」

「口に出しても認識《にんしき》できん──か？」

「……ご存じでしたのね。ええ、その通りなのですわ。あの方の名前を聞いても、誰も覚えておくことができない」

黒花たちが交戦したアスラとバトーとかいうふたり組が、その名前を口に出していたらしい。黒花はそれを認識できなかったと報告したが、聞いた瞬間《しゅんかん》に忘れるというのが実際のところだったようだ。

アルシエラは語る。

「その方が、貴兄の祖父に当たるのですわ」

「……なるほど」

まあ、なにかしら関係があるのだろうとは思っていたが、そんな近縁《きんえん》だとは思っていなかった。

「だから〝銀眼の王〟という名は個人ではなく、その血統を指す名前なのですわ」

そこで一度言葉を区切ると、アルシエラは小さく深呼吸をして――不死者がやっても意味はないだろうが――ようやくザガンの顔を真《ま》っ直《す》ぐ見た。

「ザガン。貴兄は三番目の〝銀眼の王〟であり、千年前にあたくしが守れなかった息子《むすこ》なのですわ」

なにを聞いても答えられない少女の、精一杯《せいいっぱい》の答え。

――千年前……つまり、やはりそういうことなのか。

ザガンはその意味を噛《か》みしめるように頷いた。

「……ひとつ、訊《き》いてもいいか？」

「答えられるかはわかりませんけれど」

そこのところは、結局この少女なのだ。

「答えられんのなら沈黙でかまわん」

そう前置いて、ザガンはこう問いかけた。

「シアカーンが蘇生《そせい》した親父《ルシア》は、俺よりも年下だった。それほど早死にしたのなら〝銀眼の王〟の血統は、誰がリュカオーンに残した？」

その問いかけに、アルシエラはどこまでも哀しげな眼差《まなざ》しを返した。

「貴兄の妹なのですわ」

「妹……だと？」

「ええ。貴兄は双子だったのですわ。妹の名前はリ、リ、シ、エ、ラ」

この名前には、ザガンも表情を険しくした。

その疑問を口に出す前に、アルシエラは首を振って返す。

「といっても、い、ま、のあの子のことではないのですわ。リリシエラは夢魔《あたくし》の血を色濃《いろこ》く継《つ》いだ子でしたから、ヒュプノエル家にはときおりあの子の生き写しのような子が産まれるのです。だからその子には〝リリシエラ〟の名を与《あた》えてきた」

つまるところ、リュカオーンの三大王家でもっとも〝銀眼の王〟の血を深く継いでいるのはリリスのヒュプノエル家だということだ。

「なぜそんなことを？」

「いつか、貴兄と巡《めぐ》り会《あ》えるかもしれないから……」

ザガンはくしゃっと髪《かみ》をかき上げた。

──確かに、リリスのやつはどこか他人に思えんところがあったな……。

ネフィからも気に懸けすぎだとヤキモチを妬《や》かれた。

戸惑《とまど》いを振り払《はら》うように、ポーンのひとつを前に進めた──そのときだった。

「クスクス、王手《チェック》なのですわ」

「む……」

今度はザガンが悪手を打ったらしい。

どうにか挽回《ばんかい》できないかと考えてみるが、どう足掻《あが》いても数手で詰《つ》む。

「……投了《とうりょう》だ」

「詰めが甘《あま》いのですわ」

「ふん……。まあいい」

アルシエラが席を立つと、ザガンはその背中に声をかける。

「話を聞けてよかった。……だが、次は負けんよ、お袋」

その言葉に小さく息を呑んで、それからアルシエラはとてもこの少女が浮《う》かべるとは思えぬ穏《おだ》やかな笑顔を返した。

「いつでも相手になるのですわ、ザガン」

それが、どこまでも不器用な親子の対話だった。

◇

アルシエラとのチェスに負けてから、ザガンは魔王殿にてナベリウスにあてがった工房《こうぼう》へと足を運んでいた。

煤《すす》くれたその場所は石レンガで組まれた一室で、暖炉《だんろ》を改造した即席《そくせき》のかまどが設置されている。

部屋の中央には大きなテーブルがひとつ。かまどの前には切り株から作った背の低い台が置かれている。それぞれの上には鋸《のこぎり》ややっとこ、ヤスリに夕ガネに金槌《かなづち》木槌《きづち》と様々な工具が散乱していた。中でも、テーブルの上には小指の爪《つめ》ほどもない精緻《せいち》な歯車やバネなどまで並べられている。

いま作っているプレゼントは、外装や中に組み込む魔術《まじゅつ》などはザガンが設計し、製作しているが細かな装置に関してはナベリウスを頼《たよ》っていた。

外見や言動こそふざけているものの、《魔工》としてのナベリウスの仕事は非の打ち所のないものである。

ザガンが玉座の間で馬鹿騒《ばかさわ》ぎをしている間も、きっちり仕事を進めてくれていた。

「進捗《しんちょく》はどうだ、ナベリウス」

「んんー、まあまあってところねえ」

歯切れの悪い答えに、ザガンも怪訝《けげん》な顔をする。

「なんだ。なにか問題か？」

ネフィの誕生日まで、もうひと月もないのだ。問題は早急《さっきゅう》に解決する必要がある。

「問題ってほどじゃないけれどう。……あんた、あれ持ってるかしらあ？　マルコシアスの宝物庫ならあると思ってたんだけど」

「もったいぶるな。なにが必要だ？」

「――煌輝石《エリアル・ブラッド》――」

それは数ある魔石の中でも極《きわ》めて力が強く、美しいとされる宝石の名だった。いまでは採掘《さいくつ》も精製も不能な石で、言わば宝石のミスリルのようなものだ。

ザガンは頷く。

「ああ、確かにあったな。……あんなものが必要なのか？」

強力な力には相応の対価が付きまとうものである。

煌輝石は〝精霊《せいれい》の血〟という忌《い》まわしき別名を持つ、呪《のろ》われた石でもあるという。主に相応《ふさわ》しくなければ、魔術師とて石に食い殺されるとまで言われていた。

――ただの材料だとしても、ネフィのプレゼントには使いたくない。

ナベリウスは鼻で笑う。

「あんなの迷信《めいしん》よう？　少なくとも、あたしは何百と扱《あつか》ってきたのに不幸に見舞《みま》われた覚えもないわ。ていうかそもそもあれって……いや、これはいいか」

この男を前にしては、呪いの方が裸足《はだし》で逃《に》げていきそうなものだ。

ザガンが辟易《へきえき》とした顔をしていると、ナベリウスは存外に真面目《まじめ》な声音で続ける。

「あんたが組《く》み込もうとしている魔術をまともに機能させようとしたら、あれくらいの魔石がないとまともに機能しないのよ。下手すれば術者の方が喰《く》われるわよう」

「むう……」

そう言われると、ザガンも断り辛《づら》かった。

腕を組んでうなって、ザガンは重たい口調で答える。

「少し、考えさせろ。代替品《だいたいひん》がなければそれでいく」

「ないわよう。あたしが言ってるんだもの」

「それでも、だ」

ネフィの初めての誕生日プレゼントに曰《いわ》く付きのものなど贈《おく》れるわけがない。とはいえ、ナベリウスが必要だと言うなら、他に方法はないのだ。それもわかってはいるのだ。

うなっていると、ナベリウスが部屋の外へと目を向ける。

「ところで、来客があったみたいねえ」

「ん？　ああ、アンドレアルフスだ。現役《げんえき》を退いたやつには後《うし》ろ盾《だて》が必要なのだろう」

〈ネフェリム〉の存在をはぐらかして答えると、ナベリウスはため息をもらす。

「ビフロンスにやられたって話だけど、よく生きてたものねえ。あの子が仕留め損《そこ》ねるとは思えないのだけれどう」

「やつには生かして捕《と》らえておく必要があったんだろう。おかげでこちらも相応の損害を被《こうむ》った」

忌々《いまいま》しそうに吐《は》き捨てると、ナベリウスが確かめるようにこんなことを問いかけてきた。

「……ビフロンスの最期《さいご》、どうだったか聞きたくはない？」

ビフロンスは瀕死《ひんし》のネフテロスを攫《さら》うと、〈ネフェリム〉の体を与えて救ったのだという。

ただ、そのあとあの魔術師がどんな最期を迎《むか》えたのかは聞いていない。それはネフテロスが語らなかったというのもあるが、それを知っていいのは当事者だけに思えたからだ。

ネフテロスが語らないのであれば、訊く必要のないことなのだ。

ザガンは首を横に振る。

「興味がない」

「……冷たいのねえ。〈魔王〉の中じゃ付き合いも長かったでしょうに」

それこそ敵としての付き合いである。思い返しても腹立たしさしかない。

だから、ザガンは突き放すように答える。

「興味がないと言ったぞ」

マントを翻《ひるがえ》し、ナベリウスに指先を突き付けて言う。

「死んだのなら、満足したのだろう？」

この言葉に、ナベリウスは仮面の奥《おく》の目を丸くする。

「満足……？」

「そうだ。やつは人が嫌がることに命を懸ける魔術師だ。それが死んだのなら、満足したのだろう。満足していなければ、泥水《どろみず》を啜《すす》ろうが意地汚《いじきたな》く生き延びて次の嫌がらせを始めている。あれはそういう魔術師だ」

あれから半月経《た》ってもネフテロスは無事である。ならば、ビフロンスはこの結末に満足したのだ。でなければ、不死者になってでも蘇《よみがえ》っている。それがザガンの結論だった。

ナベリウスは肩を揺らしておかしそうに笑う。

「存外に、あの子のこと理解してあげてたのねえ」

「気色の悪いことを言うな。敵がなにを考えているのかわからねば足下《あしもと》を掬《すく》われるというだけの話だ」

そう答えると、ナベリウスはどこか感慨深《かんがいぶか》そうにため息をこぼした。

「そうね。あなたが正しいわ。あの子は、確かに満足していた」

悼《いた》むような声に、ザガンは眉《まゆ》をひそめる。

「貴様らは親しかったのか？」

「ええ。親友だったわ」

「……やつの感性とやらがよくわからんくなったが」

この男とビフロンスが親しくしている光景は想像できなかったが、当人がそう言うのだから友達だったのだろう。それから、ふと思い出したようにナベリウスはつぶやく。

「そうそう。ビフロンスのことを気に入ってる〈魔王《まおう》〉がもうひとりいたわね」

「ほう、聞こうか」

間違《まちが》いなく優先的に殺すべき〈魔王〉である。


「〈殺人卿《狂》〉グラシャラボラス――素敵《すてき》な芸術家よ」

ろくでもない名前に、ザガンも思わず身構えた。

それを知ってか知らずか、ナベリウスは懐かしそうに続ける。

「人の苦しむ姿がどう美しいかとか、もっとも効率的に人を苦しめる方法はなにかとか、楽しそうに話し合っていたわ。その実験で街ひとつ滅《ほろ》ぼしたこともあったかしら」

「情報に感謝する。この世に存在してはいかんやつだということが、よくわかった」

「ちょっと、人を売ったみたいに言うのやめてくれない？」

ナベリウスが批難がましい声を上げたような気がするが、ザガンは新たに始末すべき敵の名を噛みしめるのだった。

◇

「誰かッ、誰か助けてくれっ！」

血を吐くような悲鳴が、夜の街に響《ひび》いていた。

それもそのはず。月を貫《つらぬ》くように、異形の影《かげ》が聳《そび》えているのだ。

一見すると薄《うす》っぺらい紙クズをより集めた紙縒《こよ》りのように見える〝なにか〟である。ただ、その大きさは教会の尖塔《せんとう》に迫《せま》るほどで、にも拘《かか》わらず手足のような部分は風に吹《ふ》かれてヒラヒラと揺れている。まったく質量というものを感じさせない姿だ。

明らかに生物とは思えぬその異形は、まるで夜の隙間《すきま》から這《は》い出すように、いつの間にかそこに佇《たたず》んでいたのだ。

そして、虐殺《ぎゃくさつ》を始めた。すでに周囲には細切れになった人間らしき肉片《にくへん》が飛び散り、悲鳴を上げた青年の顔にもべったりと貼《は》り付いている。

「ひいいっ」

「ま、待って！　置いていかないで！」

青年は小便すら垂れ流して逃げていくが、その傍《かたわ》らには尻餅《しりもち》をついた若い娘《むすめ》の姿があった。腰《こし》が抜けてしまったようで、後退《あとずさ》ることすらできないでいる。

そんな娘に、異形の手足がゆらりと揺《ゆ》れた。

直後、その軽そうな腕が剃刀《かみそり》のように薄い刃《やいば》となって伸《の》びた。

娘は悲鳴を上げる間もなく、その首を切断される……かのように見えた。

「え」

「――危ないところでしたね。もう大丈夫ですよ」

帯のように伸びた刃は、か細い指先によって止められていた。

どこから現れたのか、娘を守るようにひとりの魔術師が立っていた。はだけたフードの下から美しい銀色の髪が風に流れる。

『ウヴゥ……？』

異形は刃を押《お》そうとしたのか、それとも引こうとしたのか、なにかしらの力を込めたのだろう。だが、その刃は空間に縫《ぬ》い付けられたかのようにピクリとも動かなかった。

目の前のそれを敵と感じたのか、異形はその身を千々に引き裂《さ》くように宙へと広げる。

「な、なに？」

娘が怯《おび》えた声を上げる。

異形はそのまま魔術師《まじゅつし》を包《つつ》み込むように広がり続けていた。ここから先ほどの攻撃《こうげき》を放てるなら、魔術師は全方位から切り刻まれることになる。

なのだが、魔術師は慌《あわ》てた様子もなく笑う。

「無駄《むだ》ですよ。あなたもう、死んでるんですから」

魔術師の指先に、黒い光が灯《とも》る。異形の刃を、そこに貼り付けたまま。

指を伸ばしたその右手には、禍々《まがまが》しくも神々《こうごう》しい〈刻印〉が輝《かがや》いていた。

「――〈漆極《しっこく》〉――」

ぐちゃっと、湿《しめ》っぽい音が響いた。

魔術師を包み込むように広がっていた異形は、黒い光に吸《す》い込まれるように一点へと押し込められていた。書き損じてくしゃくしゃに丸めた手紙に似ていたかもしれない。

『ギュイアアアアアアアッ』

耳をつんざくような悲鳴を残して、圧縮された異形はガラスのように砕《くだ》け散る。

――紙切れかと思えば水っぽい音がするし、散り様はガラスみたいですねー。

つくづく、人の理解の及ばぬ連中である。

指一本で異形を葬《ほうむ》った魔術師は、半分に欠けた月を背にふり返る。風に巻き上げられた長い髪を押さえるそれは、まだ十五、六歳の少女だった。

まだ幼ささえ残した可憐《かれん》な顔貌《かおかたち》。胸元《むなもと》へと伝い落ちるのは絹糸のような銀色の髪。肩《かた》から真っ黒なローブを羽織り、その胸元には銀色のペンダントが下がっている。

しかしもっとも目を惹《ひ》く特徴《とくちょう》は、そのどれでもない。

菫色《すみれいろ》の瞳《ひとみ》である。

奇妙《きみょう》なことに、その瞳の奥、瞳孔《どうこう》のさらにその向こうには星とも十字架《じゅうじか》ともつかぬ、不可思議な形の光が浮かんでいるのだ。

「綺麗《きれい》……」

直前まで失禁するほど怯えていたのも忘れて、娘は魔術師に見惚《みと》れていた。

「災難でしたね。魔族に襲《おそ》われるなんて」

「魔族……ですか？」

「ええ。連中が何者なのかは私にもわかりませんけど、最近になって現れるようになった化け物ですよ」

少女の知る限り、これで六件目。それもひと月の間に、である。

一匹《いっぴき》でも現れれば聖騎士《せいきし》ならば聖剣《せいけん》所持者数名を含《ふく》めた中隊規模の討伐《とうばつ》隊が、魔術師ならば〈魔王〉クラスが出向くべき怪物《かいぶつ》である。こんなものがそんな頻度《ひんど》で現れていたら、世界などすぐに滅びてしまう。

南で〈魔王〉ザガンとシアカーンが楽しく戦争をしている間も、少女は魔族と戦っていたのだった。

魔術師の少女は安心させるように微笑《ほほえ》むと、娘に向かって手を伸ばす。

娘も陶然《とうぜん》とした表情でその手を取ろうとして――ぺいっと弾《はじ》かれた。

「助けてあげたんだから、お代を払ってください」

「えええええっ？」

哀《あわ》れな娘は怖《お》ず怖ずと財布《さいふ》を差し出す。

「は？　あなたの命、たったの金貨十枚ぽっちなんですか？　安物の宝石ですか？」

「勘弁《かんべん》してください！　それで全財産なんです」

少女が財布をひったくると、娘は泣きながら逃げていった。

「はーっ、やだやだ。宝石のひとつも持ってないだなんて、生きてて恥《は》ずかしくないんですか？　あー、助けて損した」

巻き上げた金貨をキンッと指で弾いて、少女は悪態をつく。

少女の名は〈魔王〉アスモデウス。《蒐集士《しゅうしゅうし》》の名で呼ばれる、度しがたい守銭奴《しゅせんど》だった。

キュアノエイデスから北西へと運河を上ると、大陸最大の湖スフラギタに行き着く。その片隅《かたすみ》に小さな湖畔《こはん》の街パラリンニア。かつてはキュアノエイデスと同じく栄えた場所だったが、地盤沈下《じばんちんか》により街の大半が水没《すいぼつ》し、廃《すた》れた都。少ない陸地をいくつもの橋が繋《つな》いで維持《いじ》された街だった。

魔族の出現による騒動《そうどう》も、少しずつ収まっているようだ。ここそこですすり泣きのような声が聞こえてくるが、教会が死体を片付け始めている。先ほどの哀れな娘も、自分を置いて逃げた青年に平手でも見舞っているころだろう。

守銭奴の少女は、そんな街を見下ろす橋のひとつに腰掛《こしか》ける。

「――美しいお嬢《レディ》さん。財宝集めも、時と場合を考えた方がよろしいですぞ？」

そんな少女のすぐ横に、すっと桃色《ももいろ》の花が差し出される。少女は一瞥《いちべつ》も向けなかったが、それは早咲《はやざ》きの百合《リリー》だった。

穏やかな老人の声に、少女はこれ見よがしの作り笑いを返した。

「あは、気安く間合いに入らないでもらえます？　グラシャラボラスさん」

その声とともに、差し出されていた桃色の花がぐしゃりと潰《つぶ》れる。握《にぎ》りつぶしたのでも落としたのでもなく、まるで内側から潰れるかのように。

そこに立っていたのは初老の紳士《しんし》だった。

白髪《しらが》交じりの金髪《きんぱつ》の上には真っ黒な紳士《しんし》帽《ぼう》。洒落《しゃれ》た燕尾《えんび》服《ふく》の胸元には深紅《しんく》のリボンタイ。古めかしいフロックコートを肩にかけ、手には犬の頭を模る杖《かたどステッキ》が握られていた。

右眼《みぎめ》に片眼鏡《かためがね》をはめ、短い口ひげを生やし、とうてい荒事《あらごと》とは無縁《むえん》のような容姿ながら、少女が口にした名前は〈魔王〉のものだった。

老紳士《ろうしんし》は花びらすら散らずに消えた花を見つめ、悲しげにつぶやく。

「感心しませんな。草花にも命があるのです。命は等しく尊ばれなければなりません」

「いやー、殺人狂のあなたに言われるのは心外なんですけど」

《殺人卿《きょう》》グラシャラボラス――それが、この〈魔王〉の名前だった。

「人の命はかけがえのないものだとは思えませんかな？」

「私、人間嫌いなんで、ちょっとわかんないですねー」

人間を人間だと思っていない〈魔王〉は多いが、露骨《ろこつ》に嫌悪《けんお》しているのはこの少女くらいだろう。そのせいか、同じ〈魔王〉の中でもオリアスやフルカスとは馬が合った。

――ふたりとも、死んじゃったんですかねー。

オリアスが落ち、フルカスが生死不明となったことは、少女も耳にしている。その事実に、珍《めずら》しく自分が悲しいと感じていることに驚《おどろ》いている。

老紳士は悲しげに肩を落とした。

と、そこで少女はスンと鼻を鳴らす。

「ところで、ずいぶん新鮮《しんせん》な血のにおいがしますけど、誰か殺してきたんです？」

「是《イエス》。先ほど恋人《こいびと》を捨ててお逃げになった青年でございます。浅ましく逃げ延《の》びようとも結局逃《のが》れられなかった彼《かれ》は、最期に誰を想《おも》ったのでしょうな。自らが捨てた恋人か、それとも家族か。どれほど見下げ果てた者も、やはり最期は切ないものでありましょう？」

「いや、同意を求められても困るんですけど……。私〝盗《ぬす》み〟はやりますけど殺人癖《へき》はないんで」

老紳士は心外そうに目を丸くする。

「おや、貴方《あなた》ならばご理解いただけると思ったのでございますが。偉大《いだい》なる《蒐集士》よ」

これ以上、この話題を続けても無意味と感じて、少女は頭を振《ふ》る。

「……で、なにかご用ですか？　まさかまた魔族でも出ました？」

「否《ノー》。〝あの方〟の下《もと》に馳《は》せ参《さん》じた者同士、交流を深めようと愚考《ぐこう》した次第《しだい》でございます」

「やー、勘弁してください。あなたとつるんでるとか思われたくないんですけど」

作り笑いのまま辟易とした声を返すと、少女は菫色の瞳を鋭《するど》く細める。

「……あの人、本当に本物なんですかねー」

「おや、疑っておいでで？」

胸元のペンダントをきゅっと握り、少女は初めて感情を込めた声を発した。

「どんな魔術《まじゅつ》でも、死んだ人を生き返らせることはできませんよ」

そう、どんな魔術でもできないのだ。できなかったのだ。

だから少女は魔術ではなく、魔道具にも答えを求めた。

それでも駄目《だめ》だった。

――世界中の宝物を集めたって、そんな奇跡《きせき》を起こせる道具はなかった。

だから、自分たちはこんなにも醜《みにく》く成り果てているのだ。

死んだ人間が生き返ることはない。少女は誰よりも明確に断言できる。

「そもそもみんな信じてないから、今回の招集に三人しか来なかったんじゃないですか？」

一年前、千年にわたって〈魔王〉たちを統率《とうそつ》してきた偉大な魔術師が死んだ。

だが、いまになってその魔術師は再び〈魔王〉として蘇ったのだという。こんな話を鵜《う》呑《の》みにできるほど、現在の〈魔王〉たちも耄碌《もうろく》してはいない。

――〈魔王の刻印〉は、本物みたいでしたけど……。

老紳士がふむと頷《うなず》く。

「我らがともがらは思慮《しりょぶか》深い方々でございますからな。慎重にもなりましょう」

ただ、と老紳士は言葉を続ける。

「わたくし個人としては、《星読卿》が応《こた》えたことがひとつの根拠《こんきょ》になるのではないかと思いますが」

「《星読卿》エリゴルですか？　あの人なに考えてるのかわかんなくて、苦手ですねー」

まあ、そんなことを言い始めたら〈魔王〉など、なにを考えているのかわからない連中しかいないのだが。

アスモデウス、グラシャラボラス、そしてこの場にはいないエリゴル。この三人が、今回集まった〈魔王〉たちだった。

少女はパチンとペンダントを鳴らす。夜闇《やあん》の中では中身が見えないが、どうやらロケットのようで開くようになっていた。

老紳士は顎《あご》に手をやりつぶやく。

「あの方が本物でないなら、よくできた複製《ホムンクルス》といったところですかな……？」

つまり、まがい物ということだ。

――まがい物に従う義理はないんですよねー。

だが、それでもと思ってしまう。自分が至れなかっただけで、あの恐《おそ》るべき〈魔王〉ならできた可能性を捨てきれない。それほどまでに、かの〈魔王〉は底知れなかったのだ。

可能性を確かめるように、少女はつぶやく。

「シアカーン猫《ちゃん》がそういう研究してませんでしたっけ？〈ネフェリム〉とかいう名前で」

「らしいですな。猫の〈ネフェ……猫？　猫……――ぱうっ」

老紳士が突然口元を押さえて顔を背《そむ》けた。

――ええっ、なんですかいまの。まさか笑い声ですか？　キモっ。

このおぞましい〈魔王〉が笑うところを初めて見た少女は、軽く引いた。

なにも見なかったことにして、少女は続ける。

「であれば、その研究をパクったか、もしくはそっちから逃げ出した複製ってのが濃厚《のうこう》なんじゃないですかねー。信用するには、ちょっと足りないですよ」

「おや、ではなぜ招集に応じたのでございます？　他の〈魔王〉たちのように無視してしまえばよかったではありませんか」

少女はイタズラでもバレたかのような顔で笑う。

「あの人の名前を騙《かた》るのがどんなやつか、実物を見てみたかっただけですよ」

「お嬢《レ》さ《デ》ん《ィ》のお眼鏡には適《かな》いませんでしたかな」

「そこなんですよねー」

またペンダントをいじりながら、少女はため息をもらす。

「偽者《にせもの》だったら、少しは本人に寄せてくるもんじゃないですかー？　なのにあの人めっちゃ若かったじゃないですか」

少女が知る〝あの人〟は八十を超《こ》えようかという老人の姿だ。にも拘わらず、今回ふてぶてしくも〈魔王〉たちを招集した男は、せいぜい二十代半ばといった年齢《ねんれい》に見えた。

——とはいえ、雰囲気《ふんいき》はありました。

不覚にも、圧倒《あっとう》されるような貫禄《かんろく》もあった。

老紳士は紳士帽のつばを軽くつまむと、位置を直して肩を竦《すく》める。

「わたくしめには些末《さまつ》なことでございます。彼はわたくしめの腕《うで》を買っておいでですし、十全な見返りもいただきました」

老紳士が外套《がいとう》をめくると、そこには古びた剣《けん》が下げられていた。年代もののようだが、手入れが行き届いているのか錆《さび》や柄《つか》のほつれすら見当たらない。

その剣を見て、少女は片眉を跳《は》ね上げた。

「ちょっとそれ、私のなんですけど……」

「否《ノー》。シアカーンから回収できなかったのはお嬢《レディ》さんでございますよ」

この剣の名は〈呪刀《じゅとう》〉。千年前に天使と呼ばれる連中が用いた武器で、使いようによっては聖剣すら超える究極の剣とも言える一品だ。元々は少女が管理していたのだが、先日とある〈魔王〉と取り引きして手放したものだった。

これには少女も渋面を隠《かく》せなかった。

——あの戦場で見つけられないと思ったら、そっちに回収されてましたか。

シアカーンの死を知り、当然少女は回収に赴《おもむ》いたのだが、発見することはできなかった。

それがよりによってこの男の手に渡《わた》ることになろうとは。

どうにか回収できないかと隙《すき》をうかがっていると、老紳士がつぶやく。

「それにしても、貴方が自慢《じまん》の蒐集物を手放すとは、いかなる取り引きがあったのでございますかな？」

「……別に。なんでもいーじゃないですか」

思わず、胸元のペンダントを両手で握ってしまう。

《蒐集士》の名の通り、少女は数々の財宝を所有している。その手段はもちろん穏便《おんびん》なものとは限らず、奪《うば》いもすれば殺しもする。

《虎《とら》の王《おう》》亡《な》きいま《殺人卿》と並んで人から恨《うら》みを買っているのは自分だろう。手塩にかけた弟子《でし》でさえ、虎視《こし》眈々《たんたん》と少女の首を狙《ねら》っているくらいなのだから。

そんな少女が、自身の財宝の中でも特に価値の高い〈呪刀〉と何本もの〈呪剣《じゅけん》〉を差し出す取り引きが行われた。老紳士でなくとも、気にするなという方が無理な話である。

——シアカーンのやることには、少しだけ興味もありましたし。

心情的には、共感さえしていたかもしれない。あの〈魔王〉もまた喪《うしな》ったものを取り戻《もど》そうと足掻いているように見えたから。

少女は話を切り上げるように立ち上がる。

「ま、誰《だれ》の殺しを依頼《いらい》されたのか知りませんけど、私と関係ないとこでお願いしますね」

「是《イエス》。ご心配には及《およ》びません。もう、終わりましたから」

常に気を張っていた。

油断など微塵《みじん》もなかった。

恨まれ憎《にく》まれているのがこの少女なのだ。不意打ち裏切りなどされて然《しか》るべきで、そのための備えを欠かすことなどあろうはずもない。

にも拘わらず……。

「え？」

少女は、自分の胸から突《つ》き出したそれを、不思議そうに見下ろしていた。

透明《とうめい》な刃。しかし実体はあるようで、真っ赤な滴《しずく》が切っ先へと伝い落ちていく。そうでなければ、そこに刃があることすら認識《にんしき》できなかっただろう。

少女はこの透明な刃が〈呪刀〉の刀身であることを知っていた。

痛みも、貫かれたという衝撃《しょうげき》も、感触《かんしょく》すらない。

魔族の一撃《いちげき》も竜《りゅう》の吐息《とい き》すらも凌《しの》ぐ少女の防護魔術が、暖簾《のれん》のように素通《すどお》りされていた。

「なん、で……」

吐いた息に、幽《かす》かな声がこぼれる。

赤く塗《ぬ》られた透明な刃が、スッと引き抜《ぬ》かれる。パキッとガラスでも割れるような音が聞こえ、自分の中でなにか決定的なものが破壊《はかい》されたのだとわかってしまった。

「こぷっ」

喉《のど》の奥で熱いものが弾け、息ができなくなった。声も出せない。

無様に口と鼻からボタボタと鮮血《せんけつ》を垂れ流し、それでも少女は振り返り様に腕を伸ばす。

「こ、のぉ……ッ」

その手から放たれたのは、小さな球体だった。小指の先ほどの大きさで、しかしおぞましいほどに暗い色の球体。先ほど魔族相手に放った〈漆極〉が可愛《かわい》らしく見えるような悪意の色である。

いや、色という表現すら適当ではない。これは虚無《きょむ》だ。まるで光そのものがそこで途絶《とだ》えているかのような、世界にぽっかりと空いた穴のようでさえあった。

「――ッ！」

それを見た老紳士の顔から、初めて余裕《よゆう》の色が失われる。

とっさに透明な刃を振って返すが、少女の胸元を浅く薙《な》ぐことしかできなかった。

そして、闇が弾けた。

指先程度の球体は小さな小屋くらいにまで肥大し、闇に触《ふ》れた全《すべ》てを飲《の》み込《こ》む。

いや、球体の大きさはやはり変わってはいない。その強大さのあまり、光すらも飲み込まれて巨大《きょだい》に見えているのだ。

「ぐおおおおおっ？」

球体に向かって全てが引き寄せられる。

光すらも喰らうその闇に、運河の水さえも水柱となって吸い込まれていく。なにもかもが食い尽《つ》くされる中、少女の体だけが水面に向かってゆっくり落ちていった。

紳士帽を吹き飛ばされながらも、老紳士は返す刃で闇の中核《ちゅうかく》、その球体を斬《き》り裂く。

ギチッと世界そのものが軋《きし》むような音を立て、闇は砕けていた。

「……いやはや凄《すさ》まじい。〈呪刀〉でなければ、殺られていたかもしれませんな」

トンと軽い音を立てて着地したそこは、橋ではなかった。

石の橋だったものは、粘度《ねんど》のようにぐちゃぐちゃにねじられ変形していた。砕けたのではない。熱によって溶《と》けたのでもない。いかなる力が働けばこんな形に歪《ゆが》むのか。

破壊はそれだけに留《とど》まらず、清流だった運河に土砂《どしゃ》まみれの水が流出し始める。水脈でもぶち抜いたか……いや、地盤《じばん》が砕けて街そのものがスフラギタに沈《しず》み始めたのだろう。

それは、この街の終焉《しゅうえん》を意味する。

互《たが》いに一手放ち合っただけで、地図から街が消えるのだ。

これが、〈魔王〉と〈魔王〉が衝突《しょうとつ》するということだった。

「さすがは、一撃なれば〈魔王〉最強と謳《うた》われるだけのことはありますな」

それも、とっさの反撃《はんげき》でこれである。全力ならどれほどの破壊をもたらしたことか。

周囲を見《み》渡《わた》せば、少女の姿はもうどこにも見当たらなかった。どうやら濁流《だくりゅう》となり始めた運河に呑《の》まれたようだ。

追撃《ついげき》は難しい。魔力《まりょく》の流れを辿《たど》ることは可能だが、可能だからできない。

いまの魔術、起点となっているのは指先程度の小さな球体であり、闇よりも暗い色のそれを夜闇の中で見つけ出すのは不可能に近い。

あの少女は、夜闇に紛《まぎ》れてそっとそれを置いておくだけで老紳士を殺せるのだ。追跡《ついせき》などできようはずもなかった。

吹き飛ばされた紳士帽を拾い上げ、さっとホコリをはたくと老紳士の顔に堪《こら》えきれないような笑《え》みが浮《う》かぶ。

「しかし、なるほどなるほど……。貴方が財宝を集めるのはそれが理由でございましたか」

少女の胸を斬り裂いたとき、老紳士はそこに隠されたものを確かに見た。

紳士帽をかぶり直すと、老紳士もまた夜の帳《とばり》の中へと消えていく。

「またいずれ、お嬢さん《レディ》」

パラリンニアと呼ばれるこの街が完全に水没したのは、それから数刻後のことだった。

「ひ、ひいいっ、俺《おれ》たちがなにをしたって言うんだ！」

横転した馬車。燃える積み荷。鉈《なた》で武装した男たち。傷つき逃げ惑《まど》う人々。山間の小道を商人のものらしき馬車が襲われていた。

そんな罪もなき馬車を襲った野盗が、情けない悲鳴を上げていた。

「うるせえ！　いきなり襲ってきて被害者《ひがいしゃ》みてえな面してんじゃねえ！」

野盗の親玉らしき男の胸《むな》ぐらを掴《つか》み上げているのは、緋色《ひいろ》の髪《かみ》と瞳をした少年だった。

簡素な革鎧《かわよろい》と打撃《だげき》用の手甲《てっこう》を身に着けたその少年は、ともすれば野盗の一員のような格好ではあった。だが、その瞳はいかにも『曲がったことは嫌《きら》いだ』と言わんばかりに真《ま》っ直《す》ぐな光が灯っている。

少年は怒《いか》りを込めて吠《ほ》える。

「てめえに引導を渡すのは〈呪腕〉のアスラだ！　刻んでおけ」

そうして拳《こぶし》を振りかぶると、野盗は悲痛な叫《さけ》びを上げる。

「待ってくれ！　俺たちだってこんなことやりたくてやったわけじゃねえんだ！」

「ああん？」

「俺たちは元々、もっと南のキュアノエイデスで稼《かせ》いでたんだよ。なのに目つきの悪い魔術師に『目障《めざわ》りだ』って理由でボコされて……。それで仕方なくここで稼いでたんだ。悪いのは俺たちじゃねえ！　あの魔術師ごぶうっ？」

「徹頭徹尾《てっとうてつび》てめえが悪いんじゃねえか！」

ゴチンと拳をお見舞《みま》いして、少年――アスラはぽいっと野盗を放《ほう》り出す。

それから、襲われた商人たちに駆《か》け寄る。

「おっさん、大丈夫《だいじょうぶ》か？　すまねえ。俺がついてたのに、荷物燃やされちまった……」

「いや、大丈夫だ。いきなり魔術で奇襲《きしゅう》されたら、どうしようもないよ」

アスラは彼らの護衛として雇《やと》われていた。それをいまの野盗たちに襲われ、商人たちは守ったものの積み荷に火をかけられてしまったのだ。

しょぼくれて肩を落とすアスラに、商人たちは笑う。

「なあに、馬車は無事なんだ。それにこいつらを突き出せば懸賞金《けんしょうきん》ももらえる。却《かえ》って儲《もう》かったくらいさ！」

「おっさん……！」

ちなみに、火をかけたのは野盗が雇った魔術師だったが、それはアスラが真っ先に殴《なぐ》り倒《たお》していた。

商人たちに大きな怪我《けが》がないことを確かめていると、商人の娘が近づいてくる。ちょうどアスラと同年代くらいだ。

「ね、ねえアスラくん。ラジエルについてからも、私たちといっしょに来ない？　アスラくんがいてくれると、私たちも安心だし……」

熱っぽい視線を向ける少女に、アスラは首を横に振る。

「悪い。前も言ったけど俺、人を捜《さが》してるんだ」

「えっと、アーシェさん……だっけ？」

「おう！　無愛想で意地っ張りなんだけどさみしがり屋でさ。俺、一度あいつのこと独りぼっちにしちまってるから、今度こそ傍《そば》にいてやりてえんだ！」

屈託《くったく》のない笑顔《えがお》でそう答えながらも、その額には小さく青筋が立っていた。

――アーシェのやつ、戦いが終わったら人のこと放っぽり出しやがって！

アルシエラの願いで〈アザゼル〉の分体と戦ってから早半月。目前でネフテロスという女を攫った犯人《ビブロンス》を追いかけたものの逃《に》げられ、気が付いたらいっしょに戦っていた天使《ネフィ》たちもいなくなっていた。当然、戦場まで道案内してくれたコウモリもだ。

――バトーのやつもどこ行ったかわかんねえし。

アスラにとって、ここは右も左もわからぬ千年後の世界である。

自分がどこにいるのかもわからず、アルシエラの行方《ゆくえ》もわからない。彼女《かのじょ》の息子《むすこ》がいる街なら手がかりがあるかもしれないが、あいにくと大きな街ということくらいしか覚えていなかった。

せめて運河沿いであることを覚えていればキュアノエイデスに近づくこともできたのだが、この少年は物覚えが悪いのだ。

その結果、アルシエラの名前だけを頼《たよ》りに彷徨《さまよ》っていたところ、いまのように野盗に襲われる商人を助けて同行することになったのだった。

――ラジエルってのが、ここいらで一番大きな街らしいからな！

曲がったことが嫌いな少年は、まったく見当違《けんとうちが》いの方向にひたすら驀進《ばくしん》していた。

そんなアスラの答えに、商人の娘は肩を落とす。

「そ、そっか……。その人、見つかるといいね」

「ああ！　ありがとな」

ニッと笑って返すと、少女は嬉《うれ》しいような悲しいような微妙《びみょう》な表情で微笑《びしょう》した。

そこに、商人が声を上げる。

「おーい、アスラくん。手伝っておくれ。馬車を起こす」

「おう！　任せろ」

そうして、馬車に駆け寄ろうとしたときだった。

「きゃっ――」


「へめえら動くんられえっ！」


小さな悲鳴と共に、野太い怒声《どせい》が響いた。

アスラが殴り倒した野盗のひとりが起き上がり、商人の娘に刃物《はもの》を突き付けていた。

「この野郎《やろう》！」

「お、おい。妙《みょう》なほろを考えるらよ？　この嬢ちゃんの首が胴体《どうたい》からおはらばすることになるへえ？」

「……チッ」

アスラは呻《うめ》いた。

野盗は顎も砕けて鉈を握っているのがやっとという様子だ。アスラならば野盗が動く前に鉈を弾《はじ》き飛ばすことも十分可能だろう。

だが、それで少女を傷つけずに済むかと言われれば、賭《か》けだった。

「おらあ！　まふは馬車をよこひやはれ。ほれから……ええっと、ええっと」

野盗自身も突発的《とつぱつてき》な行動で、なにをすればいいのかわかっていないようだ。

どうにか注意を逸《そ》らせないかと様子をうかがって、アスラは眉《まゆ》を跳ね上げた。

「お……？」

野盗の後方、南へと向かう街道《かいどう》の方から、ひとりの少年が歩いてきたのだ。

恐らくアスラと同年代くらいだろう。ひとり旅をするには危《あや》うい歳《とし》に見えるが、その腰には二本の剣が下げられている。

少年はこの状況《じょうきょう》を見て目を丸くするが、意を決したように腰の剣へ手を伸ばす。

それを確かめて、アスラは野盗の気を引くよう挑発《ちょうはつ》する。

「おいお前！　その子を放せ！　男として情けなくねえのかよ。俺が憎いんなら正々堂々かかってこい！」

「ふははっ！　馬鹿《ばか》かおまへ。ほう言われへ人質《ひとじち》を放ふ馬鹿がどこに――」

「――放した方が賢明《けんめい》だ。僕《ぼく》は女の子を人質に取る外道《げどう》にかける情けは持っていない」

アスラの目には、野盗の顔面から一本の刃が突き出す様が見えた。

そう見えたのは一瞬《いっしゅん》のことで、野盗の顔にはアスラが殴った傷しかない。やってきた少年にしても、剣に手をかけただけで抜いてはいない。

にも拘《かか》わらず、野盗は蒼白《そうはく》になって震《ふる》え上がっていた。

アスラはヒューと口笛を吹《ふ》く。

――へえ、殺気だけですくみ上がらせたのか。やるな、あいつ。

死を間近に感じたのだろう。野盗はガタガタと震えながら両手を挙げ、少女を解放する。

「てい！」

その首筋に手刀で当て身を入れると、今度こそ野盗は昏倒《こんとう》した。少女は弾かれたように駆け出してアスラの胸に飛び込み、商人たちも今度こそ野盗たちを縛《しば》り上げる。

少年と向き合って、アスラは右手を差し出す。

「悪いな。助かったぜ」

「いや、君が気を引いてくれたおかげだよ」

困ったように笑いながら、少年もその手を握り返す。

そうして改めて少年の容姿を確かめ、アスラはもう一度眉を跳ね上げた。

「へえ。黒髪《くろかみ》に銀眼。おまけに二本の剣。……俺、たぶんあんたのこと知ってるぜ？」

その言葉に、少年もおもしろいものを見たように微笑む。

「奇遇《きぐう》だね。緋色の髪と瞳に、右手に宿す奇妙な魔力。僕も君の話を聞いたことがある」

「で、たぶん同じやつから聞かされたわけだよな？」

「恐らく、そういうことなんじゃないかな」

アスラは快活に笑った。

「なら、いっちょ手合わせ願うぜ！」

手を放し、拳を握って見せると、商人たちが困惑《こんわく》の声を上げる。

「ど、どうしたんだいアスラくん？　彼は我々を助けてくれたんじゃないか」

「すまねえな、おっさん。こいつは男と男の話なんだ」

その宣言に、少年は困ったように眉をひそめる。

「僕には君と戦う理由はないと思うんだけれど」

「いいや、あるぜ？」

そう言って、アスラはビシッと少年を指差す。

「俺の名は〈呪腕〉のアスラ。俺はこれから、お前の女《アーシェ》を口説くんだからよ！」

その宣言に、少年も銀色の眼を細めた。

「……なるほど。ならば受けて立つけれど」

スラリと二本の剣を抜き、少年は微笑む。

「ただ、僕は結構強いよ？」

「へへっ、でなきゃ張り合い甲斐《がい》がねえよ」

ガシンと両手の手甲をぶつけてから、アスラはひとつだけ問いかける。

「おっと、先に名前くらい聞かせろよ。アーシェもお前の名前は教えてくれなかったんだ」

その問いかけに、少年はふむとうつむく。

「あいにくと僕には名乗るべき名前がない。……銀眼とでも呼んでくれ」

「なら〝銀《ギン》〟って呼ぶぜ！」

「……話には聞いていたけれど、君は本当に人の話を聞かないな」

〈呪腕〉のアスラと銀眼の王。〈ネフェリム〉として現世に蘇《よみがえ》った英雄《えいゆう》。とうとつに出会ってしまった男たちは、必然と衝突した。

◇

「ここが〈ネフェリム〉の街……」

キュアノエイデス北西。運河沿いの森の中に、その街はあった。

運河からも木々に隠され目に留まることはなく、街道もない。鉱石でも埋《う》まっているのか、磁場が歪んで己《おのれ》の位置さえ摑めない。森の中で何日も迷えばたどり着くかもしれないが、それまで生きていることの方が困難だろう。

そんな森の中に忽然《こつぜん》と姿を見せた建物の群れを、フォルは興味深そうに見上げていた。

つぶやくフォルの服装は普段《ふだん》の民族衣装ではなかった。

黒を基調とした制服のような形のワンピース姿である。

しっかりとした厚みのある生地《きじ》で、上は袖《そで》や胸元《むなもと》に深紅の刺繡《ししゅう》を施《ほどこ》したジャケット。胸元には葡萄酒《ぶどうしゅ》のような赤のリボンを結んでいる。下はふわりと膨《ふく》らむ襞《ひだ》の深いスカートになっており、ベルトには金色の鎖《くさり》が下げられていた。

ただ、いささかゆったりしたデザインというべきか大きさが合っていないのか、袖を持て余していて手がすっぽり隠れてしまう。

そんな新しい洋服に、フォルは感慨《かんがい》深《ぶか》く吐息をこぼした。

——見抜《みぬ》かれてる。

ザガンはフォルのことをわかった上で、この服を用意してくれたのだ。

……まあ、実際にデザインしたのはマニュエラらしいが。

真新しい洋服を意識していると、後ろから怪訝《けげん》そうな声が続く。

「なにこれ。街っていうより遺跡《いせき》じゃないの？　ちょっとお嬢、こんなところに本当に人なんて住んでるの？」

腕を組んで眉をひそめるのはデクスィアだ。腰《こし》に長剣《ちょうけん》を下げ、三つ編みに結《ゆ》った髪を赤いリボンで結び、右肩《みぎかた》へと流している。

そんなデクスィアをいさめるように、短いスカートの裾《すそ》を引っ張る少女がいた。

「お姉ちゃん。そんな言い方は、失礼。お嬢さまは〈魔王《まおう》〉のおひとり」

いかにもおどおどした様子でそう言うのはアリステラだ。

デクスィアと同じく三つ編みに結った髪を、こちらは左肩《ひだりかた》に流して青いリボンで結んでいる。もうひとつの違《ちが》いは腰に下げた剣が二本の偃月刀《シャムシール》であるところだろう。

表情こそ違えど、ふたりは同じ顔をしている。それこそ、ネフィとネフテロスのように。

双子《ふたご》の〈ネフェリム〉――正確には、リゼット・ダンタリアンという少女を蘇らせるために作られた少女たちだ。

ふたりの服装も、フォルとよく似た制服調のワンピースである。フォルのものに比べると装飾《そうしょく》が控《ひか》えめで、大きな金色のボタンが目立つのが特徴《とくちょう》だろうか。

元々ふたりがまともな服を持っていなかったこともあり、フォルの従者として同行することから併せて用意した衣装だった。

デクスィアの方は袖が短く、アリステラの方は手首まで袖が長く手袋《てぶくろ》までしている。おかげでふたりを見分けるのには困らない。

ちなみにデクスィアの方は多少難色を示したものの、マニュエラが選んだことを伝えると驚くほど従順に着替《きが》えた。……彼女もあの店でなにかあった口なのだろう。フォルは同情を込めてなにも聞かないことにしてあげた。

新しい服に身を包んでいるせいか、アリステラの方はいつもにも増して不安そうだ。

そんな妹の様子にデクスィアはキュッと唇《くちびる》を噛《か》んで胸を押《お》さえる。

――アリステラは、デクスィアの知ってる通りには治らなかった。

フォルは元のアリステラがどんな少女だったかは知らないが、デクスィアの様子を見ているとそういうことのようだ。

シアカーンに仕えていたことも、自分たちがどんな存在だったかも覚えていない。それでもデクスィアが自身の姉であること、そしてその名前だけは覚えていた。

それだけが、かつてのアリステラといまのアリステラの繋《つな》がりなのだ。なんとかしてあげたいという気持ちはあるが、いまのフォルの力では助けてあげることはできない。

デクスィアは、なんでもなさそうに微笑《ほほえ》んで妹の頭を撫《な》でて返す。

「大丈夫よアリステラ。お嬢《じょう》はアタシの口の利《き》き方《かた》なんかで機嫌《きげん》を損《そこ》ねたりしないから」

そう言って目を向けられ、フォルも当然という顔で頷いた。

「アリステラも身構えなくていい。お前たちは私の大切な配下だから、ちゃんと守る」

「は、はい。……お嬢さま」

どこか気恥《きは》ずかしそうに、アリステラはフォルを見つめて微笑んだ。

ふたりの従者を安心させるように頷き返すと、フォルは遺跡の街へと視線を戻す。

そこはデクスィアが訝《いぶか》るのも無理はない街だった。苔《こけ》むした石レンガの家々にはツタが覆《おお》い茂《しげ》り、相当古いものであることがわかる。

すんすんと鼻を鳴らし石のにおいを嗅《か》いでみる。

「たぶん、二、三百年は昔のもの？　もっと古いかも」

「ふうん。この辺りって遺跡なんか多いものなの？」

「さあ。私は聞いたことがない」

ザガンの養女となってから、あとふた月ほどで一年になる。だがフォルもキュアノエイデスから馬車で半日もかからぬ距離《きょり》に、こんな遺跡があるなど聞いたことがなかった。

立ち往生していると、緊張感《きんちょうかん》のないおじさんの声が出迎《でむか》えた。

「やあやあ、ようこそ我らが〈魔王〉ウォルフォレちゃん」

「アンドレラルフス」

いまはもう洗礼鎧《よろい》すら身に着けておらず、剣帯だけを下げた身軽な格好だった。

デクスィアの方は面識があったのか、後ろで小さく息を呑むのがわかった。

フォルが名前を呼ぶと、アンドレアルフスは諦《あきら》めたように苦笑《くしょう》する。

「おじさんのことはもう〝アンドレ〟とかでいいぜ？」

小さく頷いてから、改めて〝街〟の様子を眺《なが》める。

遺跡にしては保存状態がよいらしく、かつての建造物をそのまま使っているものも少なくはない。もちろん、相応の補修はされているし、新たに建て直したようなものも見られる。窓や扉《とびら》などは真新しいもので、まばらに継《つ》ぎ足《た》された赤瓦《あかがわら》の屋根が不格好だ。

それでも、瓦の大半は残っていたものを使っているようだし、井戸《いど》や水路などはそのまま無事に残っているように見える。看板を出した店のような佇《たたず》まいの建物も見受けられる。

どういった事情で放棄《ほうき》された街なのだろう。

「ここはどういう遺跡？」

率直《そっちょく》に聞いてみると、アンドレアルフスは意外そうな顔をした。

「おや、聞かされてねえのかい？」

「うん」

少なくとも、ザガンはここがどんな場所かは教えてくれなかった。彼《かれ》も詳《くわ》しくは把握《はあく》していないのだと思う。

アンドレアルフスは腕を組んでうなる。

「うーん……。俺が話しちまっていいのかな？」

数秒ほど逡巡《しゅんじゅん》したものの、やがてアンドレアルフスは仕方なさそうに語り始めた。

「黙《だま》ってここを守れってのも無責任な話か。……俺が話したってのは内緒《ないしょ》に頼《たの》むぜ？」

元〈魔王〉が躊躇《ちゅうちょ》するような内容なのだろうか。

フォルもきちんと身構えてから頷いた。

「三百年前、ここに〝国〟を作ろうとした連中がいたんだ」

「国？」

教会という統治者が存在するいまの時代、国という単位はあるにはあるが、すっかり形《けい》骸化《がいか》してしまって地方名程度の意味合いしか残っていない。……ただひとつを除いては。

だがこれを〈魔王〉クラスの魔術師《まじゅつし》がやるとなると、話は別だ。権利が確立され、法が生まれ、内外に確固たる影響《えいきょう》が発生する。〈魔王〉にはそれを可能とするだけの力がある。

だが、歴史上それを実現できたのは東方の島国リュカオーン《リュカオーン》ただ一例だ。アルシエラと三種の神器という強固な後《うし》ろ盾《だて》があって、初めて可能になったのだ。

フォルは言葉の意味を考えながら問い返す。

「なら、ここを作ったのも〈魔王〉か、それに比肩《ひけん》する力の持ち主？」

「賢《かしこ》いな。そこまでわかったお前さんなら、答えにも気づけるんじゃないか？」

「……？」

試《ため》すような言葉に、フォルは首を傾《かし》げる。

「国を作った、〈魔王〉並みの魔術師。三百年前……ッ、まさか」

それらの言葉がピタリと嵌《は》まってしまう人物を、その事件をフォルは知っている。

アンドレアルフスは悼《いた》むように答えを口にする。

「ここは《妖精王《ようせいおう》》タイタニアが造ろうとして叶《かな》わなかった、虐《しいた》げられし者たちの都だ」

ネフィの母タイタニア・ニムエ＝オベロンはエルフや希少種たちを守るため、自らの国を造ろうと戦った。

当時、すでに数回にわたるシアカーンによる希少種狩《が》りで、多数の種族が絶滅《ぜつめつ》していたのだ。彼らを受け入れるにはリュカオーンという受け皿は遠すぎた。だから、大陸の中にそれが必要だったのだ。

「だが〈魔王〉のひとりがそれを気にくわねえってんで、全面衝突する羽目になった」

だから、彼女は〈魔王〉オリアスとなった。

「その〈魔王〉の通り名は《災禍《さいか》》——疫病《えきびょう》を操《あやつ》る魔術師だった。タイタニアはオリアスを殺せたが、やつが最期《さいご》に残した疫病は魔術《まじゅつ》を超えて呪《のろ》いに昇華《しょうか》しちまった。そいつは、ハイエルフの力を以《もっ》てしても癒《い》やすことはできなかったそうだ」

「グランマ……」

フォルは胸を押さえる。

彼女の無念がどれほどのものだったか、フォルには想像することもできない。きっと、ここで暮らしていたのは、紛《まぎ》れもなくオリアスの家族だったはずなのだ。

だが、同時にここが誰にも秘された場所である理由も理解できた。

ネフィの魔法《まほう》は森を操る。ここは、そういう場所なのだ。どんな魔術を駆使《くし》しても、主であるオリアス以外は何者もたどり着くことはできない。

恐《おそ》らく、オリアスは三百年の間ずっとここを手入れしていたのだろう。だから、遺跡と化したいまでもこんなに状態が良いのだ。

「いまの世に蘇らせられた〈ネフェリム〉たちに、なにか思うところがあったんだろう。

俺が連中を引き取ると話したら、ここを提供してくれたよ」

「そう……」

ここは、正しくフォルが守らねばならない場所となった。

改めて決心していると、街の中心らしき広場にたどり着いていた。

◇

──あの場所を彼らに譲《ゆず》ったこと、みなは許してくれるだろうか……。

故郷になるはずだった都に思いを馳《は》せるオリアスは、聖都ラジエルへ赴いていた。

ザガンの元にいるときのようなローブ姿ではなく、美しくも凜々《りり》しい洗礼鎧をまとった少女の姿である。教会に出入りするなら、この姿の方が都合がよいのだ。

「どうしたの、母上」

娘《ネフテロス》から声をかけられ、オリアスはなんでもなさそうに首を横に振《ふ》る。

「なんでもないわ」

それより、と後ろをふり返る。

「すまないわね。あなたたちまで付き合わせてしまって」

そこにはネフテロスと、新たな聖騎士長《せいきしちょう》となったリチャード、ここに常駐《じょうちゅう》しているというステラとギニアス。オリアスも含《ふく》めて五人の姿があった。

ラジエル教会本部大聖堂、その正面広場。天を突くように聳《そび》える大聖堂は豪華《ごうか》なステンドグラスや彫像《ちょうぞう》で装飾され、およそこの大陸でもっとも美しい建造物のひとつに数えられている。そんな巨大なラジエル大聖堂の内部は屋根まで吹き抜けになっており、部屋らしい部屋は周囲に隣接《りんせつ》しているような形だ。

オリアスたちが出てきたのは、そんな大聖堂の地下である。そこに、十二の椅子《いす》と円卓《えんたく》が用意された、聖騎士長のみに立ち入りを許された部屋がある。先ほどまで聖騎士長による会合が開かれていたのだ。

「あたしはむしろ楽しかったよ、オベロン?」

薄暗《うすぐら》い円卓の間から陽の下《した》に出られて、ステラは頭の後ろで手を組んで快活に笑う。

こちらは洗礼鎧どころか礼服すら襟《えり》を開いて着崩《きくず》している始末だ。同席したカルティアイネン卿が『たるんでいる!』と怒鳴《どな》り散らしていた。

オベロン——この姿のときはそう名乗ることにしているのだが、ステラは説明せずとも話を合わせてくれた。彼女はなにを考えているのかわからないが、なにも考えていないわけではない。

――さすがはザガンの姉というべきかしらね。

そんなステラに、ギニアスが慌《あわ》てた声を上げる。

「ス、ステラ殿《どの》。オベロン卿《きょう》に無礼ですよ」

「かまわないわ。娘婿《むすめむこ》の姉上だもの。これからもあの子たちのことを頼むわね」

「もちろん！」

屈託のない笑顔を返すステラとは対照的に、ギニアスは頭を抱《かか》える。

「未《いま》だに信じられません。まさかオベロン卿に彼女のように大きなご息女がいらっしゃっただなんて……」

そうして目を向けられたのはネフテロスだった。

「まあ、いまの母上は小さいものね」

教会本部ということもあり、ネフテロスも純白の礼服に身を包んでいる。

いまのオリアスはネフテロスよりもわずかに背が低い。年も下に見えるので、親子というより姉妹といった具合である。

反応に困るような顔をして、ネフテロスは隣《となり》に立つ青年の腕《うで》を取る。

「それより、今日はリチャードの聖騎士長就任が主題じゃなかったの？」

そうして最後に目を向けられたのはまだ二十歳《はたち》になったばかりの青年だった。

正式な会合ということもあり、金色の髪は後ろに束ねて洗礼鎧も一般《いっぱん》聖騎士のそれではなく聖騎士長のそれである。

腕を引かれて、リチャードはにわかに顔を赤くする。

「ネ、ネフテロス。人前ですよ？」

「……？　くっついてないといけないんじゃないの？　私の騎士になったんでしょう？」


この日、リチャード・フラマラキは聖騎士長として教会から正式に認められた。

ひと月前、ヴァリヤッカという聖騎士長が〈魔王〉シアカーンとの戦闘《せんとう》で戦死し、リチャードは偶発的《ぐうはつてき》にその聖剣《せいけん》を手に取ることとなった。

枢機卿《すうききょう》による審議《しんぎ》もなく一介《いっかい》の聖騎士が手にしてしまったことで、教会内では物議を醸《かも》していたのだ。それがようやく収束した……というか、オベロンと聖騎士長たちによって押し切られたという形である。

それも、ただの聖騎士長としてではない。

「――オベロン卿令嬢《きょうれいじょう》の専属護衛聖騎士――確かに、聖剣のひと振りを割《さ》くに値する任務ではありますね」

ギニアスが確かめるようにつぶやく。

これが、わざわざオリアスがラジエルまで赴《おもむ》いた理由だった。

オベロンとしてのオリアスは、教会の洗礼鎧を造る唯一《ゆいいつ》の技師である。その娘ということは、オベロンの後継者《こうけいしゃ》ということである。教会にとって明日の命綱《いのちづな》なのだ。これまでオリアス自身が求めなかったため護衛などいなかったが、本来ならあって然《しか》るべきだろう。

理由としては十分で、そこにギニアスとステラ、他にもシャスティルやユーティライネン兄弟、行方不明のラーファエルまで含めた聖騎士長六名――聖騎士長の半数の連名の推《すい》薦《せん》があれば枢機卿とて反対できない。

まあ、オベロンに娘がいるという事実で会合は騒然《そうぜん》となり、おまけに出席者も半数程度だったのだ。リチャードの聖騎士長就任も含めて押し通すのは難しいことではなかった。

つまるところ、子煩悩《こぼんのう》を拗《こじ》らせたオリアスは権力の限りを尽《つ》くして娘と恋人《こいびと》が合法的にいっしょにいられる理由を作り出したのである。

――ただの親馬鹿《おやばか》としてはやり過ぎた気もするけれど。

ネフテロスはオリアスがお腹《なか》を痛めて産んだ子ではない。それでも、娘と同じ血と姿を持つ可愛《かわい》い愛娘《まなむすめ》である。初めて知る恋《こい》に夢中な娘に少々親馬鹿を拗らせるくらいは、許してもらえるだろう。……許してもらえなければ教会への協力をやめるだろうが。

その会合をずいぶん楽しそうに引っかき回したのがステラである。〝ネフテロスの騎士〟というのも彼女が言い出したことだった。

ステラが面白《おもしろ》がるように口角を吊《つ》り上げる。

「そうそう。ちゃんと見せつけとかないと周囲も納得《なっとく》しないからねー」

「ディークマイヤー卿、からかわないでいただきたい……」

不思議そうに首を傾げるネフテロスに、リチャードは気を落ち着かせるように深呼吸をしてからネフテロスの手を取る。

「ネフテロス、私はいついかなるときもお傍《そば》であなたを守ります。ただ、私とネフテロスでは、あなたの方が偉《えら》いのです。ですから、人前で私を特別扱《あつか》いするような行為《こうい》はよくないのですよ」

「……私にとっては、紛れもなく特別だけれど？」

「くぅ……っ」

上目《うわめ》遣《づか》いに直球《ストレート》な好意を返され、さすがのリチャードも小さく仰《の》け反《ぞ》る。

それでも、このリチャードという男は紳士《しんし》なのだ。優雅《ゆうが》に腰を折って返す。

「ネフテロス、シャスティルさま――……ほど、極端《きょくたん》でなくていいのです。ですが、教会という組織の中にいる以上、ある程度は公私をわける必要があるのですよ」

シャスティルの公私の切り替《か》えは、もはや人格の切り替わりに等しい。リチャードも思わず言い直していた。

そんなふたりに、オリアスは「ほう」と声をもらした。

――この青年、できるわね……。

いまのネフテロスの返しは、オリアスならば膝《ひざ》を屈《くっ》していただろう。〈魔王〉ザガンとて、ネフィから同じことをされれば耐《た》えられまい。

それを、リチャードは軽くよろめく程度で耐えたのだ。それでいて、彼女の好意をしっかり受け止めて返した。これは並みの精神力でできることではない。

だが感心するオリアスはさらに驚愕《きょうがく》させられることとなる。

リチャードはそう前置いてから、ネフテロスの耳元に顔を近づけてささやいた。

（なにより、公で距離があった方がプライベートでの充足感《じゅうそく》は大きいものですよ）

ネフテロスがピクンと耳の先を立て、顔を赤くする。

「ですので、いまはこれで辛抱《しんぼう》なさってください」

そう言ってネフテロスの銀色の髪を手に掬《すく》うと、そっと口づけをした。

オリアスはくわっと目を見開いて硬直《こうちょく》した。衝撃《しょうげき》のあまり真っ白な髪が風に吹かれたように広がる。

――彼にネフテロスを任せたのは、正しかった。

思わず涙《なみだ》がこみ上げてきて、それを誤魔化《ごまか》すようにオリアスは「あらあら」と声を漏《も》らす。ステラも感心するようにヒューと口笛を吹き、ギニアスなどは「ほわ……」と声をもらして口が塞《ふさ》がらなくなっていた。

ネフテロスは金色の瞳《ひとみ》を左右に泳がせると、やがて小さく頷く。

「わかったわ。……その、がんばる」

「はい。がんばりましょう」

そんな初々《ういうい》しい姿に、オリアスも目を細めて胸のときめきに耐えた。

それから、ネフテロスは怖《お》ず怖ずと問い返す。

「でも、それだと私はどういうふうにしたらいいの？」

「そうですね。以前通りの距離感がよろしいのではないでしょうか。シャスティルさまの元にいたころです」

「以前通り……」

その言葉を反芻《はんすう》して、ネフテロスはとうとつに顔を覆った。

「ど、どうしたのですか？」

「……以前の自分の距離感がわからない」

それまで異性として意識していなかったせいだろうか。それ以前の接し方が思い出せなくなっているらしい。

そろそろ見ているのも恥《は》ずかしくなってきたのだろう。ギニアスが話を逸らすように声を上げる。

「と、ところでフラマラキ卿、私は貴公をよく知らない。最初から序列六位ということはかなりの腕と見受けるが、実際のところはどうなのだ」

六位という序列は聖騎士長の中でも平均ということになるが、一位と十二位ではそれなりに力の開きがある。

現在一位のギニアスと十二位のサラヴァーラ卿が十度試合っても、サラヴァーラがギニアスから一本を取ることはできない。加減を知らないステラあたりが相手なら、十試合戦うことすら怪《あや》しいだろう。

そこに新参がいきなり六位というのは、優遇《ゆうぐう》と取られても仕方のない地位だった。

リチャードは難しそうにうつむく。

「どう、とおっしゃられましても。シャスティルさま……リルクヴィスト卿にはまだ勝てそうにないくらいでしょうか？」

　その言葉に、オリアスも頷く。

「正しいわね。いまのあなただと、三本試合って一本取れるといったくらいでしょうね」

「シャスティルから一本取れるのは、すごいことじゃないの？」

　ヴァリヤッカの戦死、ラーファエルの行方不明もあって、聖騎士長の序列には変動があった。現在シャスティルは三位であり、ギニアスとステラに次ぐ順位となっている。

　オリアスは微笑み返す。

「そうね。本当は、もう少し上でもよかったのだけれど……」

　ただでさえ強引《ごういん》に押し切った形なのだ。序列まで高位にしてしまうと、さすがに反発を抑《おさ》えきれなくなるだろうと、この判断を下した。

「買いかぶりです、オベロン卿」

「あら、そのつもりはないわ。だってあなた、聖剣の声が聞こえているのでしょう？」

　その言葉にはギニアスのみならず、ステラまでもが目を見開いた。

　確かめるように、ギニアスが問いかける。

「それはつまり、聖剣と〝対話〟ができている、ということですか?」

「……? 向こうが一方的にしゃべっているのを対話と呼ぶのなら、ですが」

苦笑しながら、腰の聖剣に手を置く。

「〈カマエル〉は気分屋な方ですから、私が話しかけても返事をしてくれるとは限りません」

その答えに、オリアスはおかしそうに笑った。

「あなたはそれを普通《ふつう》のことと考えているようだけれど、そんな次元で会話ができたのは私の知る限りギニアスだけだったわ」

それが、オリアスがギニアスに目をかけていた理由でもある。

ぽかんとするリチャードに、オリアスは笑いかける。

「あなたは私とザガン、なにより〈カマエル〉が認めた騎士よ。もう少し自分に自信を持つといいわ。でなければネフテロスを任せられないもの」

「――ッ、微力《びりょく》を尽くします」

そうして歩いていると、広場を抜《ぬ》けてこぢんまりとした軽食屋に行き着いていた。

そのテーブルのひとつに、見覚えのある顔が三つあった。

「あ、お姉ちゃん、お帰りなさい。もうお仕事終わったの?」

「うん。ただいま、リゼット」

真っ先に声を上げたのはリゼットだった。

魔王殿《まおうでん》に残ったデクスィアとアリステラのふたりと同じ顔をした少女。その姿は学者のような制服だった。

シアカーンの最期を見届けたこの少女は、まずは世の中を学ぶところから始めることにしたようだ。いまはステラの保護の下《もと》、ラジエルの学校に通っている。

そんなリゼットと同じテーブルに着いていたのは、初老の男と猫獣人《ねこじゅうじん》の少女だった。

オリアスはふたりに歩み寄る。

「親子水入らずにお邪魔《じゃま》して悪かったわね」

「気にするな。拍子抜《ひょうしぬ》けするほどなにもなかった」

紅茶を傾《かたむ》けるのは、ラーファエルだ。いまは貴族然としたジャケットにシャツ、胸元にはスカーフ状《アスコット》のタイを巻いている。いかにも漫遊《まんゆう》中の貴族といった格好ながら、左腕《ひだりうで》にはまった甲冑《かっちゅう》となによりひっかき傷のある強面《こわもて》から店員すら近づいてはこなかった。

そこに、猫獣人の少女が頷《うなず》く。

「はい。リゼットさんこそ、ちゃんとくつろげていたらいいんですが」

こちらは黒花《くろか》だ。

ラーファエルの服装に合わせたようで、リュカオーンの民族衣装ではなくアルシエラのドレスを着ている。傍《かたわ》らに立てられた杖《つえ》が不似合いではあるが、ドレスは似合っていた。

初対面の者には大抵怯《たいていおび》えられるラーファエルだが、存外にリゼットは受け入れることができたようだ。

──まあ、話せば善人だとわかるものね。

そこで躓《つまず》かなければ問題もないのだろう。今度は黒花が問いかけてくる。

「そちらはどうでした？」

「万事滞《ばんじとどこお》りなくといったところね。あなたたちのことも話題には上がっていたけれど、行方《ゆくえ》はまるで摑《つか》めていないようだったわ」

黒花は苦笑して自分の姿を見下ろす。

「それなりに目立ってはいると思うんですけど、お兄さんの言っていた通りですね」

「教会としても迂闊《うかつ》に突《つ》きたくはないのでしょう。少なくとも、あなたの身が危険になるような状態ではなさそうだったわ」

「そうお聞きできて、安心しました」

そこに、ステラがおもしろそうに割《わ》り込《こ》んでくる。

「ねえねえ、オベロン。ちょっと聞いていい？」

「なにかしら？」

首を傾げると、ステラはいたずらでも思いついたような顔でこう問いかけてきた。

「キミから見て、この中で一番強いのって、誰《だれ》？」

ふむと、オリアスはうつむく。

「……難しいことを訊《き》くわね」

「あはー、ごめんね？　でも、キミの見立てが一番信頼《しんらい》できるからさ」

屍竜《しりゅう》オロバスや〈アザゼル〉との戦いで、ステラも力不足を感じたのだろう。あれからまた力を付けたのは見ればわかる。

とはいえ、そのオロバスを斬《き》ったラーファエルの力は、聖騎士長の中でも頭ひとつ抜きん出ている。恐らく、いまのギニアスよりもだいぶ上だろう。

——なにより、そろそろ負《ま》け越《こ》しそうなのよね……。

彼の修行《しゆぎよう》相手をしてきたのはオリアスだが、もはや神霊魔法《しんれいまほう》なしでは倒《たお》せぬところまで来ている。すでに自分と対等の実力だろう。

——でも、誰が一番かと問われれば恐らく……。

オリアスが見たのは黒花だった。

シャックスの力を借りたとはいえ、正面から〈魔王〉アンドレアルフスを斬り伏《ふ》せた少女である。この親子が戦えば〈魔王〉のひとりくらい造作もなく落とせるだろう。

そのまま彼女《かのじょ》を指差そうとしたとき、後ろにこんな声が聞こえた。


「あーっ！　お前、あのときの天使の片割れ！」


その声にふり返って、オリアスは目を見開くこととなった。

そこにいたのは、見覚えのある顔だった。アスラと言っただろうか。〝ネフテロス〟と戦ったとき、協力してくれた少年だ。

だが、オリアスが驚《おどろ》かされたのは彼ではなかった。

その隣に、もうひとり見知らぬ顔があったからだ。

「知り合いかい？」

「おう！　名前は知らねえけど……ええっと、アーシェのママ友ってやつだ！」

「……アスラ、もうちょっと他の呼び方はなかったのかい？」

「ギン！　細けえこと気にしてると大きい男にゃなれねえぜ！」

疲《つか》れた顔で頭を振るのは、黒い髪《かみ》と銀色の瞳――ザガンとよく似た特徴の少年である。

──まるで、気配を感じなかった。

思わず頬《ほお》にひと筋の汗《あせ》を伝わせていると、アスラはオリアスに駆《か》け寄ってくる。

「なあ、あんた！　アーシェの友達なら、あいつがどこにいるか知らねえか？　ずっと捜《さが》してるんだよ」

なにやら涙ぐんでいて必死な様子だったが、オリアスが見ていたのは黒髪《くろかみ》の少年だった。

「ステラさん。先ほどの答えだけれど、一番強いのは──彼ね」

「……みたいだね」

ひと目でわかった。

──彼が、二代目銀眼の王ね。

先の戦いでザガンと交戦後、共闘《きょうとう》したことはオリアスも聞いている。その後の生死は不明だったが、どうやら健在のようだ。ステラもそれを感じ取ったのだろう。聖剣に手をかけるのをなんとか堪《こら》えている様子だった。

指を差されて、少年が目を丸くする。

「なんの話かわからないけれど、外れだよ。僕《ぼく》より、そっちの彼の方が強い」

その言葉に腕を組んで胸を張ったのは、アスラだった。目を見開くオリアスとステラに、彼は快活に笑って見せる。

「おう！　勝ったからな！」

どうやら手加減をしたとかそういう話ではなさそうだ。

確かにアスラは〝ネフテロス〟との戦いでも光の槍《やり》を受け流し、拳《こぶし》が砕《くだ》けても最後まで膝を突かなかった。その力は疑いようもないが、こうして並べばわかる。

黒髪の少年は明らかにオリアスよりも強い。相手にならないとは言わないが、これをアスラが倒すのは不可能に近いだろう。それを覆《くつがえ》したというのは、どういうことだろう。

ややあって、オリアスは実力差を覆すような奇跡《きせき》を、平然と起こせる存在の名前に思い至った。

――なるほど、これが〝英雄《えいゆう》〟という連中なのね。

思えば〝ネフテロス〟との戦いでもその力は振るわれていたのだろう。オリアスとネフィだけでは、きっと届かなかった。

注目に耐えかねたように、黒髪の少年が口を開く。

「それで、君はアルシエラのことを知っているのかい？　恥ずかしいけど、僕たちは迷子でね。できれば道も教えてほしい」

「てことだ！　頼むぜ」

やはり腕を組んで、自信満々にアスラはそう頷く。

頭が痛くなってきたが、オリアスは気力を振り絞《しぼ》って問い返す。

「知ってはいるけれど……あなたは彼女の仲間だと言っていなかったかしら？　アルシエラ殿は迎《むか》えをよこさなかったの？」

なにかと面倒見《めんどうみ》のよい少女なので、現世で右も左もわからない仲間を放置するとは思えないのだが。

アスラは肩《かた》を竦《すく》めた。

「いつものことだよ。アーシェのやつ、約束守りたくねえときはすぐ隠《かく》れるからな」

「約束？　アルシエラ殿が逃《に》げ回るような約束なんて想像がつかないわね」

「はは、大したことじゃねえよ」

鼻の下をこすって、アスラはなんら悪びれた様子もなくこう答えた。

「ただ、帰ってきたらデートしてもらうってだけだからな！」

空気が、凍《こお》り付いた。

――え、その隣の彼は、ザガンの父上ではないの……？

つまりは、アルシエラの夫ということになる。

ネフテロスやステラはもちろんのこと、黒花とラーファエルも事情は察していたのだろう。ものの見事に険しい表情で硬直している。いっしょに座《すわ》っていたリゼットが「ひっ」と声を上げたくらいである。リチャードもただならぬ空気を察して息を呑《の》んでいる。

当の本人が困ったように苦笑しているだけなのも、余計に困惑《こんわく》が深まる。

唯一なにも知らないギニアスが、困ったように笑った。

「貴公らも〈魔王《まおう》〉ザガンの関係者か？　腕は立つようだが、彼の周りの人間はみな同じようなことを言う」

「ああん？　なんだよ。息子《むすこ》まで同じようなことしてんのか？　しょうがねえ親子だな」

まあ、ザガンとアルシエラは似たもの親子ではあるが、そういうことではない。

耐えかねたように、口を挟《はさ》んだのは、ネフテロスだった。

「ねえ、ちょっと聞きたいんだけど」

「おう？　あ、お前あのとき戦ってたやつじゃねえか！　その様子だと助かったんだな。よかったぜ！」

「え、あ、うん。ええっと、その節はどうも……？」

ネフテロスは直接覚えてはいないが、あの戦いでネフィやシャスティル以外に、アスラという少年がいたことは聞いている。

「じゃなくて。そっちの人、お義兄《にい》ちゃんの父上……じゃないの？」

「らしいぜ！」

――わかってて言ってるのっ？

これには全員、困惑を通り越して愕然《がくぜん》とすることしかできなかった。ギニアスも事情が飲《の》み込めてきたのだろう。絶句している。

ネフテロスは健気《けなげ》にも言葉を続ける。

「えっと、そういうのって、よくないこと……なんじゃないの？」

恐る恐るネフテロスが視線を向けると、黒髪の少年は肩を竦めた。

「僕もそう言ってるんだけどね。気まずくなるから僕はいない方がいいって……」

こちらはちゃんと良識があるようで、気の毒になるくらい暗い顔をしていた。

なのだが、アスラは不思議そうに首を傾げてこう言った。

「でも、アーシェはお前に会いたいんじゃねえのか？」

「……！」

これには黒髪の少年も目を見開く。

「デートってのはお互《たが》い楽しくねえと意味ねえだろ？　だったらギンもちゃんと話してこいよ。俺《おれ》はそのあとでいいからよ！」

この少年は、なにも考えていないようでちゃんと考えているのかもしれない。

そこでおかしそうに笑ったのは、意外にも黒花だった。

「観念した方がいいですよ。銀眼の王さん。その人はたぶん、感情と直感だけで生きてる部類の人です」

そこに誰を重ねたのか、その声には諦観《ていかん》さえ滲《にじ》んでいた。

「理屈《りくつ》じゃないんです。でも、たいていの場合、その直感は正しい。……友達に、よく似た子がいるものでわかります」

「わかってるじゃねえか！」

こちらは本当にわかっているのだろうか。アスラはあっけらかんと笑う。

どうやら、オリアスが心配するようなことでもないようだ。

「アルシエラ殿ならキュアノエイデスにいるはずよ。私たちはこれからそこに帰るから、行くのなら案内するわよ」

そう語りかけると、黒髪の少年はいくらかの逡巡を挟んでから頷いた。

「連れていってくれ。彼女のところに」

遠征《えんせい》を終えたオリアスたちはキュアノエイデスへと帰路に就《つ》く。

とんでもない嵐《あらし》を引き連れて。

◇

キュアノエイデス地下大空洞魔王殿《くうどうまおうでん》。先代〈魔王〉マルコシアスの城だった場所に、自分が渦中《かちゆう》にいることなど知る由もないアルシエラもいる。

「思ったよりも、辛《つら》いものですね」

そこで険しい表情を浮《う》かべるのはネフィだった。

ザガンがかつての居城を離《はな》れたことで、ネフィもそこに部屋をいただいている。とはいえ、ネフィたちが本来住まうのは森の城だ。ここは客室といった風情《ふぜい》で、部屋に飾《かざ》られた装飾品《そうしょくひん》の手合いもどこかよそよそしいものである。

きっと、こうした部屋でも親しみを抱《いだ》かせるのが一流の家事というものなのだろう。その意味でも自分はまだまだ半人前だと痛感させられる。

ネフィが〈魔王〉になったことは、ザガンも予期せぬ事態だった。

元々ザガンから魔術の手解《てほど》きは受けていたが、それでも学び始めて一年も経《た》たぬ駆け出しなのだ。神霊魔法にしたって、学では妹のネフテロスには一歩及《およ》ばぬことは自覚している。その妹にしたって、万全《ばんぜん》な体を手に入れたことで力もネフィを超《こ》えたかもしれない。

魔術師としてもハイエルフとしても、ネフィは半人前なのだ。

つまるところ、新しい〈魔王〉の中でもっとも力が劣《おと》るのはネフィなのだ。

力を付けなければならない。

そんなネフィが机に広げるのは何冊もの魔道書《まどうしょ》と、そして魔術とは関《かか》わり合いのないイチジクの実やヤドリギの枝といった自然物だった。

魔術は高度な数式のように精錬《せいれん》された技術である。〝回路〟と呼ばれる仕組みに則《のっと》り魔《ま》法陣《ほうじん》を構築すればその通りに発動するし、それ以外のことは起きない。

対して神霊魔法はそんな理路整然とした魔術とは正反対の〝祈《いの》り〟である。香草《こうそう》やシンボルを用いて己《おのれ》を鼓舞《こぶ》させ、心によって行使される奇跡なのだ。

まったく正反対の概念《がいねん》を同時に学んでいるのだから、頭がおかしくなりそうだ。

──やり方が違《ちが》うだけでやっていることは同じだよ──

師であり母であるオリアスは事もなげにそう言ったが、いざやれと言われて簡単にできれば苦労はない。

だがまあ、実際に魔術も神霊魔法も〝学び〟が力になるという点に於《お》いては同じなのだからオリアスは正しいのだろう。魔術はひたすら書と向き合うことで力を紡《つむ》ぎ、神霊魔法は祈りへの理解を深めることで力を得るのだから。

……まあ、朝起きたらまず冷水を浴びたり、頭がクラクラするような強い香《こう》を焚《た》いて精神鍛錬《たんれん》を要する神霊魔法の方が面倒《めんどう》だという気持ちはないでもないが。

ただ、そうした〝学び〟はネフィひとりでも積み重ねられるものだ。むしろ独りで継続《けいぞく》することにも意味がある。それゆえ、いまのネフィは〝独り〟だった。

これが自分に必要なことなのはわかっている。わかってはいるのだが……。

「はあ……」

我知らず、ため息をこぼす。

こんなとき、相談できるのは母オリアスか妹ネフテロスである。

だが、ふたりともラジエルに向かっており、ここにはいない。友人のシャスティルはというと別の渦中にあり、とてもではないがネフィの相談に乗れるような状況《じょうきょう》ではない。

――バルバロスさまとのこともありますものね……。

恐らく、これからもっとも大変な思いをするのは彼女だ。むしろネフィが支えてあげなければならないのに、相談などできようはずもない。

ネフィはザガンの支えになりたいのだ。前の戦いではちゃんとネフィを頼《たよ》ってくれて、

〈魔王の刻印〉のことも認めてくれた。ようやく隣に立てるところまで来たというのに。

ネフィが鍛《きた》えなければならないのは、まさにそこなのだろう。

それはわかっているのに、ネフィは憂鬱《ゆううつ》を隠せなかった。


「――クスクスクス、ずいぶんと浮かない顔をなさっておいでですのね、ネフィ嬢《じょう》」


とうとつに響《ひび》いたその声に、ネフィはハッとして顔を上げる。

「アルシエラさま?」

どこからともなく無数のコウモリが集まり、部屋の中央に吸血鬼《きゅうけつき》の少女が現れた。

ネフィは慌てて立ち上がると、スカートの裾《すそ》を持ち上げて腰《こし》を折る。

「お恥ずかしいところをお見せしました、お義母さま」

「あらあら、覗《のぞ》き見たのはあたくしの方ですわ」

いつも通りに不敵に微笑《ほほえ》むと、アルシエラはなにか気を落ち着かせるように不気味なぬいぐるみを抱《だ》きしめた。

「……悩《なや》んでおいでですの?」

「――ッ、お義母さまはなんでもお見通しなんですね」

「なんでも、とはいかないものですけれど」

そう言ってほのかな苦笑《くしょう》を浮かべる。こういうところは、なるほどザガンとよく似ていると思う。

沈黙《ちんもく》。図星を指したものの、アルシエラはすぐには次の言葉を紡がなかった。彼女にとっては、わかっていても話しにくいことなのだろう。

「あの――」

「――あたくしなら、力になれるかもしれませんわ」

ネフィが口を開こうとすると、それを遮《さえぎ》るように声を上げた。

この申し出には、ネフィも目を丸くさせられた。

「お義母さまが、ですか？」

「千年もこの世界を見つめてきたのはあたくしなのですわ。他の誰に貴姉《あなた》の悩みに応《こた》えられるというのです」

「でも、どうして……」

素直《すなお》に受け取ればいいとはわかっていても、突然《とつぜん》のことにそう聞き返してしまう。

アルシエラは戸惑《とまど》うように目を伏せるも、やがて困ったように微笑んだ。

「貴姉《あなた》はこんなあたくしを義母と呼んでくださいましたわ。ですから……」

「あたくしも、貴姉《あなた》を娘《むすめ》と思いたいから、ではいけませんかしら？」

キュウッと、胸が締《し》め付けられるような気がして、ネフィは思わずアルシエラを抱きしめていた。

「わぷっ？　な、なぜ抱きしめるのです！」

「いえ、お義母さまがあまりに可愛らしくて……」

「かわっ？」

愕然とする少女をようやく腕《うで》から解放すると、ネフィはさっと手を振《ふ》って椅子《いす》のひとつを引き寄せる。

――ようやくこの手の魔術《まじゅつ》も、魔法陣を介《かい》さず使えるようになりました。

そう。こんな初歩的な魔術をようやく、である。

魔術師《まじゅつし》としてはようやく人並みのことができるようになった程度で、フォルやシャックス、いやバルバロスやゴメリのような元魔王候補にも遠く及ばぬ段階である。

ザガンはそんなささやかな成果も目覚ましい成長と褒《ほ》めてくれるが、〈魔王の刻印〉を手にしてしまった以上、そこで満足するわけにはいかないのだ。

ネフィの表情を見て、アルシエラは慰《なぐさ》めるように言う。

「貴姉《あなた》の悩みは、わかっているつもりですわ」

「……はい」

さすがは千年を生きる最強の吸血鬼にして、ザガンの母である。

だが、そこまでわかってくれる義母だからこそ、ネフィも素直に胸の内を吐露《とろ》する気持ちになれた。キュッとスカートを握《にぎ》り締めてネフィが口を開くのと、アルシエラが口を開くのは同時だった。

「天使のことで――」

「もう一度、ザガンさまにギュッとしてもらいたいんです！」

アルシエラは微笑むような、それでいて驚くような表情で硬直した。

「……え？」

「え？」

なにを言いかけたのかは聞き取れなかったが、どこか食《く》い違いでもあっただろうか？

首を傾《かし》げると、アルシエラは引きつった微笑《びしょう》を浮かべつつ気を落ち着かせるようにコウモリの群れの中に腕《うで》を突っ込む。そこから取り出されたのは紅茶——厨房《ちゅうぼう》から持ち出したのだろうか——で、薄《うす》い唇《くちびる》をつける。

「あたくしのことは、お気になさらず。……それで、ギュッとしてもらいたい……というのは？」

なにやらすこぶる動揺《どうよう》している様子で、手にしたカップの紅茶から波紋《はもん》が収まる様子がないがアルシエラの声は平静だった。

ネフィは小さく頷き返す。

「その……以前、ザガンさまから大役を仰《おお》せつかったとき、出立の前にギュッと抱きしめてもらって、すごく元気をいただいたんです」

抱きしめてもらったというか抱きついたというか……。

つい勢いでやってしまったこととはいえ、先の戦いに赴《おもむ》く前ザガンにくっついて顔までこすり付けたのには絶大な元気をもらった。あれがあったから、ネフィは最後まで戦うことができたのだ。

思い出すと少し恥ずかしくて、ネフィは両手で頬を覆《おお》う。ツンと尖《とが》った耳の先が火照《ほて》ったように真っ赤なので、大した意味はなさそうだが。

アルシエラは微笑のまま〝相談に乗ると言った手前もう後には引けない〟という声音《こわね》で

言う。

「そ、そう……なんですのね？　それなら、そう申し上げればよいのでは？　あの子もきっと喜んで応えてくれると思うのですわ」

それはネフィが頼《たの》めばザガンは応えてくれるだろう。

だがしかし、どう頼めというのだ。面と向かってそんなことを言おうとしたら、ネフィは最後まで口にする前に昏倒《こんとう》するだろう。

「む、無理です。……恥ずかしくて」

アルシエラは『いまさらそこ？』と言わんばかりに微笑を引きつらせるが、ネフィは気付かず言葉を続ける。

「それに……あれはさすがにちょっとはしたなかったというか……」

「どんな抱きつき方をなさったんですのっ？」

ネフィにとっては大胆《だいたん》なことなのだ。

――でも、ギュッとしてもらいたいです……。

それが駄目《だめ》なら、せめて頭を撫《な》でるくらいしてほしい。ザガンならば、口に出さなくともネフィが傍《そば》でウロウロしているだけでなんか察してくれるとは思う。

だがここで問題なのが、いまの彼《かれ》が非常に多忙《たぼう》であることなのだ。

玉座の間では書類とにらめっこしたり配下から報告を受けたりで声をかけづらく、それが終わるとナベリウスの工房《こうぼう》にこもってしまう。〈魔王〉がふたりがかりでなにかを作っているのだ。ただごとではないのはネフィでもわかる。

――おかげで勉強にも身が入りません。

ゆえに、ネフィは独り欲求不満を募《つの》らせているのだった。

愕然とするアルシエラに、ネフィはぷるぷると首を横に振る。

「や、やましいことはしていません！　ただその、ちょっと抱きついたまま額をこすり付けてしまったというか……」

「ああ、なんだそんなことですの……」

「そんなことっ？」

ホッとしたように胸をなで下ろすアルシエラに、今度はネフィの方が愕然とさせられる。ネフィからするとかつてない次元での甘《あま》え方《かた》だったというのに〝そんなこと〟とは。この少女はいったいどんな時間を過ごしてきたのだろう。

「あの、お義母さまはお義父さまとそういったことは気軽になされていたのですか？」

「えうっ？　あたくしですの？」

まさかそこで自分のことをほじくり返されるとは思わなかったのだろう。アルシエラは椅子ごと身を退《ひ》いた。

それから、カップを膝《ひざ》の上に下ろして首を傾げる。

「……？　言われてみれば、そういったことをした覚えはありませんわね」

衝撃的《しょうげきてき》な事実に、ネフィは思わず仰《の》け反《ぞ》った。

「お義母さまはあまりそういったことにご興味はなかったのですか？」

その問いかけに、アルシエラは曖昧《あいまい》な微笑を返した。

「あたくしたちがいっしょにいられたのは、一年にも満たない時間でしたから」


「……ッ」

息を呑むネフィに、アルシエラは苦笑する。

「そんな顔をなさらないでくださいな。もう千年も昔のことなのですわ」

その言葉に、後悔《こうかい》や嘆《なげ》きの響きはなかった。

「短い時間でしたけれど、幸せでしたわ。あの方は本当にあたくしのために生きて、愛してくださいましたもの」

「お義母さま……」

それからもう一度カップを傾けると、どこか諦観するようにつぶやく。

「そのあとの千年で、あんなふうに恋《こい》をすることはもうなかったのですわ。でも、あの恋があったからここまで足掻《あが》くことができた。だから、もう十分なのですわ」

千年を生きる彼女は恋をしたとしても、必ず相手の方が先に死ぬ。戦いがなくともそうなってしまうのだ。それはもう、恋なんてできるはずもない。

見ていられないような気持ちになって、ネフィはアルシエラの手を握った。

「わたし、お義母さまを幸せにします！」

「ぶふっ」

アルシエラが紅茶を噴《ふ》き出した。

確かに少し言い方を間違《まちが》えたかもしれない。激しく咳《せ》き込むアルシエラの背中を、ネフィは撫でてやった。

「いきなりなにをおっしゃるんですの？」

「申し訳ありません。その、わたしはいま幸せですし、これからも幸せになります。だからその……」

自分でもなにを言いたいのかわからなくなってきた。

それでも、ネフィは毅然《きぜん》としてこう告げた。

「わたしたちは、決してお義母さまを独りぼっちにはしません」

魔術師の寿命《じゅみょう》は千年に至るという。〈魔王〉となったネフィとザガン、それにフォルなら アルシエラともいっしょに生きていける。

アルシエラは大きく目を見開き、それからやわらかく笑った。

「なるほど、それなら確かに幸せにしていただけますわね」

「あうぅ……」

思わず赤面するネフィに、アルシエラはこつんと自分の額をぶつけた。

「あなたがあの子と出会ってくれたのが、あたくしにとってなによりの幸福なのですわ」

「お義母さま……」

それから、ネフィは耳の先まで真っ赤にして訂正《ていせい》を口にする。

「その、いっしょにと言っても、わたしたちはまだお付き合いしてる段階で……」

「……あら？　そうでしたかしら」

心底不思議そうに首を傾げられ、ネフィは二の句を継《つ》げなかった。

それから、アルシエラはいつものように笑う。

「クスクス、なにはともあれ、少しは明るい顔になったのですわ」

「えうっ、それはその……はい」

不満を口に出したおかげか、欲求不満も少しは落ち着いた気がした。

それを確かめて、アルシエラは席を立つ。

「さて。そろそろフォルの様子を見に行かないといけませんわ」

「はい。フォルのこと、よろしくお願いします」

ネフィがぺこりと頭を下げると、アルシエラは背を向けたまま何事かをつぶやいた。

（……本当は、貴姉《あなた》とは別の話をしたかったのですけれど）

「はい？」

「……いえ、なんでもないのですわ」

アルシエラは首を横に振ると、現れたときと同じく無数のコウモリとなって消えていった。

「わたしも、お義母さまが安心できるようがんばらないと！」

ネフィも再び机に向かってペンを取るのだった。

◇

虐《しい》げられし者の都にて、フォルはその中心にある広場へと到着《とうちゃく》していた。

アンドレアルフスに案内されたそこで、フォルの到着を迎えるようにここそこの遺跡《いせき》から〈ネフェリム〉たちが姿を見せる。

「ふわ……」

思わず声をもらして仰け反った。

種族はヒトもいれば獣人《じゅうじん》、翼人族《よくじんぞく》、いまではもう滅《ほろ》んでいるような一角族《ユニコーン》や獣王族《ブラフマー》たちなど、様々だ。性別は、男の方がだいぶ多いように見えるが、女もいる。

全員出てきたのか、すごい人数に囲まれてそれらもすぐに見えなくなってしまう。フォルの背丈《せたけ》で人という壁《かべ》に囲まれるというのは、なんというか井戸《いど》かなにかに放《ほう》り込まれたような感覚だ。

「うわわ……」

デクスィアとアリステラも、フォルよりは背が高いが大人たちに比べれば小さいものである。うろたえて、思わず肩を寄せ合って手を握っていた。

ひとまずフォルの人となりを確かめに来たのだろう。好奇心《こうきしん》と不安がない交ぜになった視線を浴びせられる。

——みんな結構強そう。

デクスィアやアリステラと同等か、それ以上の力を感じた。なるほど、放置しておくにはあまりに危険で、しかし放っておけなくなるような人々だった。

アンドレアルフスが気軽そうな声を上げる。

「ここがこれからあんたの領地だ。よろしく頼むぜ」

「領地……」

ザガンにとってのキュアノエイデスがそうであるように、ここがフォルにとっての領地となるのだ。

その意味を確かめるように反芻《はんすう》していると、アンドレアルフスは後ろをふり返って男たちに語りかける。

「諸君。彼女が我らの王だ。くれぐれも粗相《そそう》のないように頼むぜ？」

とはいえ、フォルの外見は十歳《さい》かそこらの幼女である。果たして〈ネフェリム〉たちがどう受け止めるか。

身構えていると、〈ネフェリム〉たちは誰からともなく膝を折って頭を垂れた。

「あなたの戦いは我々も知っている。偉大《いだい》な賢竜《けんりゅう》のご息女に最大の敬意を払《はら》おう」

その言葉に偽《いつわ》りはなく、真摯《しんし》な様子が見て取れた。多少の抵抗《ていこう》を覚える者もいなくはないようだが、概《おおむ》ね受け入れられていると見てよいのだろう。

ただ、とフォルは想《おも》う。

——そう。私はザガンの娘ではなく、オロバス《お父さま》の娘として見られてるの。

それは〈ネフェリム〉たちにとっては当然の受け入れ方なのだろう。

だが、歪《いびつ》だと感じた。

ザガン《パパ》とオロバスは、フォルにとって等しく父親なのだ。どちらが大切というものではなく、過去と現在に於いて事実なのだから比較《ひかく》のしようがない。強《し》いて挙げるなら、あのふたりがどんな会話をするのか見てみたかったか。

アンドレアルフスが首を傾げた。

「嬢ちゃん、連中になにかひと言頼むぜ？」

「……うん！」

頷《うなず》いて、周囲をキョロキョロと見渡《みわた》す。

跪《ひざまず》いてくれたおかげで少しは景色が見えるようになったものの、遠くからは見えにくいし声も通らない。とはいえ、周囲に聳《そび》えるのは背の高い建物ばかりでよじ登るには向いていない。翼を使って飛んでもいいが……。

そんな様子に、デクスィアが首を傾げて顔を覗き込《こ》んでくる。

「どうしたの、お嬢？」

フォルはハッとして両手を伸《の》ばした。

「デクスィア、肩車《かたぐるま》」

「うえっ？」

「早く」

フォルが急《せ》かすと、デクスィアはしぶしぶといった顔でフォルのスカートの下に頭を潜《もぐ》らせる。

「なんでアタシが……」

「お姉ちゃん、がんばって」

「うう……っ」

妹からの応援《おうえん》に、デクスィアも観念したようにフォルを肩車して立ち上がった。これで彼女《かのじょ》も一流の魔術師ではある。華奢《きゃしゃ》な体ながらも頼もしく、フォルを持ち上げてもよろめく様子はない。

目線が高くなって視界が開けた。

「おお……」

これが普段《ふだん》、ザガンの見ている景色なのだ。前に一度だけ大人になったときも、ここまで高くはなれなかった。

背伸《せの》びはしないと決めたものの、背の高い景色というのは気持ちの良いものだった。

すぐ下でデクスィアが渋面《じゅうめん》を作っているせいか敬意は感じられなかったが、フォルは思わず得意げに笑《え》みをこぼしてしまう。それに釣《つ》られたのか、〈ネフェリム〉たちも微笑ましそうに目を細めたりする。

にわかにこみ上げた感動を抑《おさ》えるように胸をトントンと叩《たた》くと、フォルは毅然として周囲の〈ネフェリム〉たちを睥睨《へいげい》した。

それから、大きく深呼吸をしてから声を張り上げる。

「私の名はウォルフォレ！　お前たちの身を預かる〈魔王〉」

大きな声に驚《おどろ》いたのか、デクスィアがよろめくがフォルは言葉を続ける。

「お前たちの感情には理解を持ちたいと思う。でも、私は賢竜オロバスの娘であると同時に、〈魔王〉ザガンの娘だ」

この宣言に〈ネフェリム〉たちは怒《いか》りとも困惑ともつかぬざわめきを起こす。

そんな彼らが静まるのを待って、フォルは次の言葉を口にする。

「私を強く産んでくれたのはオロバスで、でも私を〈魔王〉にしてくれたのも、お前たちを守れる力を与《あた》えてくれたのも、ザガンだ。お前たちのたくさんの同胞《どうほう》を殺したザガンだ」

（ち、ちょっとお嬢……）

デクスィアが咎《とが》めるような声を上げるが、フォルはその頭をよしよしと撫でながら首を横に振る。

――この問題は、きっとうやむやにしてはダメ。

いつか必ず、取り返しの付かないことになる。

「それでも受け入れられるのなら、私についてきて。私は、決してお前たちを見捨てない」

ザガンやネフィなら、もっと上手に話すことができるのかもしれない。

でも、これがありのままのフォルのやり方だと思う。

だから、反発を招くとしても問題を提起した。

〈ネフェリム〉たちから、すぐには反応はなかった。みんな戸惑っているのだろう。目を背《そむ》けたままでいたかったのだろう。

ざわめく〈ネフェリム〉たちの中から、ひとりの少年が立ち上がる。

「僕《ぼく》はついていくぞ！　この時代で生きていくには助けが必要だ」

額の左側から角のようなものを生やした少年だった。

——宝石族《カーバンクル》かな。初めて見た。

生まれつき体のどこかに宝石のような結晶《けっしょう》を持つ種族である。その宝石に強い魔力《まりょく》を秘《ひ》めるのだとかで古くから狙《ねら》われ、いまでは滅んだ種族である。

「本気かよ、シュラ？」

「ああ！　君は君が誰《だれ》なのか理解しろと言っているわけであって、ザガンに忠誠を誓《ちか》えと言っているわけじゃないんだろう？」

フォルが頷くと、宝石族《カーバンクル》の少年は〈ネフェリム〉たちをふり返る。

「だったら、僕は僕たちに手を差し伸べてくれた君を信じる！」

シュラと呼ばれた少年に続いて、また別の誰かが立ち上がる。

「なら、俺もついていく。俺たちの感情に理解を示すという言葉を信じよう」

そうして少しずつ〈ネフェリム〉たちは立ち上がり、やがては全員がフォルに従う意思を示した。その様子に、アンドレアルフスが苦笑する。

「ずいぶんと危ない橋を渡《わた》るもんだな。ザガンのやつはきっと怒《おこ》るぜ？」

「ザガンならわかってくれる。私に任せると言ったもの」

「はは、違いねえ」

ざわめきが収まったのを確かめて、デクスィアもフォルを地面に降ろす。

「ハラハラさせないでよね」

「うん。ごめんなさい。怖《こわ》がらせた」

「そ、そんなんじゃないから！」

顔を真っ赤にするデクスィアに、アリステラがぎこちなく微笑みかける。

「お姉ちゃん、格好よかった」

「そ、そう……？」

妹から褒められるのはまんざらでもなかったようで、デクスィアは直前とは違う意味で頬《ほお》を赤くしていた。

ともあれ、ひとまずフォルは〈ネフェリム〉たちに受け入れられた。

ホッと息をつこうとしたところで、遠くから声が響いてきた。

「――大変だ！　誰か来てくれ！」

どうにも、フォルの初めてのお仕事は簡単には終わらないようだ。

◇

「……あのさ、お嬢？　なんでアタシ、また肩車《かたぐるま》させられてんの？」

「頼りにしている。がんばってデクスィア」

「ううう……」

〈ネフェリム〉に案内されたフォルは、またしてもデクスィアの肩に座《すわ》っていた。

「お嬢さま、気に入ったみたい」

デクスィアの隣《となり》でアリステラが、ほのかに口《くち》の端《はし》を上げて笑う。

そこはキュアノエイデスへと続く運河だった。

しかし流れが激しく、地鳴りのような音を響かせている。昨晩は雨など降らなかったはずだが、水も濁《にご》って泥《どろ》のにおいがした。川に土が削《けず》られ、迂闊《うかつ》に近づくと足場が崩《くず》れそうだ。この流れに呑《の》まれると、魔術師でも危ない。

そんな運河の中に、石や木片《もくへん》などがいくつも紛《まぎ》れていた。

「上流でなにかあったらしい。これ以上増水すると氾濫《はんらん》するぞ。避難《ひなん》を考えた方がいいと思うんだが……」

言いよどんだのは、ここの住人に果たして避難できる場所があるのかという理由だろう。

フォルはアンドレアルフスに目を向ける。

「アンドレ、これはどれくらい水嵩《みずかさ》が増してる？」

「五、六メートルってとこだな。この上流はスフラギタなんだが、雨も降ってねえのに一晩でこいつはおかしい。下手こくと堰《せき》が壊《こわ》れた可能性があるな」

　スフラギタは大陸最大の湖である。

　その水量は大陸生活用水の実に四分の一をまかなうほどである。その堰が壊れたとなると、麓《ふもと》の河川《かせん》などあっという間に氾濫するだろう。

「アンドレ、上流のこと、調べられる？」

「一刻もありゃなにかわかるだろうぜ」

「ならお願い。それとデクスィア、降ろして」

　デクスィアはやっと解放されたと言わんばかりの顔でフォルを地面に降ろす。

「お嬢、どうするの？」

「応急処置しておく。お前たちはもう少し下がってて」

　アンドレアルフスが「ほう」と感心したように声をもらす。河川の氾濫という規模の災害に対し、魔術師ができることは多くない。一時的に止めることはできるだろうが、それを持続させることは困難で、効果的なのはせいぜい流れを変える程度のことだろう。

　だが、ここにしか居場所のない者たちに、運河の流れを変えるような破壊などできるはずもない。であれば、なにができるのか。

デクスィアたちを後ろに下がらせると、フォルは地面に手を突《つ》く。

――こういうのはネフィやネフテロスの方が得意だけれど。

魔術よりも魔法《まほう》の方が向いているが、ここに彼女たちはいないのだからフォルがなんとかしなければ仕方がない。

小さく息を整える。

「――〈マルバス〉――〈オロバス〉――手伝って」

そう呼びかけると、フォルの肩から二頭の竜《りゅう》の頭部が出現した。


『『――〈地裂《じれつ》〉――』』


異口同音に、三つの声が重なった。

そして、大地が揺《ゆ》れた。

「うわっ」「なんだ?」

困惑《こんわく》の声を上げる〈ネフェリム〉の足下《あしもと》で大地が隆起《りゅうき》し、河川は逆に川底が沈降《ちんこう》する。

揺れが収まるころには、水面は十メートル近く下がっていた。

「な、なにをしたの？」

「やるねえ。堤防《ていぼう》ってのを造ったのさ」

うろたえるデクスィアに、アンドレアルフスが口笛を吹《ふ》いて答える。

本来は大地を亀裂《きれつ》を生んで、対象を飲《の》み込むという魔術である。それを応用して、即席《そくせき》の堤防を造ったのだった。

アンドレアルフスは地面に手を触《ふ》れながら説明する。

「並みの魔術師でも年月をかけりゃ造れるが、魔術で変えた地形ってのは魔力が切れれば崩れるような脆《もろ》いもんなんだ。だが、こいつはそうなってねえ」

「……つまり？」

「地形を変える魔術、それを固着させる魔術、それらを緻密《ちみつ》に制御《せいぎょ》する魔術、まったく違う三つの魔術を、嬢ちゃんは同時に扱《あつか》ったってことさ。〈魔王《まおう》〉の中にも、これができるやつはふたりといねえんじゃねえか？」

「なによそれ。そんなのを、こんな規模でやったの……？」

フォルが造った堤防は、森全体を両断するように南北へ続いている。ようやく、デクスィアにも理解できたのだろう。目を見開いて絶句していた。

アンドレアルフスはフォルに目を向ける。

「おまけに、こいつは嬢ちゃんの専門ってわけでもないんだろう？」

「うん」

「ははっ、末恐《すえおそ》ろしいねえ」

そこに宝石族《カーバンクル》の〈ネフェリム〉――シュラと言っただろうか――が笑いかける。

「君はすごいんだな。やっぱり付いてきて正解だった」

「ふふ」

褒められるのは素直に嬉《うれ》しい。フォルも誇《ほこ》らしげな笑みを返した。

それから、フォルは首を傾げる。

「お前は、どうして私に抵抗がない？　ザガンのことを話しても、お前は気にしていないようだった」

信じてくれるのは嬉しいが、無条件に信じられるとそれはそれで不安なものだ。

シュラはなにか嫌《いや》なことでも思い出したように苦い笑みを浮《う》かべる。

「なんていうか、僕はザガンに直接やられたうちのひとりだからさ……」

「……？」

「剣《けん》が駄目なら体術と思って蹴《け》りかかったら、そのまま足を握りつぶされて返り討《う》ちにされた。でも、あのあとみんながおかしくなったとき、僕たちは無事だった。ザガンに直接やられたやつだけが無事だったんだ。だから……」

その先を言葉にすることはできなかったが、きっと彼らは気付いたのだろう。

自分たちが倒《たお》されると同時に、助けられていたのだと。

「やつに恩返しってのは癪《しゃく》だし、礼を言う気にはなれない。でも、だからその分、君の力になりたいと思ってる。……っていうのが答えじゃ、駄目かい？」

「ううん。悪くない答え。気に入った」

答えが出るまでは、まだ時間がかかるだろう。だが、彼らはザガンのことも受け入れようとはしているのだ。

――いまは、それでいい。

歩み寄る気持ちがあるのなら、いつかわかり合える日も来るだろう。

そんなときだった。

「――おい、こっちに人が倒れてるぞ！」

河川の様子を調べる〈ネフェリム〉のひとりが声を上げる。目を向けると、堤防の中腹に倒れる人影《ひとかげ》があった。フォルが地形を変えたことで運河から引き上げられたのだろう。

フォルもそちらに駆《か》け寄る。

「――ッ」

地面に広がる銀色の髪《かみ》に、ネフテロスの姿が重なってフォルは息を呑む。

だが、すぐに違《ちが》うと気付いて胸をなで下ろす。

倒れていたのは十五、六ほどの少女だった。泥にまみれた肌《はだ》は、血の気を失って蝋《ろう》のように白い。いや、白いというより青いだろうか。生きているのかも疑わしかった。

「まだ息がある」

少女の様子を調べる〈ネフェリム〉の声で、フォルも我に返る。

「これは、魔術師……？」

濁流《だくりゅう》に呑まれて服もボロボロだが、ローブやアミュレットを身に着けていて魔術師のように見える。

ただ、運悪く運河に呑まれただけではなさそうだ。

大きく裂《さ》かれた胸元《むなもと》には、鋭利《えいり》な刃物《はもの》で斬《き》られたような傷があった。

――誰かにやられた？

上流でなにかがあったのは明白だ。そこに巻き込まれたか、あるいは当事者か。

そこにアンドレアルフスが追いついてきて、にわかに目を見開いた。

「こいつは……アスモデウスじゃねえか」

その名前に、デクスィアが小さく息を呑む。

「アスモデウスって、あの……？」

「ああ。〈魔王〉のひとりだよ」

右手の手袋《てぶくろ》をめくってみると、なるほど〈魔王の刻印〉が刻まれていた。

そんな少女を見て、シュラが声を上げる。

「この子、宝石族《カーバンクル》か？」

少女のはだけた胸の中央には、深紅《しんく》の宝石が埋《う》まっていた。ただ……。

「駄目だ。核石《かくいし》が砕《くだ》けてる。……助からない」

深紅の宝石は、ひび割れ砕けていた。

宝石族《カーバンクル》のことはよく知らないが、彼らにとってこの石は心臓のようなものらしい。これが失われるということは、命が失われることを意味する。

――〈魔王〉がやられた？　誰に？

アンドレアルフスが言う。

「考えようによっちゃ運が良いぜ。ザガンはもうひとつ〈刻印〉を欲《ほ》しがっていたからな」

バルバロスに与えるためのものである。

彼女にはまだ息がある。だがもう、フォルたちにできることは、せいぜい最期《さいご》を看取《みと》ってやることくらいだ。そうなると遺体から〈刻印〉を回収する必要はある。

と、そこでフォルは手袋をめくった少女の右手がなにかを握っていることに気付く。

「これは……」

取り上げてみると、それはペンダントだった。ロケットのようで、開くことができる。魔術《まじゅつ》で守られていたようで、中身は綺麗《きれい》な状態である。

そこに収められていたのは、同じ髪の色をした姉妹の肖像画《しょうぞうが》だった。

どちらがこの少女なのだろう。姉らしき少女が、後ろから妹らしき幼い少女を抱《だ》きしめている。たいそう仲がよさそうで、ふたりとも幸せそうに笑っていた。

――でも、宝石族《カーバンクル》はもう絶滅《ぜつめつ》してる。

となると、この少女もきっと……。

「――この子を、助ける」

気付いたときには、フォルはそう言っていた。

「やめとけ。こいつの通り名は《蒐集士《しゅうしゅうし》》――最低の〈魔王〉のひとりだ。助けたところで感謝どころか、逆になに盗まれるかわかったもんじゃねえぜ?」

そう言って、アンドレアルフスは少女の胸の宝石を示す。

「それに、もう助からん。宝石族《カーバンクル》の核石は、治癒魔術《ちゆまじゅつ》でも治せねえ。というか、魔術で治しても効果がねえんだ」

「なぜ？」

「宝石のように見えているのは、結晶化《けっしょうか》した魂魄《こんぱく》なんじゃねえかって言われている。形だけ直しても、魂魄は癒《い》やせねえってことだ。研究すりゃあ、治癒《ちゆ》の方法も見つかったかもしれねえが、その前に宝石族《カーバンクル》は滅んじまった」

つまり、これを癒やすのならば魂《たましい》の修復という技術が必要になる。

――ネフィの神霊魔法《しんれいまほう》でもできるかどうか。

仮にできたとして、魔王殿《まおうでん》にいるネフィをここに連れてくるまで、少女は保《も》たない。バルバロスなら可能かもしれないが、彼は恐《おそ》らくいま〝影《かげ》〟の外にいる。連絡《れんらく》する術がない。

それに、ネフィでも助けられる保証はない。

少し悩《なや》んで、フォルはアリステラに目を向けた。

肉体の大半を失った彼女は、いまもこうして生きている。

――もしも魂魄の修復が可能なら、アリステラも元に戻《もど》せるかもしれない。

だから、フォルは立ち上がり、右手の手袋を外す。

「力を貸して――〈魔王《まおう》の瞳《ひとみ》〉」

そう呼びかけると、〈刻印〉から膨大《ぼうだい》な魔力が噴き出す。

「〈魔王の刻印〉？　嬢《じょう》ちゃん、なにをするつもりだ」

「助ける。この子のことは知らないけど、私は〈ネフェリム〉たちを知らなくても助けると言った。なのに、この子を助けないのは道理に合わない」

なにより、フォルは助けたいと思った。それが全《すべ》てだ。

――魂魄の修復という力は、いまの魔術も神霊魔法も届かない。

だが、核石が魂魄の結晶だというなら、物質化した魂魄ということになる。

――物質の修復なら、きっとできる。

ザガンの銀眼は魔力の流れを視《み》る。フォルの龍眼《りゅうがん》にも同じ力がある。加えて、ビフロンスが残した〈魔王の瞳〉には、その名の通りものを〝視る〟ことに適正がある。

ならば、フォルにもできる。

「――〈天鱗《てんりん》・祈甲《きこう》〉――」

助けたいと思ったから、フォルはその力を解き放った。

『ねえ、お姉ちゃん。魔術なんて覚えてどうするの？』

来る日も来る日も魔道書とにらみ合い、まったく遊んでくれなくなった姉に、妹は頬を膨《ふく》らませて言う。

宝石族《カーバンクル》の姉妹で、ふたりは共に瞳の奥《おく》に星の刻印を持つ希少種だった。

妹は花畑から桃色《ももいろ》の百合《ゆり》を引き抜《ぬ》くと、銀色の髪につけて見せる。

『そんなことよりお花摘《はなつ》みでもしよ？　ほら、綺麗でしょ』

どうにか気を引こうと奮闘《ふんとう》する妹に、姉も根負けしたように魔道書から顔を上げる。

『はいはい、似合ってますよー』

『もう、ちゃんと見てよ。そんな本よりあたしの方が可愛《かわい》いよ？』

『あなたが可愛いのは私が一番知ってるから大丈夫《だいじょうぶ》ですよー』

よしよしと妹の頭を撫《な》でると、姉は得意げに人差し指を立ててこう答えた。

『お姉ちゃんは魔術師《まじゅつし》になって、お宝をいーっぱい集めたいんです』

『宝物って、どんなの？』

首を傾《かし》げる妹に、姉は頷いて続ける。

『そうですねー。やっぱり宝石とかじゃないですか？』

その答えに、妹は露骨《ろこつ》に顔をしかめた。

『えぇー。宝石なんて集めるのやめなよ。趣味《しゅみ》悪いってば』

体の一部が宝石である彼女たちからすると、宝石というものは綺麗かもしれないが、同時に遺骨のような感覚である。

本物だろうが偽物《にせもの》だろうが、身内が『髑髏《しゃれこうべ》を集めたい』とか言い出したら止めたくなるのが人情だろう。

なのだが、姉はわかっていないというようにチッチと人差し指を立てて振《ふ》る。

『宝石族《カーバンクル》が宝石集めてなにが悪いんですか。それよりも〝外〟の人間は宝石を欲しがるんです。それを私が独《ひと》り占《じ》めしちゃえば、誰も逆らえなくなるじゃないですか？』

『そうはならないと思う』

ざっくりと返す妹に、今度は姉の方が頬を膨らませる。

『なるんですー。私がなるって言ってるんだからなるんですー！』

地団駄《じだんだ》を踏《ふ》んで言いつのる姉に、妹は呆《あき》れたようにため息をもらす。

『そんなことしてどうするの？　王さまにでもなるの？』

『そうですよ？』

けろっとした顔で、姉は肯定《こうてい》した。

『別に宝石じゃなくてもいいんです。宝物ならなんでも。そういうの全部集めて、私は王さまになるんです』

馬鹿《ばか》みたいだとは思ったが、さすがにそれを口に出すのは可哀想《かわいそう》だと思ったようで、妹は視線を逸《そ》らすに留《とど》めた。

『あー！　もうその顔、馬鹿みたいだって思ってますよねっ？』

『可哀想だから言わないであげたのに……』

『妹のくせに生意気ですよっ？』

涙目《なみだめ》になりながら、それでも姉は健気《けなげ》に続ける。

『王さまになれば、こんなところにせこせこ隠《かく》れ住《す》む必要もなくなるんですよ』

宝石族《カーバンクル》はその体に宝石を宿すがゆえに、当然のことながら狙われていた。核石を奪《うば》われれば死に至るとしても〝外〟の人間には関係のないことなのだ。

特に星の刻印を持つ希少種は核石のみならず瞳までえぐり出されるという。

思わず目を見開く妹の頬に触れ、姉は慈《いつく》しむようにこう宣言した。

『私は宝石族《カーバンクル》の……ううん、虐げられし者たちの王国を作りたい』

膝《ひざ》の上でギュッと拳《こぶし》を握《にぎ》る姉の瞳は、誰よりも未来を見ていたのかもしれない。

『笑われたって馬鹿にされたって、絶対にやってやるんです。だから、そのために力が必要なんです』

妹は自分を恥《は》じるように胸を押《お》さえると、首を横に振った。

『……笑わないよ。お姉ちゃんなら、きっとできる』

『えへへ、ありがとうリリー』

だらしなく顔を緩《ゆる》める姉の髪に、妹は摘《つ》み取った白い百合の花を結ぶ。

白百合《しらゆり》のように純粋《じゅんすい》な願い。できないことなんてわかっていた。

それでも、できると言ってあげたかった虚栄心《きょえいしん》。

《妖精王《ようせいおう》》が虐げられし者の都を造る日から、百年も遡《さかのぼ》ったある日のできごとだった。

◇

「夢……？」

こぼれた声はひどく掠《かす》れていて、喉《のど》が焼けるように痛んだ。体が鉛《なまり》のように重くて、腕《うで》も持ち上がらない。

目の前には、板張りの天井《てんじょう》が広がっていた。見覚えはない。土と草のにおいがして、どこか懐《なつ》かしく感じられた。

――私、どうなったん、だっけ……？

なにかひどいことがあったような気がする。しかし頭の中が霧《きり》がかったようにぼんやりしていて、考えがまとまらなかった。

困惑していると、呻《うめ》き声《ごえ》に気付いたのか、誰かが顔を覗《のぞ》き込んできた。

「お、目が覚めたかい？」

それは知らない顔だった。年は十七、八くらいだろうか。まだ少年である。

だが、そんな少年の額からは、宝石のような結晶が生えていた。

「あ……」

なぜだろう。ひと目で自分と同族なのだとわかった。もう、同族になんて会えないような気がしていたのに。

「くぅ……っ」

身を起こそうとすると、ひどい頭痛がした。目の前がぐにゃりと歪《ゆが》み、吐《は》き気《け》までこみ上げてくる。

「まだ動かない方がいいよ。君は、本当なら死んでいるような怪我《けが》だったんだ」

「怪我……？　なん、で……私……？」

事故にでも巻き込まれたのだろうか。まるで覚えがなかった。

少年は、どこか緊張《きんちょう》した面持《おもも》ちで問いかけてくる。

「僕の名前はシュラ。君の名前を聞いてもいいかな？」

「名前……？」

答えようとして、できなかった。

——名前……名前？　私の、名前……？

思い出せない。

そんなとき、ふと頭の中に浮かんだのは、先ほどの夢だった。

「……リリー」

「リリー？　それが、君の名前なのかい？」

「……たぶん」

曖昧《あいまい》な答えに、少年も怪訝《けげん》な顔をする。

「わからないのかい？」

「ごめん、なさい……」

申し訳なくなって謝《あやま》ると、少年は首を横に振った。

「いや、いいんだ。僕の方こそ、無理に聞いて悪かった」

どうやら、悪い人ではなさそうだ。ぼんやりと部屋を眺《なが》めて問いかける。

「ここは……？」

「あー、そういえばちゃんとした名前はなかったな。ちょっと説明が難しいんだが〝虐《しいた》げられし者の都〟って呼ばれてる場所だ」

「虐げられし者……」

なぜか、妙《みょう》に耳に残る言葉だった。

――なにか、自分と関係があった気がする……。

なのに、なにも思い出せなかった。

少年は慰《なぐさ》めるように笑いかけてくれた。

「無理をしなくていい。少し、眠《ねむ》った方がいいよ」

「……ええ」

目を閉じると、泥のような睡魔《すいま》が押し寄せてきた。

少女がそのまま寝息《ねいき》を立てるのを確認《かくにん》すると、少年はそっと部屋を出ていった。

◇

「記憶喪失《きおくそうしつ》だと？」

シュラからの報告に、アンドレアルフスが唖然《あぜん》とした。

同族ならばいきなり下手を打ちはすまいと彼《かれ》に看病を任せたのだが、まさかこんなことになるとは。

そこはアスモデウスを寝《ね》かせた病室の隣室《りんしつ》である。あの部屋から出るにはここを通る必要がある構造なので、そこを陣取《じんど》っていた。集まっているのはフォルと従者のデクスィア、アリステラ。監督役《かんとくやく》のアンドレアルフスと、いま戻ってきたシュラの五人だ。

フォルは申し訳なさそうに口を開く。

「ごめんなさい。私じゃ、上手《うま》く治せなかったみたい」

「いや、君のせいじゃないよ。核石を砕かれたのに息を吹き返しただけでも奇跡《きせき》だ」

フォルは〈天鱗・祈甲《きこう》〉でアスモデウスの核石を修復した。

だが、完全ではなかったのだ。フォル自身の力が足りなかったのか、あるいは〈祈甲《きこう》〉

ですら魂魄の修復には至れなかったのか。

　アンドレアルフスが頭をかく。

「やれやれ。フルカスといい、アスモデウスといい、〈魔王〉がそんなポンポン記憶《きおく》をなくすなよ」

「アスモデウスが誰にやられたのかも問題。〈魔王〉を倒せるのは〈魔王〉だけ。なにが起きているのか、把握《はあく》しておきたい」

　フォルがそう言うと、アンドレアルフスも頷《うなず》く。

「運河の上流だが、情報が手に入った。スフラギタの畔《ほとり》にパラリンニアって小さな街があったんだが、そこが水没《すいぼつ》したらしい。そのせいで、河口が崩れて水が流《なが》れ込《こ》んできたわけだ。堰は教会が修復に当たってるから、じきに収まるだろうぜ」

　運河の増水は、心配しなくてもよさそうだ。

「住民は？」

「そりゃ犠牲者《ぎせいしゃ》はいるだろうが、大半は避難できたらしいぜ。沈《しず》む前から結構な騒《さわ》ぎになってたらしく、眠ってた住民も目を覚まして逃《に》げられたみたいだ」

「じゃあ、他にも流れてきた人がいたら助けてあげて。……いまからだと、もう難しいとは思うけれど」

アスモデウスを見つけたのは昼になる前だったが、いまはもう夕暮れどきである。魔術師なら生きている可能性はあるが、一般人《いっぱんじん》ならもう助かるまい。

アンドレアルフスは頷いて続ける。

「話を元に戻すぜ。ここに流れてきたってことは、パラリンニアの一件にアスモデウスが絡《から》んでたのは間違《まちが》いねえだろう。あいつの魔術は街くらい簡単に潰《つぶ》すからな」

「アスモデウスは、誰と戦った？」

フォルが聞くと、アンドレアルフスは首を横に振る。

「やつは山ほど恨《うら》みを買ってる魔術師だからな。見当もつかねえ」

「アスモデウスの傷は刃物で刺《さ》されたみたいだった。そういうことができる魔術師は、多くないはず」

そう指摘《してき》すると、アンドレアルフスも難しい顔で考《かんが》え込む。

「まあ、まずは俺《おれ》だな。現役《げんえき》〈魔王〉の中だと……そうだな。グラシャラボラスあたりがくさいな。やつは刃物の扱いに長《た》けてる上に、殺しを請《う》け負《お》うからな」

「アスモデウスとの接点は？」

「接点もなにも〝殺してみたい〟って衝動《しょうどう》だけで生きてるような魔術師だ。たまたま顔を合わせたのが理由なんてこともある。誰かに殺しを依頼《いらい》されたって場合もあるだろうぜ」

動機を探《さぐ》るのは難しそうだ。さらにデクスィアが訝《いぶか》る声を上げる。

「そもそも、記憶喪失って本当なわけ？」

「僕にはそう見えたが……」

デクスィアは嫌そうな顔をする。

「あいつがシアカーンさまと取り引きしてるとき、一度だけ会ったことがあるわ。ずる賢《がしこ》くていくらでもふっかけてくる嫌なやつだった。こっちを油断させるために、記憶をなくした振りをしてるんじゃないの？」

「まあ、そういうことをやりそうなやつではあるわな」

これはアンドレアルフスも否定しなかった。

「アスモデウスは、そんな悪い子？」

「最初に言ったろう？　立派な悪党さ。いまからでも始末することを勧《すす》めるぜ？」

それでも、フォルは助けたいと思ったのだ。

「シュラは、どう思う？」

「え、僕か？」

まさか自分が意見を求められるとは思っていなかったようで、シュラは面食らっていた。

腕を組んでしばし頭を捻《ひね》ると、やがて確かめるようにこう言った。

「彼女《かのじょ》、記憶を失ったというより、混乱してるように見えた。自分のこともリリーと名乗っていたし」

「時間が経《た》ちゃ記憶が戻るってことかい？」

「その可能性は、あると思う。だから、せめてそれまで見守ってあげたい。……それに、もうこの世界に宝石族《カーバンクル》は残っていないって聞いた」

過去になにをしたとしても、同族として助けたい気持ちがあるのだろう。

「私も、助けてあげて、ほしい」

続いて声を上げたのは、意外にもアリステラだった。

「記憶がないのは、不安。なにもわからないまま殺されるのは、きっと辛《つら》い」

「アリステラ……」

珍《めずら》しく自分の意見を口にした妹に、デクスィアも強く出られないような顔になった。

アンドレアルフスがフォルに目を向ける。

「二対二か。判断は、嬢ちゃんのものだ」

フォルは小さく頷いてこう答えた。

「私の答えは変わらない。アスモデウスを助ける」

「お嬢……」

不服そうな声をもらすデクスィアに、フォルは頷く。

「デクスィアが心配してくれてるのはわかる。でも、いまは待ってあげて」

「……わかったわ」

アンドレアルフスもフォルの決定には異論を挟《はさ》まなかった。

「まあ、気を付けろよ。俺はそろそろ後継者《こうけいしゃ》の育成に戻らせてもらう」

「うん」

「あと、アスモデウスのことはザガンに伝えなくていいのかい？」

「……うん」

伝えるべきなのかもしれない。

――でも、これは私のお仕事だから。

だからフォルは首を横に振った。

「いまのザガンに、余計な心配をかけたくない」

「お前さんの初めての仕事だからかい？」

「ううん。ザガンはいま、ネフィの誕生日のことで頭がいっぱいだから」

だから、彼が無事にネフィの誕生日を祝えるまでが、フォルの初めての仕事なのだ。

堂々たる宣言にアンドレアルフスは愕然《がくぜん》としていたが、フォルは気にしなかった。

◇

そのころ、魔王殿玉座の間。〈魔王〉ザガンはバルバロスとにらみ合っていた。

玉座で膝を組むザガンに対し、バルバロスはポケットに手を突っ込んではいるもののいつでも攻撃《こうげき》に移れる姿勢だ。

先に口を開いたのは、ザガンだった。

「珍しいな。貴様がわざわざ俺を訪ねてくるとは」

〝影〟伝いに声を届ければいいものを、直接顔を付き合わせるとなるとただごとではなさそうだ。

「ふざけんな。てめえがいつまでも〝契約《けいやく》〟を果たさねえから、わざわざ出向いてやったんだろうが」

苛烈《かれつ》な怒《いか》りを込めて言い放つ悪友に、ザガンもなるほど、と頷く。

――俺が次の〈魔王〉に名を挙げた三人の中で、バルバロスだけが〈魔王〉になれなかった。

その椅子《いす》を報酬《ほうしゅう》に〈ネフェリム〉との戦争で指揮官暗殺を請け負ったのだ。バルバロスにしてみれば契約違反《けいやくいはん》と言いたくなるのもわからないでもない。

だが、ザガンは次の〈魔王〉に推《お》しはしたが、〈刻印〉を奪っても目を瞑《つぶ》るという言い方をしたのだ。奪えなかったバルバロスの失敗とはね除《の》けることはできる。

それでも、ネフテロスを救うために彼が尽力《じんりょく》した事実もある。ザガンは自分のために働いた配下に報酬は惜《お》しまない。それがバルバロスであってもだ。その観点から述べると、ザガンは応《こた》えなければならない。

ザガンが思案していると、バルバロスは畳《たた》みかけるようにこう吠《ほ》えた。

「ポンコツの誕生日プレゼントどうすりゃいいのか、相談に乗るつったろうが！」

シンッと、玉座の間に耳が痛くなるような沈黙《ちんもく》が広がった。

あまりにポンコツな抗議《こうぎ》に……。

「――すまん。忘れてた」

ザガンは素直《すなお》に頭を下げた。

そうなのである。バルバロスは、そのためだけにネフテロスを救う同盟に加わったのである。それでいて、最後までやり通したのだから認めざるを得まい。

「いや、本当に悪かった。貴様が言うまでまったく思い出さなかった。心から詫《わ》びる」

ザガンは己《おのれ》を恥じた。

嫁《よめ》へのプレゼントは全てに優先される。そのために急いでシアカーンを殺したくらいである。おまけに、聖騎士《せいきし》と魔術師の確執《かくしつ》解消のため、バルバロスとシャスティルの仲を後《あと》押《お》しすると決定したばかりなのだ。

にも拘《かか》わらず、シャスティルへのプレゼントという相談を忘却《ぼうきゃく》してしまった。

いくらバルバロスが人間のクズでザガンにとってどうでもいい存在とはいえ、これは仁義にもとるというものである。

こうも真摯《しんし》に謝られるとは思わなかったのだろう。バルバロスも毒気を抜かれたように頭をかいた。

「……ま、まあ、わかりゃいいんだよ」

バルバロスは気を取り直して勝手に椅子をたぐり寄せると、ふんぞり返って足を組む。

「んで？　お前、嫁になにプレゼントするんだよ」

「ああ。時計を作っている。ネフィは忙《いそが》しいからな。時間がわかるものがあった方がいいと思うのだ」

「作ってるって、自分でか？」

「ああ。ナベリウスの弱みを握ったからな。利用させてもらった」

感心したように、バルバロスは頷いた。

「ふうん。手作りか……。なかなかやるじゃねえか」

「お前の方はどうなんだ？　なにをするつもりだ」

バルバロスは露骨に渋面《じゅうめん》を作って顔を背《そむ》けた。

「……まだ、なにも決まってねえ」

「なにやってるんだお前は……」

「仕方ねえだろっ！　言っとくが俺は生まれてこのかた、人に贈《おく》り物《もの》なんてしたことねえんだよ！」

その言葉に、ザガンは首を傾げた。

「え、お前〈アーシエル・イメーラ〉のとき、髪飾《かみかざ》りプレゼントしたんじゃなかったの？」

「な、なななっなんでお前が知ってんのっ？」

不健康そうな顔を赤くしてまでうろたえると、バルバロスは肩《かた》を落とした。

「……いや、なんつうか渡《わた》したのは渡したが、贈り物って感じじゃねえ感じになったっつうか、煽《あお》っちまったっていうか」

「本当になにやってるんだお前は……」

思わず同じ言葉を繰《く》り返し、ザガンもうなった。

あれでシャスティルは日常的に身に着けているらしいので、気に入っているはずだ。ちゃんと受け取ってもらったのだからそれでいいだろうに。

――こっちはゴメリに一任するつもりだったんだが……。

かといってこのままこの馬鹿を放《ほう》り出すと、どんな阿呆《あほう》なことをしでかすか見当もつかない。最悪、そのままプレゼントが決まらなかったりしたら、向こう一年はこの陰鬱《いんうつ》な顔がさらに陰鬱になるのは目に見えている。

――いや、そもそもこいつ、プレゼントなんてちゃんと渡せるのか？

これだけ自分の感情を自覚しているくせに、未《いま》だになんか思い出したみたいに〝別に好きじゃねえ〟みたいなことを言うのだ。そのまま忘れてればいいのに、邪魔《じゃま》をしているのが自尊心なのか羞恥心《しゅうちしん》なのかは知らないが、とにかく面倒《めんどう》くさい。

頭を捻って、ザガンはふと思いついた。

「なにか美味《うま》いものでも食わせてやるのはどうだ？」

「美味いもん？　まあ、料理くらいやってやってもいいけどよ」

いかにも『仕方ねえな！』とでも言いたげな顔で頬《ほお》をかくバルバロスに、ザガンは配下たちの命の危険を感じた。

「やめろ。貴様らは調理に関《かか》わろうとするな。貴様らを受け入れられる厨房《ちゅうぼう》は、この世界には存在せん」

ネフィですら厨房に入るなと厳命するほどなのだ。こうした被害《ひがい》はザガンの下《もと》に留まるまい。ザガンの領地であるキュアノエイデスで、そんな犯行を許すわけにはいかない。

厄介《やっかい》なのは、このふたりは味覚の段階で致命的《ちめいてき》に故障しているという点だ。

彼らは味見をせずに不味《まず》いものを作っているわけではない。味見はしているのだ。その上で、美味いと感じるものを作っている。己がカビた残飯にも劣《おと》る廃棄物《はいきぶつ》を生み出していることを、自覚できないのだ。

ゆえに、厨房から遠ざける以外に被害を防ぐ手立てがない。

なのにどうして自分で作るという発想になるのか。

「ああん？　いっとくが俺はポンコツよか料理はできるぞ？」

「比較《ひかく》対象がシャスティルの時点で話にならんのだ。似たもの同士、慎《つつ》ましく他人が作った料理をありがたく享受《きょうじゅ》しろ」

「に、似たもの同士とかじゃねえし！」

──そこじゃない！

反射的に殴《なぐ》りそうになったが、〈魔王《まおう》〉の英知を駆使《くし》してなんとか押しとどめた。

そんなザガンの健気な努力を知る由もなく、バルバロスは困ったように腕を組む。

「じゃあ、飯屋につれてけってか？」

頭を捻って、それから不意に恥ずかしくなったように顔を背ける。

「……なんだよそれ。デ、デートかなんかみてえじゃねえか」

メキッと、玉座の肘掛《ひじか》けが砕けた。

──デート以外のなんだと思っているんだ間抜けぇッ！

喉元《のどもと》まで出かかった言葉を、なんとか飲《の》み込む。

この男は自分がなにをザガンに相談しに来たか忘れたのだろうか。……本当に忘れてるかもしれないから言ってあげた方がいいような気もする。

いい加減、さっさとデートだと認めさせた方が進展があるように思うが、相手はバルバロスである。意識させると本当に面倒臭《めんどうくさ》いこじれ方をする危険があるので、迂闊《うかつ》なことは言えない。

かといって、うやむやにすると延々と往生際《おうじようぎわ》悪く『好きじゃねえ』とか言っていそうな気がする。別にそれでもいいのだが、シャスティルはバルバロスの言うことをいちいち真に受けるため、向こうが変にこじれる危険がある。

——なんでこいつらこんな面倒くさいのに好き合ってんの？

いや、面倒くさいからそうなったのだろうか。とにかく面倒くさい。さっさと追い返してネフィのプレゼント作りを再開したいのに……。

なんかもう、考えるのも疲《つか》れてきてザガンはどうでもよさそうに口を開く。

「お前、俺やうちの配下を呑《の》みに誘《さそ》ったりするだろう？」

「まあ、そうだな」

「シャスティルにしてやったことあるのか？」

「えっ、いや、そりゃねえけどよ」

「ならばやつは疎外感《そがいかん》を覚えているのではないか？　どうして自分は連れていってもらえないのかと」

「——ッ」

バルバロスは衝撃《しようげき》を受けたように目を見開いた。

別にバルバロスは誰彼《だれかれ》かまわず呑みに連れていっているわけではないし、聖騎士を呑みに誘ったことはないだろう。それでも、こういう言い方をされると悪いことをしているような気持ちになるものである。

ザガンはさっさと片付けるように追い打ちをかける。

「それにあいつ、酒を飲める年になるんだろう？　変な飲み方を覚える前に、お前が教えてやった方がいいんじゃないのか」

「な、ななな、なんで俺が……」

「なら、他の男があいつに飲み方を教えるのを我慢《がまん》できるのか？」

「ぐ、ぐががが……ッ」

やはり独占欲《どくせんよく》はあるようで……というか相当強いようで、バルバロスは頭をかきむしって懊悩《おうのう》する。

ややあって、バルバロスは観念したように肩を落とした。

「……しゃあねえ、面倒見《めんどうみ》てやるか。っとに手のかかるやつだぜ」

「手がかかるのはお前だ阿呆」

――結論が出たようでよかったな。

友情を確かめ合うような穏《おだ》やかな笑顔《えがお》で、〈魔王〉は本音と建前を取り違《ちが》えた。

「ケンカ売ってんのかコラ！」

「あ、すまん。いくらなんでも死なないかなと思ったから、つい本音が……」

「いまの会話のどこにそんな怒《おこ》るところあったのっ？」

「全てに決まっているだろう阿呆が」

いい加減、惚気《のろけ》だかなんだかわからん相談に乗るのも疲れてきて、ザガンは突《つ》き放《はな》す。

なのだが、バルバロスはそれで我に返ったように立ち上がった。

「……って、違うだろ！　ポンコツのプレゼントだよ」

「その話は終わったはずだが？」

「飯食わせるのはプレゼントじゃねえだろうが。なんかこう、形に残るもんをだな……」

「え、まだ続けるの？」

いい加減もう帰れよという苛烈な意思を込めて問いかけると、バルバロスは屈辱《くつじょく》にぷるぷると震《ふる》えた。

ザガンは仕方なさそうに言う。

「贈り物がものでなければならんことはないのではないか？　よい思いができれば記憶にも残るだろう。重要なのは相手が誕生日を気分良く過ごせることだろう？」

なのだが、バルバロスは渋面を作る。

「……あいつは俺の誕生日にはなんかものをよこす。貧乏人《びんぼうにん》のくせに、絶対無理してなんかいいもんよこす。だったら、それに釣《つ》り合うもんやらなきゃまずいだろうが」

その自信は、どこから湧《わ》いてくるのだろう。

「お前それでよくシャスティルのこと好きじゃないとか言えるな」

「は、はーーーっ？　それはいま関係ねえだろ！」

顔を真っ赤にしてがなるバルバロスに、ザガンは呆れたように言う。

「だったら金品でも贈ればいいんじゃないのか？　金をそのままというのもなんだから、宝石あたりなら文句もあるまい。困ったときに金にも換《か》えられるだろう」

「宝石か……。なるほど悪くねえな。そういやマルコシアスの遺産に、煌輝石《エリアル・ブラッド》ってのがあるんだろ？　ひとつよこせよ」

「別にかまわんが、あんな不吉《ふきつ》なものをシャスティルに贈るのか？」

「え、まずいか？」

ザガンとて材料に使うことすら躊躇《ちゅうちょ》しているのだ。

確かに金にはなるだろうが、いわゆる呪《のろ》われた宝石である。仮にも誕生日プレゼントに贈るものではないだろう。おまけに相手は聖騎士長なのだから。

正直、持っていても仕方のないものではある。前回の報酬もかねて与《あた》えること自体に問題はないが、このふたりには上手くいってもらわねば困るのだ。こじれる危険はできる限り排除《はいじょ》しておく必要がある。

その辺りの理屈《りくつ》がどの程度理解できたのかは知らないが、バルバロスは腕を組んでうんうんうなっていた。

それから、不意に世界の終わりでも見たような顔で膝をつく。

「……今度はなんだ？」

「なんだかわからねえが、贈ったプレゼントを質《しち》に出されるところ想像したら、すげえ辛《つら》くなった」

「もう帰れよ本当に……」

というか、シャスティルが人からもらったものを売ったりできるはずもないだろうに。

「ならもうシャスティル本人に聞いたらどうだ？」

「それができるんなら苦労しねえ」

理不尽《りふじん》だとは思うが、しかしその気持ちは不覚にも理解できてしまった。

——俺もネフィの好みとか結局聞けなかったからなあ……。

仕方なく、ザガンはこう告げる。

「なら、黒花《くろか》が帰ってきたらそれとなくシャスティルの好みを聞いておいてやる」

「あん？　そこはネフテロスじゃねえのか？」

「ネフィとネフテロスにサプライズを仕掛《しか》けるのに、本人に誕生日のことなど聞けるわけがなかろう」

「……そうだったな。悪い」

お互《たが》い犬猿《けんえん》の仲ではあるが、この一点に於《お》いては理解し合えた。

「邪魔したな。そっちは頼《たの》むぜ」

「ああ」

ようやく、バルバロスは帰っていった。

その気配が完全に消えたのを確かめると、ザガンは独り言のようにつぶやく。

「……それで？　貴様は高みの見物か、ゴメリ」

柱の陰《かげ》から姿を見せたのはゴメリだった。このおばあちゃん、バルバロスの奇行《きこう》をずっと眺めているばかりで助けてもくれなかったのだ。

ゴメリは親指を立てて満足そうな笑《え》みを返す。

「すっごい楽しかったのじゃ！　ナイス愛《め》で力《りょく》！」

「やかましいっ！」

本当に、こんな調子でちゃんとネフィたちの誕生日を祝えるのだろうか。

「まあ、あいつらがデートするようにけしかけた。あとはお前の好きなようにやれ」

「心得たのじゃ！」

おばあちゃんはスキップするような軽い足取りで去っていった。

ようやく静かになった玉座の間に、ザガンはぐったりとして背もたれに身を預ける。

「フォルのやつ、様子も見に行ってやれてないが、上手くやってるかな……」

娘《むすめ》がザガンのためにがんばってくれているのはわかっている。その分、ザガンはネフィの誕生日を成功させなければならないが、娘に頼《たよ》り切りなのは少し情けない気がした。

◇

「はじめまして、リリー。傷はどう？」

フォルがアスモデウスの病室に入ると、彼女は身を起こしていた。

アスモデウスが目を覚ましてから、二日が経っていた。初日はときどき意識が戻《もど》る程度だったが、二日目になってだいぶ持ち直したようだ。記憶の方は戻るかわからないが、精神的には安定しているように見える。

それゆえ、そろそろフォルと顔を合わせてみることにしたのだ。

実際には傷の具合を診《み》るため、何度かこの部屋には入っているのだが、アスモデウスは意識がなかったので覚えてはいまい。

ひとまず彼女が自身を〝リリー〟と認識《にんしき》していることから、そう呼ぶことにした。

病室にはフォルとアスモデウスの他に、アリステラもついてきていた。包帯を巻き直したり体を拭《ふ》いたり、幼女のフォルでは難しいことを手伝ってもらうためだ。本当はデクスィアも連れてきてあげたかったが、この部屋は四人入るには少し狭《せま》い。

アリステラが桶《おけ》とタオルをテーブルに置き、フォルが病室の扉《とびら》を閉めると、アスモデウス――リリーは緊張した表情で頷く。

「え、ええ。痛みはもうないです」

「そう。でも無理に動かないで。お前の傷は、宝石族《カーバンクル》にとって致命傷《ちめいしょう》。私にも、これからどうなるかわからない」

このまま快復すればよいが、傷が開く可能性だってある。

リリーは不安そうにキョロキョロと視線を泳がせる。

「えっと、今日は、シュラさんは……？」

やはり同族ということで親近感は抱《いだ》いていたのだろう。彼自身、協力的だったこともある。リリーにとってはたったひとりの〝味方〟なのだ。

フォルは首を横に振《ふ》る。

「お前の傷を診に来た。シュラは男だから、入っちゃダメ」

「あ！　そ、そうですよね」

面食らった顔をするリリーに、フォルはまだ自分が名乗っていなかったことを思い出す。

「私の名前はウォルフォレ。ここを守護する〈魔王〉だから、お前のことも守ってあげる」

「ま、魔王……？」

なにやら信じられないようにつぶやくリリーを横目に、次はアリステラを示す。

「この子はアリステラ。私を手伝ってくれてる。お前と境遇《きょうぐう》が似てるから、連れてきた」

「………」

アリステラも緊張しているのか、硬《かた》い表情で互いにぺこりと会釈《えしゃく》を交《か》わす。

紹介《しょうかい》の仕方が悪かったのか、病室には沈黙が鎮座《ちんざ》してしまう。

フォルが困っていると、不意にリリーが逆に安心したような吐《と》息《いき》をこぼす。

「どうしたの？」

「いえ、〈魔王〉だって聞いてたからもっと怖《こわ》い人が来るのかと思ってたです。それが、こんな可愛《かわい》い女の子が来たから……あ、ごめんなさい。失礼ですよね」

「気にしなくていい。私が子供なのは事実」

それより、とフォルはリリーに向き直る。

「傷を見せて」

「あ、はい」

いまのリリーには、病衣代わりに飾《かざ》り気のないワンピースを着せてあった。傷の様子を見やすいように、というのはあるが魔術《まじゅつ》装備を遠ざけておきたいという理由の方が大きい。いかに〈魔王〉と言えど、装備を全《すべ》て取り上げられては大したことはできない。

リリーは言われるままワンピースをまくり上げ、アリステラがそれを支えてやる。

フォルはリリーのベッドに腰掛《こしか》ける……というかよじ登ると、そのまま胸の傷を確かめる。ネフィほどではないがシャスティルよりはずっと大きい、少女らしい膨《ふく》らみを持った胸の中央には、深紅《しんく》の宝石が埋《う》まっていた。

「傷自体は、もう塞《ふさ》がったみたい。ただ……」

「えっと、なにか……？」

フォルは胸の石にそっと触《ふ》れてみる。

一度は砕《くだ》けたその宝石は、いまも無数の亀裂《きれつ》が走ったままだった。それをなぞるように金色に輝《かがや》く同質の素材が満たされている。これが〈祈甲《きこう》〉による治療《ちりよう》の跡《あと》だ。リュカオーンの金継《きんつ》ぎという器みたいだ。

〈祈甲《きこう》〉による治療は、義肢《ぎし》への置き換えのようなものだ。とはいえ、血液も流れれば代謝も行われるため、次第《しだい》に元の細胞《さいぼう》と置き換わっていく。

ただ、宝石族《カーバンクル》の核石《かくいし》に代謝は行われるのだろうか？　それがなければ、この傷も残るかもしれない。

そう説明しながら、フォルはリリーの様子を確かめる。

「痛くない？」

「ええ、大丈夫《だいじょうぶ》です」

続いて手足の状態も確かめるが、ほとんど傷は癒《い》えているようだった。ここに運《はこ》び込んだときは打撲《だぼく》や擦《す》り傷《きず》で傷だらけだったのだが。

ただ、治ったのはそのときの傷だけだ。

リリーの体は傷跡《きずあと》でいっぱいだった。

魔術によるものだろう。火傷《やけど》の跡もあれば、背中からざっくりと斬《き》られたような傷もある。傷の数なら、もしかしたらラーファエルよりも多いかもしれない。

――これは、私には消せない。

それに触れてみると、リリーは困ったように笑った。

「私は、どんなふうに生きてきたんですかね……」

「わからないのは、不安？」

そう聞くと、リリーは曖昧《あいまい》に首を振った。

「どう、なんですかね……。こんな体を見ると、忘れたままの方がいいんじゃないかって
いう気もします」

「そう……」

いまのリリーは数百年を生きた〈魔王〉ではなく、自分が誰《だれ》かもわからない少女なのだ。

そんな自分の体がこうも傷だらけというのは、心穏やかではないだろう。

かけられる言葉が、フォルには見つからなかった。

フォルはポケットから一本のペンダントを取り出す。

「リリー。これを」

「……？　なんですか」

ペンダントをリリーの手に握《にぎ》らせると、フォルは言う。

「私たちがリリーを見つけたとき、大切そうに握っていたもの」

これには中身を保護する魔術こそかけられていたが、それ以外はなにも仕掛けられてはいなかった。リリーに返しても問題ないだろう。

そのペンダントを開かせると、中から一枚の肖像画《しょうぞうが》が出てくる。

「ロケット……。これ、私……ですか？」

「そうだと思う」

仲の良さそうな姉妹の絵に触れて、リリーはつぶやく。

「どっちが私なんだろう……。きっと、忘れちゃいけないことだったはずなのに」

リリーはペンダントをギュッと抱《だ》きしめると、ようやく笑顔を浮《う》かべた。

「ありがとう」

どうやら落ち着いたようだ。小さく頷き返して、フォルはアリステラに目を向ける。

「見せてあげて」

「はい」

説明せずともわかってくれたようだ。アリステラは長手袋《ながてぶくろ》を脱《ぬ》いで、その素肌《すはだ》を晒《さら》す。

それを見て、リリーは息を呑んだ。

アリステラの腕《うで》は、透《す》き通っていてガラスのようだったのだ。

〈天鱗《てんりん》〉そのものの色である。

「アリステラもお前と同じ。ひどい怪我《けが》をして、体をほとんど全部作り直した。リリーの治療に使ったのは、これと同じ力。未知の部分も多くてなにが起きるかわからない。できるだけ、私の傍《そば》から離《はな》れないで」

これが、ザガンがアリステラをフォルの傍に置いた理由だった。

一命は取り留《と》めたものの、〈祈甲《きこう》〉はまだ治験途中《とちゆう》の力だ。万が一にも不具合が出た場合、対処できるのは、〈天鱗〉を扱《あつか》えるザガンかフォルだけである。

〈天鱗〉でできた体が、元の細胞に置き換わるまで予断を許せない状態なのだ。

――でも、ザガンより私の方が外に出られる。

現在、多忙《たぼう》なザガンはほとんど魔王殿《まおうでん》の外に出られない。だから、外を歩けるようにフォルの傍へと置いたのだ。それがわかるから、フォルもアリステラとデクスィアのことは特に大切に扱っている。

フォルが目を向け、頷《うなず》いて見せるとアリステラはもう一度長手袋を着けて腕を隠《かく》す。

それから、なにかしばらく考える素振《そぶ》りを見せて、アリステラは口を開いた。

「お嬢《じよう》さまはもの静かなだけ。とても優《やさ》しい」

「えうッ？　えっと、はい……私も、そう思います」

「……うん」

なにか通じ合うものがあったのか、ふたりはようやく緊張《きんちょう》が解けたように微笑《びしょう》した。

「怪我も、きっと大丈夫。お嬢さまも〈魔王〉さまも、とても優《すぐ》れた魔術師《まじゅつし》だから」

「あれ、〈魔王〉……？」

リリーは戸惑《とまど》うようにフォルに目を向ける。どうやら、そのあたりのことも覚えていないようだ。フォルは指を折りながら、名前を挙げていく。

「全部で十三人いる。私たちの陣営《じんえい》だと、私の他にザガンとネフィ――私のパパとママ、それから医者のシャックス」

本当は、リリーの傷もシャックスに診てもらいたいのだが、彼《かれ》はいまアンドレアルフスと修行《しゅぎょう》の最中である。ザガンが指定した期限である〝三日以内〟は、本日までなのだ。手を借りるにしても、いまは難しかった。

リリーは呆気《あっけ》に取られたように口を開く。

「ここだけで、四人もいるんですね……」

「……もうひとり、いる。あれを〈魔王〉に数えていいのか、わからないけど」

フルカスだが、彼は〈魔王の刻印〉を所持してはいても、〈魔王〉としての記憶《きおく》を失っている。いや、肉体ごと退行しているところを見ると、〈魔王〉としての彼は事実上、死んだのだろう。リリーとも事情が異なる。

リリーは首を傾《かし》げながら、確かめるようにつぶやく。

「十三人の、〈魔王〉……──ひうっ」

突然《とつぜん》、リリーは怯《おび》えたような声を上げて胸を押《お》さえた。

「どうしたの？」

「わ、わからない、です。でも、なにか怖いことがあったような……」

アンドレアルフスの話によると、アスモデウスを斬ったのは〈魔王〉グラシャラボラスである。そのことを、思い出しかけているのだろうか。

カタカタと震えるリリーに、フォルはそっと掛布《かけふ》をたぐり寄せてやった。

「怖がらなくていい。ここは安全」

「……はい」

リリーの背中を撫《な》でてやりながら、フォルは考える。

──リリーをザガンのところに連れていくのは待った方がいい？

〈祈甲《きこう》〉は元々ザガンが作った力である。フォルの施術《しじゅつ》がどこまで完璧《かんぺき》にできたか、正直自信がない。一度診てもらいたいのだが。

悩《なや》んでいると、リリーが頭を振る。

「も、もう大丈夫です。ごめんなさい。取り乱したりして」

「気にしなくていい。お前は怪我人《けがにん》だもの」

それから、リリーはふと思い出したように声を上げる。

「それで、もうひとりというのは？」

「うん。フルカスっていう子。良い子だけど……」

今日も意中の相手に突撃《とつげき》しているのだろう少年のことを考えると、なんだか苦笑《くしょう》がこぼれてしまった。

◇

「やっぱりリリスはすごいな！　お姫《ひめ》さまとは聞いてたけど、お城に住んでるなんて！」

キュアノエイデスへと向かう船の上にて、フルカスは感動を込《こ》めてそう言った。

ときおり、リリスは自分のことを『夢魔《むま》の姫』とは言っていたが、城でドレスを身に着けた彼女《かのじょ》は本当に綺麗《きれい》だった。

いまはもう、いつも通りの夢魔の衣装に戻っているが、こちらももちろん魅力的《みりょくてき》だ。

フルカスが無邪気《むじゃき》に喜んでいると、リリスは困ったように視線を逸《そ》らす。

「王さまのところも魔王殿もお城でしょ？」

「そうだけど、やっぱり違うよ。あと、ドレスのリリスはお姫さまって感じですごく綺麗だった！」

「は、恥《は》ずかしいこと言わないでよ！」

耐《た》えきれなくなったように、リリスは頬を赤くして顔を背けた。

リリスの手を握ってそんな可愛らしい反応をニコニコしながら見つめていたら、不意にゾクッと寒気を感じる。

「フルカスさん、引っ付きすぎッスよ？」

「ご、ごめんなさい、セルフィさん……」

ある程度気を許してくれるようになった気がしたのだが、やはりセルフィは厳しい。穏やかな笑顔の奥《おく》から苛烈な威厳《いげん》を感じた。

そんな笑顔のセルフィの肩に、ひょこっと顎《あご》を乗せる同じ髪《かみ》の色の娘がいた。全身を拘《こう》束《そく》服に包まれ、腕まで拘束されているため、代わりに顎を乗せたのだろう。

「セルフィ。大人げない」

「レヴィア姉さん、これは女同士の問題ッス」

「じゃあ、女装でもさせるッス。マニュエラ姉さんあたりなら喜んでやってくれるッス」

なにやら恐《おそ》ろしいことを言われたような気がして、フルカスは震え上がった。

レヴィアはしばし呆気に取られたように瞑目《めいもく》し、それから頷いた。

「……ならいいか」

「レヴィアさんッ？」

フルカスが愕然《がくぜん》としていると、気の毒そうにポンと肩を叩《たた》いてくる大きな手があった。

「はは、悪いなフルカス。レヴィアも久しぶりに故郷の土を踏《ふ》めてはしゃいでるらしい」

「べへモス」

こちらは顔中を拘束帯で覆《おお》った男である。素顔《すがお》はフルカスも見たことがない。

「あれって、はしゃいでるのかい？」

「え、あんなに嬉《うれ》しそうな顔してるじゃないか」

見ればわかるだろうというべへモスの言葉に、フルカスも思わず真顔になった。

フルカスはじっとレヴィアを観察してみるが、彼女は口元まで拘束帯で隠れている上にあまり表情豊かとは言えない。喜んでいるのか怒っているのかすらよくわからなかった。

「べへモスはすげえな！　好きな人のことをちゃんとわかってあげられるなんて」

フルカスは考えてもわからないことは考えないことにした。

「よせやい。ちょいと過ごした時間が長いってだけだよ」

素直《すなお》な羨望《せんぼう》を向けられるのはまんざらでもないようで、ベヘモスの声は朗《ほが》らかだった。

リリスたちがザガンの配下となってから半年が経過していたらしい。先日の事件から休《きゅう》暇《か》をもらったことで、彼女たちは一度故郷のリュカオーンへ帰省したのだった。

そこにフルカスやベヘモスも同行させてもらったのである。

ただの付き添《そ》いだったフルカスとは違い、ベヘモスは宿や船の手配などを手早くやってくれていた。その手際《てぎわ》はリリスが『あたしのすることなにもないじゃない』と愕然としたくらいである。

おかげで、リリスも旅の間はなかなかくつろげたようである。

それだけでなく、酒場で絡《から》んできた酔《よ》っ払《ぱら》いをあしらったり、道中に遭遇《そうぐう》した海洋生物なども軽く追っ払ったりと、どこまでも頼りがいのある男だった。

フルカスは首を傾げる。

「レヴィアさんとセルフィさんって、姉妹かなにかなのか？」

「いいや。血縁《けつえん》ではあるが……もっと遠いな」

「そうか。王族なんだもんな。親戚《しんせき》もいっぱいいるのか」

「……ま、そんなところさ」

なにやら言いよどむような言葉に、フルカスは首を傾げた。なにか答えにくいことでも聞いてしまっただろうか。

そうしていると、女性陣《じょせいじん》の話は別のところに進んでいた。

「でも、今回は帰れてよかったわ。……アーデルハイドの里にも、行けたし」

「そう、ッスね……」

ここにはいない、彼女たちのもうひとりの幼馴染《おさななじ》み黒花・アーデルハイド。今回、彼女の故郷にも訪《おとず》れた。

家屋の跡が見て取れる程度で、その場所にはもうなにも残っていなかった。無数に並んだ墓標だけが、そこに人が住んでいた唯一《ゆいいつ》の証だろう。とても寂《さび》しい光景だった。

残ったふたつの王家で管理しているらしく、お墓自体は綺麗な状態だった。

そこに、レヴィアが物憂《ものう》げにつぶやく。

「黒花も、連れて来れればよかったけど……」

「仕方ないわよ。あの子は姿を隠さなきゃいけないんだもの。リュカオーンへの港なんて真っ先に見張られてるでしょうし」

「それで隠れた先がラジエル？　ザガンが考えることは、ときどきよくわからない」

存外に、効果はあったらしいが。

リリスはキュッと胸の前で手を握って悼《いた》むように言う。

「……それに、黒花にはもう少し時間が必要だと思うわ」

「そう？　シャックスがいるから、そう心配しなくてもいいと思う」

「うーん、あのおじさん、そんなに頼りになる？」

そこに、セルフィが脳天気な声を返す。

「きっと大丈夫ッスよ。シャックスさんも黒花ちゃんのこと、大切にしてくれてるみたいスから」

自分がその証明だと言わんばかりの、自信に満ちた声だった。

べへモスにツンと肘《ひじ》で突かれる。

「お前さん、もちっとぐいぐい取りにいかねえと本当に持ってかれるぞ？」

「……？　よくわからないけど、がんばるぜ！」

べへモスは仕方なさそうに笑う。

「まあ、いまのお前さんは、それでいいのかもしれないな」

首を傾げていると、べへモスは船首へと目を向ける。

「お、キュアノエイデスが見えてきたな」

視線を先を追ってみると、懐《なつ》かしい街の景色が広がっていた。

◇

「あれ？　あそこにいるの、フォルちゃんじゃないのか？」

キュアノエイデスに到着《とうちゃく》し、荷物を降ろしていると同じ波止場《はとば》に小さな少女の姿があった。フルカスが声を上げると、向こうも気付いたらしい。こちらに駆《か》け寄ってきた。

「フルカス。リリスたちも。いま戻ったの？」

「ああ！　フォルちゃんはアニキのお使いか？」

「ううん。お仕事。私、〈魔王〉になったから」

「そっか！　フォルちゃんは立派だな」

「当然」

悪い気はしなかったようで、フォルは胸を張りつつも子供らしい笑顔を浮かべていた。

「お嬢、ひとりで行かないでよ」

なにかと振り回されているようで、肩《かた》で息をしながらデクスィアが駆け寄ってきた。

こちら側からはベヘモスが降りてきて、やわらかい声をかける。

「おう、デクスィアたちもいっしょか。そっちはどうだった？」

「えっと、それが……」

　べヘモスが声をかけると、デクスィアはなにやら言い淀《よど》んでいた。

　デクスィアが横目に視線を向けたのは、すぐ後ろについてきたふたりだった。片方は妹のアリステラだが、もうひとりは……。

「お前は、アスモデウスッ？」

　べヘモスが突然身構えた。

「ひうっ？」

　アスモデウスと呼ばれた少女が、驚《おどろ》いて跳《と》び上がる。それを守るように、フォルがべヘモスの前に腕《の》を伸ばした。

「あの子はリリー。怪我をして、自分のことをなにも覚えてない」

「はあ？」

　素《す》っ頓狂《とんきょう》な声を上げると、べヘモスはフォルの肩を引き寄せて囁《ささや》きかける。

（嬢ちゃん！　なにがあったか知らねえが、あいつはマズい。覚えてないとか絶対演技に決まってる。ここに来たってことは魔王殿の宝物庫あたりが狙《ねら》いだろう。いますぐふん縛《しば》って……も逃《に》げられるだろうが、とっちめた方がいい！）

べへモスにしては珍《めずら》しく強い口調だった。

フルカスも困惑《こんわく》しながら問いかける。

(ど、どうしたんだよべへモス。そんな悪い子には見えないぜ?)

アスモデウスと呼ばれた少女は顔を覆ったべへモスに驚いたのか、目に涙《なみだ》を浮かべて硬《こう》直《ちょく》してしまっている。

(あいつは《蒐集士《しゅうしゅうし》》って魔術師なんだよ。俺《おれ》もレヴィアも散々痛い目に遭《あ》わされてる。やつと関《かか》わってなにも起きないなんてことはあり得ない)

べへモスとレヴィアは、それぞれ片方が人間でいられる間はもう片方が怪物《かいぶつ》になるという呪いをかけられている。ザガンによっていまは抑《おさ》えられているが、まだ完全に解放されたわけではない。

自らの呪いを解くため五百年も奔走《ほんそう》してきた彼らは、その《蒐集士》と出くわすことが多かったのかもしれない。

なのだが、フォルは首を横に振った。

(それはアンドレからも聞いた。でも、私はリリーを助けたいと思った)

(騙《だま》されてるぞ嬢ちゃん! やつのいつもの手口だ。信用した瞬間《しゅんかん》裏切られるんだよ)

いったいどんな目に遭わされたのだろう。べへモスの口調は怒《いか》りや憎《にく》しみではなく、心底フォルを心配するものだった。

それでも、フォルは頑《かたく》なに首を横に振った。

（裏切られるのかもしれない。でも、私は一度目だから信じる。裏切られたら、そのときまた考える）

（だが……）

ベヘモスが食い下がる間に、今度はレヴィアが少女に近づいていた。そのまま鼻が触れそうなほど、顔を近づける。

「…………………」

「あう、あの、あの……っ」

無言でじっと見つめてくるレヴィアに、少女は涙目になってぷるぷると震える。どんな感情を抱いているのかまったく読めない無表情だが、よく見ると眉間《みけん》に皺《しわ》が寄っていて険しい眼差《まなざ》しに思える。あれをやられたらフルカスでも怖いだろう。

「ひえっ、なに？　なにがあったのっ？」

運悪くそこに船から降りてきたリリスが、跳び上がって震えていた。

そんな少女をかばうように、怖《お》ず怖ずと前に出たのは意外にもアリステラだった。

「レヴィアさん。リリーが怯えてる」

そのまましばらくアリステラのことも見つめたが、やがてレヴィアは少女たちから顔を離した。アリステラがホッと胸をなで下ろす。

「…………」

「私は、信じても、いいと思う」

「レヴィアまで、本気かよ？」

「うん」

彼女にそう言われると強く出られないようで、べヘモスはがしがしと頭をかく。

「……知らねえぞ？」

「大丈夫。……たぶん」

悶着《もんちゃく》が収まると、ようやく少女が声を上げる。

「あ、あの、みなさんは、私のこと、ご存じなんですか……？」

それから、いまにも泣きそうな顔でこう言った。

「私はいったい、どんな悪いことを、しでかしてしまったんですか？」

「「「……………………」」」

悲壮《ひそう》なほど震える少女に、誰も言葉を返せなかった。

べヘモスとレヴィア、それにデクスィアの、彼女のことを知っているらしい三人は良心の呵責《かしやく》に苛《さいな》まれるような顔で黙《だま》り込む。

「ア、アタシは……その、前にちらっと見かけただけだから、詳《くわ》しくは……」

自分はなにも知らないと言わんばかりに、デクスィアは視線を逸らした。

ならばと、少女はレヴィアにぐっと視線を送る。

「私、あなたのこと、どこか見覚えがあるような気がするんです。そっちの男の人も、なんだか声に聞き覚えが……」

どうやらまったくなにも覚えていないわけではないようだ。顔を隠しているべヘモスの声にも反応している。

レヴィアは珍しく動揺《どうよう》するように視線を泳がせた。

「……べ、べヘモスが、詳しい」

「レヴィアッ？」

まさか自分に全部投げられるとは思わなかったのだろう。拘束帯ごしにもわかるほど、べヘモスは狼狽《ろうばい》していた。

「……その、なんだ？　卑怯《ひきよう》……じゃなくて、ひ、ひたむき！　そう、ひたむきなやつだったよ？」

　ベヘモスは言葉を選んだ。

「で、でも、なにか悪いことをしたのでは……」

「そりゃあ、一生懸命《いっしょうけんめい》なやつほど、知らないところで恨《うら》み買ってたりするもんだよ。うん。人間ってそういうもんだし」

「そう……なん、ですか？」

　結局なにも答えてもらってないため、少女は釈然《しゃくぜん》としない顔をするが、フルカスは笑いかけた。

「覚えてないことを気にしても仕方ないと思うぜ！　俺も気にしないことにしてるし」

「ひゃいっ、えっと、あなたは……？」

「俺はフルカス。よろしくな！　ええっと、アスモデウスさんか？」

「あ、ええっと、リリー…と、呼んでもらってます」

「そっか！　よろしくなリリー」

　笑って手を差し出すと、少女も怖ず怖ずとその手を握り返す。それから、ホッとしたように微笑《ほほえ》んだ。

「なんだか、あなたとも初めて会った気がしません」

「そうなのか？　ごめんな。俺、昔のこととか覚えてなくてさ」

「それって……まさか、あなたも記憶が？」

「はは、まあ俺にはアニキとリリスがいるからな。そんなに困ってはないよ」

脳天気に思われるかもしれないが、フルカスにとってはそれが全てなのだ。

そう答えると、少女はほのかに頰《ほお》を赤く染めてうつむく。

「フルカスさんは、すごいんですね。私も、フルカスさんみたいになれるでしょうか」

「大丈夫だよ。君が良い子なのが、俺が見てもわかるから」

「……ありがとう」

少女は花が開くように微笑んだ。リリスがいなかったら、フルカスも一目惚《ひとめぼ》れしていたかもしれない。

思わず見蕩《みと》れていると、フォルが声を上げた。

「リリー。そろそろ行こう。フルカスたちも、またあとで」

「ああ！　がんばってな、フォルちゃん」

フォルはリリーたちを連れてさっていった。デクスィアがまだ疑うような顔をしていたが、ザガンならきっとそういう人間がひとりくらいいた方がいいと言うだろう。

そんな少女たちを見送っていると、リリスがなにやら冷たい声をもらした。

「……ふうん、可愛い子だったわね」

「そうだな……って、あれ？　リリス、なんか遠くないか？」

「そうかしら。いつも通りよ」

隣《となり》に立ったはずなのに、フルカスとリリスの間には腕を伸ばしてもギリギリ触れられないくらいの距離《きょり》があった。

「ええっと……リリス？　もしかして、怒《おこ》ってるのか？」

「アタシが？　どうして？」

「やっぱり怒ってるよねっ？」

リリスから向けられた瞳《ひとみ》は、草木も枯《か》れそうなほど冷たいものだった。

なんだろう。なにかやってしまっただろうか。

セルフィに怒られるのはいつものことだが、リリスからこんな反応をされたのは初めてで、フルカスはひたすらうろたえた。

◇

「……で、貴様がアスモデウスか」

一刻後。魔王殿玉座の間にて、ザガンはフォルが連れてきた少女と向き合っていた。

アルシエラから事前に報告は聞いているのでだいたいの事情は理解している。姿こそ見せていないが、あの吸血鬼《きゅうけつき》はずっとフォルを見守っていたのだ。

……まあ、ようやくまともに会話ができるようになったかと思えば、込み入った話になるとチェス盤《ばん》を挟《はさ》まないと駄目《だめ》らしい。いちいちチェス盤を持ち出されるのは面倒《めんどう》なのだが、かつてのような黙りに比べればいくらかマシなので、我慢《がまん》することにした。

反面、少女の方は処刑台《しょけいだい》に立たされたかのように蒼白《そうはく》になって震《ふる》えている。

――これが悪名高い《蒐集士》とはな……。

右手に輝く〈魔王《まおう》の刻印〉がなければ、ザガンとて信じられなかっただろう。

玉座の間にはザガンと少女以外に、彼女を連れてきたフォル。その従者であるデクスィアとアリステラ。それに娘《むすめ》が帰ってきたと聞いて飛んできたネフィがいる。頭上を見上げれば天井《てんじょう》に一匹《ぴき》のコウモリが止まっていた。アルシエラも盗《ぬす》み聞きしているようだ。

少女がぷるぷる震えていると、フォルが前に出る。

「この子はリリー。ザガン、私はリリーを助けてあげたい」

「ふむ……」

ザガンは悩んだ。

――なによりも重要なのは、ネフィの誕生日プレゼント仕上げることだ！

誕生日までもうひと月もないというのに、まだ完成の目処《めど》が立っていない。ナベリウスの言う通りにすればよいのだが、ザガンの中のなにかがやめるべきだと警告している。ゆえに余裕《よゆう》がなく、トラブルの種になりうるものは問答無用で始末したいのが、いまのザガンである。

正直、この場で首を落としてこいつの〈刻印〉をバルバロスに与《あた》えるのが、もっとも確実かつ有益である。ろくでもない噂《うわさ》も山ほど耳にしているし、助けたところで感謝などする玉ではないだろう。

だが、フォルはもう〈魔王〉で、ザガンはその成長を認めたのだ。フォルの意思は通してあげたい。それに、この生まれたての子鹿《こじか》みたいな少女を見て、始末するのに抵抗《ていこう》がないかと言われると答えられない。

難しい顔をするザガンに、フォルは言葉を続ける。

「お願い。ちゃんと私が世話をするから」

「私、ペット感覚なんですかっ？」

少女は愕然とした声をあげるが、ザガンはむしろ感心した。

――存外に、もう仲が良いのだな。

フォルの言葉によって、少女の緊張が解けたように見える。意図したものではないようだが、すでにそうなってしまうだけの信頼《しんらい》ができているのだ。

——だったら、まあいいか。

記憶もないのに味方を裏切るような真似《まね》はしないだろうし、それで下手をやらかすようならフォルを裏切ったということだ。ザガンが始末するには十分な理由になる。

ザガンはようやく頷いた。

「ちゃんと散歩にも連れていくのだぞ」

「うん」

「せめて人として見てもらいたいんですけど！」

少女が涙目になっていると、ネフィがおかしそうに耳の先を震わせた。

「ザガンさま、からかっては気の毒です。えっと、リリー……さんですよね？　ザガンさまはあなたを庇護《ひご》するとおっしゃったんです」

「あの、そうは聞こえなかったんですけど……」

ひどく困惑した顔をする少女に、フォルは笑いかける。

「リリーはここにいていいって。よかったね」

「これ、喜んでいいんですか……？」

屈辱《くつじょく》の極《きわ》みというように口をへの字に曲げる少女に、ネフィが微笑みかける。

「そういえば、自己紹介《しょうかい》をしていませんでしたね。私はネフェリア。この子の母です」

「え？」

意味がわからなかったように目を丸くする少女に、ネフィはザガンを示す。

「こちらのザガンさまが、フォルの父上です」

少女は戸惑うようにフォルとネフィを交互《こうご》にみやる。

「で、でも、種族が……？」

どうやらザガンが父だということは聞いていたが、種族のことまでは聞いてなかったようだ。人間の父、ハイエルフの母、竜《りゅう》の娘、それらが家族と紹介《しょうかい》されて即座《そくざ》に理解しろというのも無理な話だろう。

ザガンは肩を竦《すく》める。

「種族がバラバラの家族というものは不思議か？」

ついでにザガン側の母親は夢魔の吸血鬼なのだ。ここまで誰ひとり同じ種族ですらない家族もちょっといないだろう。

威圧的《いあってき》にならない程度の声で問いかけると、少女はビクリと身を震わすも、怖ず怖ずと頷いた。

「えっと……。少し」

「正直なのは悪くない。フォルは俺たちの養女だ。よくできた子であろう？」

ちらりとフォルに視線を向けてから、少女はこくりと頷く。

「すごく優しい、です」

その答えに満足そうにザガンが頷くと、釣《つ》られてネフィも頷いていた。

それを見て、少女もようやく笑《え》みをこぼす。

「おふたりも、仲のいいご夫婦《ふうふ》なんですね」

「「ごふっ」」

ザガンとネフィは同時に咽《む》せた。

「……？」

「ザガンたちは恥ずかしがり。触《ふ》れないであげて」

「そう、なんですか？」

キョトンとして首を傾げる少女に、フォルは呆《あき》れたように首を振《ふ》る。デクスィアとアリステラもそろそろ見慣れてきたようで、それぞれ呆れたように頭を振ったり苦笑したりしていた。ザガンもまだ夫婦どころか、恋人《こいびと》になったばかりとは答えられなかった。

とはいえ、警告はしておく必要がある。ザガンはコホンと咳払《せきばら》いをしてから口を開く。

「リ、リ、リリーとやら。貴様に城内を歩く自由を許そう。だが、ここは〈魔王〉の城だ。命が惜《お》しいなら迂闊《うかつ》にものには触れぬよう言っておく」

この少女――リリーの受け入れはあくまで〝客〟待遇《たいぐう》。バルバロスと同等の扱いだ。身内とは認めていないので、魔道書《まどうしょ》や金品を持ち出そうとすればバルバロスと同じく手痛い罠《わな》にかかることになる。

――もしも記憶が戻《もど》ったら、まず魔王殿の宝物が狙われるだろうからな。

リリーというフォルの友達には配慮《はいりょ》してやるが、《蒐集士》という〈魔王〉に対しては微塵《みじん》も油断するつもりはない。

忠告すると、リリーはひゅっと息を呑《の》んだ。そんなリリーの手を、フォルが握《にぎ》る。

「ものを盗んだりした場合の話。普通《ふつう》に出入りするだけならなにもない」

「う、うん……」

そう言われて、リリーは緊張しながらも肩から力を抜《ぬ》くことができた。

そこで、玉座の間の扉《とびら》が叩かれた。

「王よ。ラーファエルだ。ただいま帰還《きかん》した」

「む？」

ラジエルへ温泉旅行に出ていたラーファエルが帰ってきたようだ。来客中とわかっていて声をかけてきたということは、なにか問題でもあったらしい。

ザガンはリリーを一瞥《いちべつ》してから声を返す。

「入れ。こちらの話はもう済んだ」

「御意《ぎょい》」

そうして入ってきたのは、ラーファエルだけではなかった。

若い姿のオリアスはまあいいとして、その後ろに続いたのは予期せぬ顔だった。

ザガンは思わず立ち上がる。

「お前！」


そこに顔を現したのは、黒髪《くろかみ》銀眼の少年だった。

二代目銀眼の王は、気まずそうに片手を挙げる。

「……やあ、ザガン。久しぶり」

「やあ、ではない。生きているならなにか報《しら》せくらいよこせ」

批難がましく言うと、少年は目を丸くする。

「もしかして、心配してくれてたのかい？」

「……気にならんとでも思っているのか？」

申し訳ないような、それでいて嬉しいような複雑な表情で微笑むと、少年は肩を竦める。

「それは悪かった。でも、僕《ぼく》はこの時代の連絡《れんらく》手段を持っていないし、そもそもザガンがどこにいるかも知らなかったんだ。許しておくれ」

「……言われてみれば、その通りだな」

確かに、これで連絡しろと言っても無理だろう。

そんなふたりを不思議そうに見つめ、リリーがフォルに問いかける。

（えっと、ご兄弟かなにかですか？）

（ううん。たぶん、ザガンのお父さま。私も見るの初めて）

（どういうことっ？）

リリーの表情が見事に困惑で固まった。

こそこそ話をする孫に目を向け、オリアスが眉《まゆ》を跳《は》ね上げる。

「あら……？」

どうやらリリー＝アスモデウスに気付いたようだが、いまは話すときではないと判断したのだろう。視線を向けるに留《とど》めていた。

同じくラーファエルの方も見知らぬ客に警戒《けいかい》するような顔をするも、やはり言葉にはしなかった。さすがはザガンが全幅《ぜんぷく》の信頼を寄せる執事《しつじ》である。

そちらを気に懸《か》けつつも、ザガンは少年に駆け寄る。

「貴様に会わせたい者がいるのだ」

不覚にも、ザガンはいまの自分が高揚《こうよう》していることを自覚する。

――どうやら、俺はこいつが生きていて嬉しいらしい。

そうした自分の感情は、認めざるを得ない。

「……と、その前に、俺は貴様をなんと呼ぶべきだ？」

「ああっと、そうだね……ギンとか呼ぶやつもいるけれど、いまは銀眼でいいかな」

「銀眼だと？　まあいい。ネフィ、フォル、来てくれ」

呼びかけると、彼女たちはすぐに傍《そば》へと来てくれた。ふたりとも、大体の事情は察してくれているようだ。

「こっちはネフィ。俺の、その……恋人だ」

ネフィは優雅《ゆうが》にスカートの裾《すそ》を広げて腰《こし》を折る。

「初めまして。ネフェリアと申します。お義父さま……で、よろしいでしょうか？」

「えっと、どうかな。本人というわけじゃないんだけれど……」

言葉を濁《にご》す銀眼に、ザガンはフォルを示す。

「こっちはフォル。俺たちの娘だ」

「待ってザガン。子供がいるのにまだ恋人ってどういうことだい？　家族ならそこのところきちんとしないと駄目だよ」

「うぐっ、それはその……」

思わず視線を逸らすと、フォルが首を横に振った。

「私がザガンとネフィの子供になったとき、ふたりはもっともだもだしてた。ちゃんと恋人になっただけ、進歩してる。私は待てるから平気」

「……本当になにやってるんだい、ザガン？」

さすがに顔を覆いたくなっていると、銀眼はしゃがみ込んでフォルと視線の高さを合わせる。

「ということは、君は養女なのか。ふたりはちゃんと優《やさ》しくしてくれているかい？」

「うん。ふたりとも私のことを愛してくれてる。だから、心配はいらない」

「そうか……。うん。なら、僕からはなにも言うことはないよ」

フォルの頭を撫《な》でると、銀眼は立ち上がって困ったような声をもらす。

「それで、僕はなんと名乗ったらいいのかな……」

「ならば〝親戚の叔父《おじ》〟とでも名乗られてはいかがです？」

バサバサと音を立てて、銀眼の前にコウモリが寄り集まる。

そこから姿を現したのは、アルシエラだった。

「ごきげんよう、あたくしのあなたさま」

「ごきげんよう、アルシエラ」

その呼び方に、アルシエラは察したように胸の前でキュッと手を握った。

「そう。あなたさまは、違《ちが》う道を進まれることにしたのですね……」

「ごめんね。僕は彼の記憶《きおく》は持っていても、彼自身にはなれないと思う」

二代目銀眼の王ルシア——銀眼はその男としてこの時代に蘇《よみがえ》らされた。

だが、優《すぐ》れているがゆえに、彼は自分が作りものであることに気付いてしまった。

自分が偽者《にせもの》だと理解してしまった以上、もう本物にはなれない。どれだけアルシエラを愛していると思っていても、その感情が作りものでないとどうして言えよう。

だから、銀眼はこう答える外ないのだ。

「謝《あやま》らないでくださいまし。それはあなたさまが過去の鏡ではなく、あなたさまご自身となられた証なのです。あたくしは、それを祝福いたしますわ」

ザガンは、そんなふたりから目を背《そむ》けはしなかった。

──俺の母は、強い女なのだな。

愛していたのだろう。

きっとそれを支えに、千年も生きてきたのだろう。

その果てにようやく再会できた想《おも》い人《びと》が幻《まぼろし》だったとしても、この少女は微笑んで受け止めるのだ。

気高い吸血鬼に、銀眼もどこか泣き出しそうな顔で笑い返す。

「僕は彼にはなれない。でも、君の幸せを願うことを、許してくれるかい？」

「ご心配には及《およ》びませんわ。あたくし、ちゃんと幸せを感じていますのよ？」

種族も年齢《ねんれい》もバラバラの家族をふり返り、アルシエラは確かに笑ってそう言った。

銀眼も、ホッとしたように頷《うなず》く。

「よかった。もしものときは一命をかけて〝彼〟を止めるつもりだったけど、その必要はなかったみたいだね」

「……？」

銀眼が口にした〝彼〟とは、それまで話していた彼のことではないように聞こえた。

全員が首を傾《かし》げていると、そのやかましい声がとうとつに響《ひび》いた。

「――やっと見つけたぜアーシェ！　今度こそ、逃がさねえからな」

「ひゅいっ？」

アルシエラが聞いたこともないような悲鳴を上げて跳び上がった。

恐《おそ》る恐るふり返ると、そこには緋《ひ》色《いろ》の髪《かみ》と瞳を持った少年が腕《うで》を組んで堂々と仁《に》王《おう》立ちしていた。

そして、アルシエラをビシッと指差してこう告げた。

「約束通り生きて帰ったからな！　デートだぞデート！」

どうして誰《だれ》もこいつに空気を読むという概念《がいねん》を教えなかったのだろう。

ザガンは初めて強く千年前の時代を憎んだ。

第四章 ✡ 大好きな人といっしょにいたいと思うのは、きっと根源的な欲求なのだ

『——やつはキュアノエイデスに潜《もぐ》り込《こ》めたわけか』

薄暗《うすぐら》いその部屋には、三人の男女の姿があった。

つぶやいたのは中央に腰を下ろした丸眼鏡をかけた青年だ。怪我《けが》でもしているのか、衣服には袖《そで》を通さず肩にかけてある。組んだ手の上に顎《あご》を乗せつつも、その丸まった背中からこうしているいまも傷が痛むのだろうことがわかる。

その右手には、ザガンが手に入れられなかった四つ目の〈魔王の刻印〉が輝《かがや》いていた。

そんな青年に、すぐ隣の男が口を開く。

「傷が痛みますか？　マルコシアス」

こちらもまだ若く青年のように見えるが、ふとすれば初老のようにも見えるつかみ所のない男だ。目を開けているのかいないのか、糸のように細い眼差しが特徴的《とくちょうてき》だった。

マルコシアスと呼ばれた青年が、男を見上げる。

『……貴様はなにを企《たくら》んでここにいる、バトー？』

「企むとは心外な。私たちは、友達ではありませんか」

バトーと呼ばれた男はいかにも白々しく肩を竦める。

それから、細い眼をわずかに開いて笑う。

「ですがまあ、敵ではありませんよ。元々私は、アルシエラ殿《どの》よりあなたの方が馬が合いましたからね。嫌《きら》われ者《もの》同士、仲良くしようじゃありませんか」

『……貴様と同類扱《あつか》いされるのは不本意だな』

「おや、つれない」

青年は、残る最後のひとりに目を向ける。

『エリゴル。お前もキュアノエイデスに向かえ。ラボラスは使える男だが、夢中になると周りが見えなくなる。ザガンと殺《や》り始めたら殴《なぐ》ってでも連れ戻せ。殺される』

「……グラシャラボラスはここで切った方がいい。あれは、必ずあなたの害となるわ」

答えた声は、まだ若い女のものだった。

こちらはまだ二十代半ばほどだろうか。唇《くちびる》の下に一粒《ひとつぶ》のほくろがあるのが印象的だが、なによりも目を惹《ひ》く特徴《とくちょう》はそこではない。フードの隙間《すきま》から覗《のぞ》くその目元は、呪言《じゅごん》を編《あ》み込んだ真っ黒な呪符《じゅふ》で覆《おお》い隠《かく》されているのだ。

青年はふむと声を上げる。

『〝占《うらな》い〟か？』

「いいえ。女の勘《かん》よ」

その声は確信めいていたが、青年は首を横に振る。

『いまはやつが必要だ』

「……あれは、アスモデウスを斬《き》ったわ」

『なんだと？』

この情報は青年も知らなかったようで、眉を跳ね上げた。

「おっと、それはマズいのでは？　彼女《かのじょ》にはアレの奪取《だっしゅ》を命じてあるというのに……」

男の言葉に、青年はやはり首を横に振る。

『アスモデウスはなにがあっても必ず契約《けいやく》を遂行《すいこう》するさ。やつの執念深《しゅうねんぶか》さは〈魔王〉一だからな。その一点に関して、俺はやつを尊敬している』

「そこまでおっしゃるとは、彼女になにを差し出したのです？　契約というなら互《たが》いの合意なくして成立しないでしょう」

『大したものではない。俺にとってはな。だが、やつにとっては全《すべ》てを犠牲《ぎせい》にしてでも手に入れねばならんものだ。たかが斬られた程度で……いいや、一度や二度殺された程度で諦《あきら》める理由にはならんよ』

「…………」

女は不服そうに唇を噛《か》むが、これ以上口を挟むつもりもないようで引き下がった。

青年は自分の手の平を見下ろす。

『俺が出向けば面倒はないのだがな。……銀眼の一族は加減というものを知らん。まったく、化け物どもめ』

操《あやつ》られていたとはいえ、彼らと正面から戦った青年の体は無事とはいかなかった。彼の傷が癒《い》えるまで、いましばらくの時間が必要だろう。

ただ、そう語る青年の顔はどこか誇《ほこ》らしげにも見えた。

男がおかしそうに笑う。

「その銀眼の王を一度にふたりも相手取って生きているあなたも、十分化け物ですよ」

『……ふん』

鼻を鳴らす青年に、男は頷く。

「とはいえ、急ぐ必要があるのは事実ですね。時間もない。事と次第《しだい》によっては、四代目が目を覚ます可能性もあります」

『四代目、か。貴様は手合わせしたのだったな。どの程度のものだ?』

「すでに二代目に届きつつあります。それに不完全とはいえ〈アザゼル〉の所持者です。

覚醒すれば、二代目をも超《こ》えるでしょうね。あなたの狙い通りです」

それゆえに、それが敵に回ると手に負えなくなる。

青年は背もたれに身を預けてつぶやく。

『いずれにしろ〝鍵《かぎ》〟がないことには始まらん。いまはふたりからの報告を待つ』

「御意」

男が腰を折り、女はなにも言わずに部屋を去っていく。

三人もの〈魔王〉の悪意が、キュアノエイデスに迫《せま》っていた。

◇

キュアノエイデス魔《ま》王殿《おうでん》玉座の間は、耳が痛くなるような沈黙《ちんもく》に支配されていた。

初めての家族の顔合わせという大切な場所に、まったく空気の読めない緋髪《あかがみ》の少年が乱入してきたのだ。ラーファエルやオリアスは事情を知っているのか『まあこうなるよね』と言わんばかりの顔をしている。

そんな中、一足先に我に返ったのはフォルだった。

――この子も〈ネフェリム〉？

少年と面識のないフォルは、首を傾げつつもそう観察する。

虐《しいた》げられし者の都で見覚えがない。はぐれのようだが、〈ネフェリム〉ならフォルの管《かん》轄《かつ》ということになる。

アルシエラとは面識があるようだが、これはどう対処したものだろう。

――一番大事なのは、ザガンがちゃんとネフィの誕生日を祝えること。

フォルはいま一度目的を確かめる。

その障害になるなら排除《はいじょ》を検討し、そうでないなら利用すべきだろう。であれば、まずはこれがなんなのか情報収集が必要である。フォルはひとまず静観を決《き》め込んだ。

そう身構えることができたから、次の瞬間《しゅんかん》すぐに動くことができた。

「し、失礼させてもらうのですわ！」

アルシエラの体が無数のコウモリとなって解《ほぐ》れ、いずこかへと飛び去ろうとする。

「――待って、ちゃんと説明していって」

フォルはアルシエラの腕を掴《つか》んでそれを阻止《そし》した。

「ナイスだ嬢《じょう》ちゃん！」

少年が拳《こぶし》を握って声を上げる。

そこにいる全員から凍《こお》るような視線を向けられ、アルシエラはひたすら気まずそうに視線を泳がせた。

フォルは真《ま》っ直《す》ぐアルシエラの瞳を見据《みす》えて問いかける。

「アルシエラ、これはどういうこと？」

「ええっと、先日の一件で少々……」

なにやらごにょごにょと言い訳をしようとするが、言葉になっていなかった。

そこに、ネフィがハッとした顔をする。

「あなたはアスラさま……でしたよね？　先日はありがとうございました」

ネフィがぺこりと腰を折ると、少年――アスラも快活に笑い返す。

「おう！　あの子……ネフテロスって言うんだって？　助かってよかったな。ここに来る途中《とちゅう》に会ったぜ！」

ネフテロスはラジエルに残ったのか、ひとまずラーファエルたちとはいないようだ。

「ザガンさま、こちらの方は以前、ネフテロスを助けるときに尽力《じんりょく》くださったんです。悪い方ではありません」

嫁《よめ》からの言葉で、ザガンもようやく硬直《こうちょく》から立ち直る。

「ふむ……。ネフィがそう言うのならそうなんだろうが、お前はいいのか、銀眼？」

苦笑いをしていた銀眼は、諦めたように小さく頷く。

「彼はアルシエラとデートをすることを条件に、協力したらしいんだ。それに、僕はアスラと一騎打《いっきう》ちをして、負けた。僕が口を挟む余地はないよ」

「負けた？　貴様がか？」

ザガンは意外そうな声を上げるが、当人同士で決着がついているなら止める義理もないと判断したようだ。腕を組んで状況《じようきよう》を見守るように口を閉じた。

となると、結局アルシエラへと視線が集められる。

「あうぅ、なにもこんなところで言い出さなくとも……」

往生際《おうじようぎわ》悪くつぶやくアルシエラに、銀眼が諭《さと》すように言う。

「アスラとちゃんと話をしなかった君が悪いよ、アルシエラ。それに、断らなかったということは、別に嫌《いや》ではなかったんだろう？」

「あなたさままで……」

困り果てたような声をもらすアルシエラに、銀眼は微笑む。

——でも、なんでこんなふうに嫌がってるんだろう？

そこがフォルにはよくわからない。本気で嫌なら、それこそアルシエラは完全に姿を眩ませるし、力尽《ちからず》くでアスラを追い払《はら》うこともできるだろう。なのに、なにかの決心が付かないようにフラフラと、あるいはもだもだとしている。

首を傾げていると、アスラがしびれを切らしたように声を上げる。

「っとに、そういうとこ変わらねえなあ。俺《おれ》のこと初恋の相手だって言ったじゃねえか」

ザガンたちだけでなく、オリアスやラーファエルまでもがアルシエラを二度見した。

「あなたのそういうところが嫌いなのよっ！」

口調まで変わって怒鳴《どな》るアルシエラに、アスラはむしろ安心したように笑う。

「ははっ、俺はアーシェのそういうとこ好きだぜ？」

「～～ッ　はあ……」

渋面《じゅうめん》を作ったまま、アルシエラは観念したようにため息をもらした。

だが、そんな反応で、フォルにも理解できた。

――そう。初恋だったから、アルシエラはいまもも
だ
も
だしてるの。

同時に、愕然《がくぜん》とした。

ザガンはどう見てもアルシエラ似である。そのアルシエラがいまも千年前の初恋にもだ

もだしているということは、ザガンとネフィもそうなるのではないか？

フォルも百年くらいは黙《だま》って待つつもりだったが、千年はさすがに長い。いくらなんでも長すぎる。

――なんとかしないと。

せめて誕生日くらい成功させないと、あのふたりは本気で千年後までこのままだ。フォルはなおのこと使命感を抱《いだ》いた。

アルシエラの方はもう逃《に》げる気はないようなので、フォルもようやく手を離《はな》す。

観察するフォルをよそに、アスラはザガンに目を向ける。

「……と、その前に話をつけねえといけないやつがもうひとりいたな」

そう言うと、アスラはビシッとザガンを指差してこう言った。

「俺はアーシェを口説きてえ。ザガンとやら。お前は、それを許してくれるか？」

「ほう……？」

まさか真っ向からそう言ってくるとは思わなかったのだろう。ザガンは面白《おもしろ》がるような笑みを浮《う》かべた。それから、考えるように腕を組む。

「そう言われてもな。こいつが母親だということ自体、ここ最近になって知ったことだ。本人が納得《なっとく》しているなら、誰とどう付き合おうが干渉《かんしょう》するつもりはない」

「……納得はしていないのですけれど」

なにやら抗議《こうぎ》の声が聞こえたような気もしたが、ザガンはまったく気付かなかったという顔で続ける。

「そもそも、なにを聞いても『答えられない』の一点張りのようなやつだからな。……まあ、それでも多少は複雑な気持ちだというのが、正直なところか」

確かにザガンとアルシエラの思い出というと、ろくなものがないのだろう。ザガンの表情は忌々《いまいま》しげだった。

「いまの様子を見ると、貴様はこいつがそうなる前の知り合いなのだろうな。そんなやつがひとりくらい、こいつの傍にいてもいいのではないかと思う」

しかし、ザガンは「だが」と続ける。

「貴様は〈ネフェリム〉だな？　貴様は自分自身を何者と認識《にんしき》しているのだ？」

ザガンは、容赦《ようしゃ》なくその問いを投げかけた。

〈ネフェリム〉は現代に蘇った過去の英雄《えいゆう》たちだが、本人そのものではない。同じ体と同じ記憶を与えられてはいるが、結局その手法は複製でしかないのだ。

なのだが、アスラはそれを鼻で笑う。

「そんなもん知るか。俺は俺だ。記憶とか魂《たましい》とか、俺が俺であることには関係ねえだろ？」

微塵も揺《ゆ》るぎない答えだった。

一瞬《いっしゅん》、その意味を理解していないのではないかと疑いたくもなったが、彼はわかった上でそう答えているのだ。理解というよりは、直感かもしれないが。

ザガンは納得したように笑い、銀眼に目を向ける。

「なるほど、これが貴様が負けた理由か」

銀眼は答えず、肩《かた》を竦める。

自分が自分ではないと気付いてしまった銀眼と、それに気付いた上で揺るがなかったアスラ。これが、彼らの一騎打ちに決着を付けたのだ。

「なら、俺からも頼《たの》もう。ひたすら面倒くさい女だが……お袋のこと、よろしく頼む」

アスラは驚《おどろ》いたように目を丸くして、それからまたニカッと笑った。

「おう！　任せとけ！」

外堀《そとぼり》を完全に埋《う》められ、アルシエラはいたたまれなくなったように頭を振る。

フォルはアルシエラにからかうような目を向ける。

「初恋の話。今度聞かせて」

「フォルはおませさんなのです」

コツンと指で額を小突《こづ》かれた。

それから、アルシエラはアスラの腕を掴んでツカツカと玉座の間を去っていく。

「おい。ギンとはもう話さなくていいのか？」

「貴兄《きけい》がここで余計なことをしゃべる方が問題なのですわ」

「そっか！　俺もアーシェと話したいこと、たくさんあるからな」

「……はあ」

アルシエラの振り回され体質は、どうやら千年前からのものだったらしい。

そんなふたりを微笑《ほほえ》ましく眺《なが》めて、ふとリリーが妙《みょう》に静かなことに気付く。隣《となり》を見上げてみると、リリーは焦点《しょうてん》の合わない眼差《まなざ》しのまま立ち尽《つ》くしていた。

「リリー？」

「――え？　あ、はい。なんですか？」

声をかけると我に返ったようで、リリーは慌《あわ》てたような声を上げた。

「どうかした？」

「いえ……。ただ、なんだろう」

頭を振って、リリーは記憶をたぐり寄せるようにつぶやく。

「誰かに呼ばれたような気がして……？」

フォルは目を細めた。

――記憶が戻りかけてるの？

だがそれを〝呼ばれている〟と表現するだろうか。リリーの中でなにか変化が起きているのはわかったが、それがなんなのかはわからなかった。

「…………」

そんなリリーをデクスィアが警戒するように睨《にら》むが、彼女も口には出さなかった。

そうしている間にアルシエラたちは同情めいた視線に見送られて玉座の間を去る。

その気配が消えたのを確かめて、ザガンはおもむろに声を上げた。

「よし。つけるぞ」

アルシエラの受難は、終わらない。

◇

「シャックスさんが留守ってどういうことなんですかー！」

ぷくうっと頬《ほお》を膨《ふく》らませ、黒花《くろか》はグラスの中身を一気に飲み干した。注がれていたのはリュカオーン特産の〝和酒〟と呼ばれる醸造酒《じょうぞうしゅ》である。

キュアノエイデスのとある酒場。なぜか〈魔王《まおう》〉や聖騎士《せいきし》のたまり場になっているその酒場で、黒花が怒《いか》りとも嘆《なげ》きともつかぬ声を上げていた。

同じテーブルには正面にネフテロス、その隣にリチャードの三人がついている。彼らはこれから教会のシャスティルへ帰還の報告に向かうところだが、時間が遅《おそ》いためその前に食事に入ったところだった。

あとからもう数人来ることになっているので、大きめのテーブルに通してもらっている。そこで〈魔王〉シャックスがいまこの街にいないことを耳にしたのだ。

――あとで会えると思ったから魔王殿に行くの我慢《がまん》したのに！

黒花だってラーファエルたちといっしょに魔王殿に行きたかったのだ。でも仕事を終わらせてから安心して会おうと思ったからがんばろうとしたのだ。それがこの仕打ちはどういうことなのか。

くだをまき始めた黒花に、ネフテロスが慌てた声をもらす。

「ち、ちょっと黒花。それお酒でしょ？　そんなにいきなり呑んで大丈夫《だいじょうぶ》？」

「ネフテロスさま、考えてもみてください。今回の旅行、ネフテロスさまはリチャードさんがいっしょだったからいいですけど、いなかったらどうです？　お母さまがいっしょでも、会いたい気持ちを我慢できますか？」

「そ、それは……ちょっと、自信がないけれど」

怖《お》ず怖ずとリチャードに視線を向けるネフテロスは、黒花でも頭をよしよし撫でたくなるくらいには可愛《かわい》かった。リチャードも澄《す》ました顔をしつつも、頬が赤くなるのは隠せていない。

ちなみにテーブルの下で手を繋《つな》いでいることが、確認《かくにん》するまでもなく黒花にはわかった。

――いいなあ。あたしも髪伸《かみの》ばしたら、髪に口づけとかしてもらえるかなあ。

あの光景は、遠目にも見えてしまっていた。

いや、あのシャックスがそういうことをしてくれる姿が想像できない。あれはリチャードだからできることなのだ。察しの悪い男に求めてはいけない。

シャックスのいいところは、どれほど察しが悪くても黒花のことを受け止めようと四苦八苦してくれるところであって、リチャードのように気が利《き》いたらそれはもうシャックスではないのだ。

……まあ、髪を伸ばしたら彼がどんな反応を示すのかは、気になるところだが。

　それはそれとして、黒花は二杯目《にはいめ》のグラスに口をつける。

「お父さまと旅行できたのは楽しかったですけど、その間！　シャックスさんはただの一度も連絡をくれなかったんですよ。念話だって使えるくせに！　ひどいと思いません？」

　念話も長距離《ちょうきょり》となるとそれなりに高度な魔術《まじゅつ》らしいが、シャックスがそれをできることはいっしょに諜報《ちょうほう》活動をしたときに知っている。念話でなくとも、文を送ることだってできたはずだ。黒花だってラジエルから絵はがきを送ったりしたのだから。

　――もちろん、返事はなかったですけど！

　ようやく胸を張って付き合っていると言える仲になったというのに、あんまりである。

　それでもシャックスだってがんばっているのだと自分に言い聞かせてみれば、今度はいつ帰ってくるかわからないというではないか。

　黒花の不満が爆発《ばくはつ》したのも無理はなかった。

　そこに、おっかなびっくりリリスが入ってきた。

「ち、ちょっと黒花ったら、どうしたの？　外まで聞こえてるわよ？」

「ううぅーっ、リリスー！」

　思わず薄《うす》い胸に抱《だ》きつくと、リリスは仕方なさそうに頭を撫でてくれた。

「まったく、ちょっと見ない間に甘《あま》えん坊《ぼう》になったわね」

「あたしだってそういうときくらいあります」

「まあ、ちょっと安心したわ。たまにはそういう顔も見せなさいよね」

「……はい」

それから、おやと首を傾げる。

「あれ？　セルフィはいっしょじゃないんですか？」

ちょうどリリスたちもキュアノエイデスに戻《もど》ってきたところらしい。リュカオーンの話も聞きたいし、いっしょに食事をすることにしたのだが、もうひとりの幼馴染《おさななじ》みの姿が見当たらなかった。

リリスは表情を曇《くも》らせる。

「それが、なんか急用を思い出したって。……あの子、急用があったとしても一度忘れたら絶対思い出さないのに」

「確かに、おかしいですね」

「それってどうなの……？」

ネフテロスが愕然とした声をもらしていた。

そこで、リチャードが入り口の方に視線を向ける。そこにはフルカスが怯《おび》えた様子で覗き込んでいた。なんだか飼い主の大事なものを壊《こわ》してしまった犬の姿が重なって見えた。

「リリスさん、そこの彼は入ってこないのですか？」

「……さあ？」

珍《めずら》しい反応に、黒花は眉をひそめる。

「リリス？　フルカスくんとなにかあったんですか？」

「別に」

あまりに冷え切った声に、周囲のテーブルからも会話の声が途絶《とだ》えた。

――リリスがこんなふうに怒《おこ》ってるところ、初めて見ましたね……？

リリスが怒っているのはいつものことである。だがそれは沸騰《ふっとう》した薬缶《やかん》のようなもので、ふたを取るなりなんなりすればすぐに収まるようなものだ。

それが、こうも冷たく怒っているのを、黒花は見たことがない。

シャックスへの不満も引っ込むほど驚いていると、ネフテロスが察したように頷いた。

「あの子、フルカスって言うの？　彼が誰か知らない子とでも親しくしてたとか？」

「なっ、なななな、なんでわかっ……じゃなくてそんなんじゃないから！」

顔を真っ赤にして否定するが、ネフテロスはさも当然のように首を傾げて言う。

「でも、いまのあなた、お義兄《にい》ちゃんにアルシエラとかシャスティルが引っ付いてたときのネフェリアと同じ顔してるわよ？」

それをなんと呼ぶか、黒花は知っている。

「え、じゃあリリスはヤキモチ焼いちゃったってことですか？」

空腹で和酒を一気飲みした黒花は、本人が自覚する以上に酔《よ》っていた。

「はわっ？　そそそそそんなはずっ……ない、と、思うん……だけどぉ……」

自覚があるのか、リリスは顔を覆ってずるずると頽《くずお》れた。

それに、ネフテロスが気の毒そうに椅子《いす》を引いてあげる。

「えっと、とりあえず座《すわ》ったら？」

「うぅ……。ありがとう」

「いいのよ。店員さん、あったかいミルク持ってきてくれる？　ほら、ミルクを飲むと落ち着くわよ」

どういうわけかネフテロスは『ポンコツの扱いは心得ている』と言わんばかりに、手慣れていた。

リチャードも席を立ち、フルカスを席へと案内する。

「大丈夫ですよ。彼女には気持ちの整理をつける時間が必要なだけです。君のことを嫌い

になったわけではありませんから」

「ほ、本当か？　でも、なんであんたにはわかるんだ？」

「なんでと言われましても、まあそういうこともあるかなと……」

「あんたすげえな！　ザガンのアニキとは別の凄《すご》みがあるよ」

「ははは……」

純真無垢《じゅんしんむく》な尊敬の眼差しを向けられ、リチャードも困ったように苦笑《くしょう》した。

フルカスはリリスの隣に座ると、怖ず怖ずと話しかける。

「ごめんなリリス。俺、なにか嫌なことしちゃったんだよな？　でも俺、馬鹿《ばか》だからわかんなくて……」

「……もういいわよ。ほら、アンタもなんか注文したら？」

「じゃあ、俺もあったかいミルク！」

こちらはなんとか落ち着いたようだ。

お互い旅先の出来事などを交換《こうかん》して、黒花はなんだかホッとしたような気持ちになった。

「──そうですか。みんなのお墓、ちゃんと作ってもらってたんですね」

「うん。ちゃんと綺麗《きれい》にしてあったわよ」

リリスは気遣《きづか》うような視線を向ける。

「もしも帰ってみたいなら、アタシもセルフィも付き合うわよ？　王さまも、そういうときはちゃんとお休みくれるし」

「ええ。ありがとう、リリス」

「幼馴染みでしょ？　それにほら、シャックスっておじさんのことも報告してあげたら、きっとおばさんたちも喜ぶわよ？」

「「あ」」

そのひと言に、ネフテロスとリチャードが思わず声をもらした。

――シャックスさんのバカーッ！

再び怒りが鎌首《かまくび》をもたげて、黒花はぷくっと頬を膨らませた。

「報告したくてもシャックスさんどっかに行っちゃったからできないですよ。手紙も返事くれないし、念話とかだってできるのにちっともしてくれないですもん！」

「あー……」

自分が来るまでなにがあったのか察してしまったのだろう。リリスが途方《とほう》に暮れたような顔をした。

「どうせシャックスさんなんて、あたしに会えなくてもなんとも思わないんですよ！　うわーーーんッ」

「えっ、ちょっ、おちっ、落ち着きなさいよ黒花ッ」

「リリスも落ち着けよ。ミルク引っくり返しちゃってるぞ？」

うろたえた拍子《ひょうし》にリリスがミルクのカップを引っくり返すが、そこはフルカスが止めていた。魔術によるものだろうが、すでにこの程度のことなら魔法陣《まほうじん》を必要としないようだ。

テーブルに突《つ》っ伏《ぷ》して喚《わめ》いていると、そんな黒花の頭をぽんと撫《な》でる手があった。

「――平気なわけないだろ？　もう少し信用しろ」

「ふえ……？」

顔を上げると、そこにはいつもより無精髭《ぶしょうひげ》の伸びたシャックスの顔があった。

「シャックスさん！　……って、はえ？」

思わず立ち上がると、目の前がくわんと揺れる。

そのまま顔から倒《たお》れそうになるのを、シャックスは優《やさ》しく抱き止《と》めてくれた。

「おっと。……ずいぶん呑《の》んだみたいだなクロスケ」

「ほわぁ……。頭がふわふわする……」

前に夏梅酒を呑んだときとも違《ちが》って、なんだかとても気分がよくて立っていられなくなっていた。

「姉ちゃん、こいつに水持ってきてやってくれ」

店員に水を注文すると、シャックスは黒花の肩を抱いて立たせようとする。

シャックスは、ずいぶんとボロボロな格好だった。ローブはあちこち破れ、土塊《つちくれ》ですっかり汚《よご》れてしまっている。怪我もしたようで、血のにおいだってする。とても新しき〈魔王〉のひとりには見えない姿である。

「悪かったな。お前が帰ってくるまでにケリを付けるつもりだったんだが、ちと遅《おく》れた」

「なにか任務に行ってたんれすか……？」

「んな大げさな話じゃねえよ。ちょっとした野暮用《やぼよう》だ。それももう終わった」

自己肯定《こうてい》の低いこの男だが〝ちょっとした野暮用〟でこんなボロボロにはならない。なにか大変なことがあったのに、黒花に心配をかけないように黙っているのだ。

――信用してほしいのはこっちなんですけど……。

でも、そんなシャックスの気持ちが嬉《うれ》しくないわけではないので、黒花は黙ってシャックスの胸にごしごしと顔をこすり付けた。二股《ふたまた》にわかれた尻尾《しっぽ》まですり寄ってしまうが、シャックスは慣れた調子で頭を撫でて返す。

それで怒りが収まったのを確かめると、シャックスは黒花を椅子に座らせる。そんな黒花を見守るように、シャックスも隣に腰掛《こしか》けた。

「ちょっとおじさん、黒花に手紙の返事くらい出してあげてよ。この子、カンカンで大変だったんだからね」

　リリスの言葉にシャックスも目を丸くする。

「手紙？　マジかすまん。まだ受け取れてないんだ。ちと慌ただしくてな……」

受け取れてすらいないということは、それだけ厳しい状況にいたということだ。シャックスも休暇《きゅうか》だと聞いていたのに、まさかそんなことになっているとは。

なのにひとりで怒りを募《つの》らせてしまったことに、黒花は自分を恥《は》じた。

「それはその《しょれはしょの》、すみませんでした《しゅみましぇんれひた》」

「ああもう、呂律《ろれつ》も回ってねえじゃねえか……。ほら、水飲め。少しは楽になるぞ」

立ち上がったせいで一気に酔いが回ったらしい。座っていても体がフラフラ揺れ始めていた。

　シャックスは黒花の背中を支えながら言う。

「……ところでクロスケ。お前、あれから目に異変はないか？」

「ふにゃあ……？　目れすか？　ちゃんと見えてましゅよ……？」

「うーん……」

いまの黒花に聞いても無駄《むだ》と察したらしい。シャックスは次にネフテロスとリチャードに目を向ける。

「あんたたちから見て、クロスケはどうだった？　なんともなかったか？」

リチャードとネフテロスは顔を見合わせ、それから頷《うなず》く。

「あなたがなにを気にされているのかはわかりませんが、私たちが知る限りでは特に。なにかあればラーファエル殿が気付いていたでしょうし、なにもなかったかと思いますが」

「そうか……。ならいいんだ」

黒花の目はネフィに治してもらったのだ。術後の経過も念入りに確認したため、後遺症《こういしょう》もないはずなのだが……。

なにか気がかりなことでもあるのか、シャックスの横顔はいつになく真剣《しんけん》に見えた。

──シャックスさん、そういう顔してると格好《かっこ》いいですよね……。

思わず横顔を見上げてにこにこしていると、シャックスはなにか諦めたようにガシガシと頭をかいた。

「……悪いがクロスケがもう駄目《だめ》みたいだ。連れて帰るから、教会への報告は頼んじまっていいか？」

「ええ、大丈夫よ」

もはやひとりで立ち上がることもできない黒花に、シャックスは背中を向けてかがみ込《こ》む。その背中に腕《うで》を回して身を預けると、ひょいと持ち上げられた。むにゅっと胸が押《お》しつけられて、シャックスの耳が赤くなる瞬間が楽しい。

それが自然のように言葉も交《か》わさずやってしまったことに、リリスが目を丸くする。

「な、なんか、妙に手慣れてない……？」

「ん？　まあ、出先で何度かこういうことはあったからな」

困ったように苦笑するシャックスに、リリスが絶句する。

「いや、手は出してねえからな？」

「なんで手を出してくれないんですか《なんれてをらひてくれにゃぃんれすか》」

べろんべろんのまま抗議する黒花に、『お前それここで言わせるの？』と言わんばかりにシャックスも渋面を作る。

それから、肩越《かたご》しに耳に顔を近づけて囁《ささや》く。

（初めてが酔い任せとか嫌だろ？）

不機嫌《ふきげん》そうな表情のまま、黒花の顔は真っ赤になった。

「……はい」

それはつまり、そういう気持ちはちゃんとあるのだということだ。

黒花は上機嫌《じょうきげん》でシャックスの背中にギュッと体を押しつける。

「にゃへへー、期待してましゅからー」

「だったら酒の加減くらい覚えてくれよ……」

ごろごろと喉《のど》を鳴らし、頬ずりまでする黒花を背負って、シャックスは酒場を後にするのだった。

「リリスの友達、すごく進んでるんだな……」

「いや、あれは進んでるっていうか……いいのかなあ」

なんとも気まずい空気を残していったことに、黒花は気付かなかった。

◇

『――――――』

キュアノエイデスの港に、歌声が響《ひび》いていた。

どこから流れてくるのだろう。言葉を載《の》せない歌だ。教会の聖歌よりも厳《おごそ》かで、しかし鎮魂歌《ちんこんか》のようにもの悲しい音色。耳にすれば胸を締《し》め付けられるような感覚に陥《おちい》る甘美《かんび》で切ない曲だった。

荷下ろしをする船員も、積み荷を確かめる商人も、ひとときの観光に訪《おとず》れた客たちも、手や足を止めて思わず聴《き》き入ってしまう。

その歌は、港の外れの波止場《はとば》から流れていた。老朽化《ろうきゅうか》が進み、使われなくなって人気もない桟橋《さんばし》の先である。

ちゃぽんと運河に浸《ひた》った足は、人のものではなく鱗《うろこ》を持った魚のそれだった。

——あたし、なにやってるんスかねえ……。

リリーという少女に優しくするフルカスを見て、リリスはヤキモチを妬《や》いていた。

ヤキモチを妬くということは、そうしてしまうだけの好意を彼《かれ》に抱いているということだ。リリスを振《ふ》り向かせると息巻いておきながら、その事実に思いの外打ちのめされている自分がいた。

とてもではないが、いまリリスたちといつも通りに話せる気がしなくて、食事の誘《さそ》いも断ってしまった。せっかく、幼馴染み三人で集まれる機会だったというのに。

そんなときだった。

ギシッと桟橋が軋《きし》み、すぐ後ろに人の気配がした。

「およ？　ザガンさん……じゃないッスね」

ふり返ると、そこには黒い髪《かみ》と銀色の瞳《ひとみ》を持った少年が立っていた。どことなく顔立ちもザガンに似ているが、別人のようだ。歳《とし》も、セルフィより少し下に見える。

少年は困ったように頬をかく。

「すまない。邪魔《じゃま》をするつもりはなかったんだけど……」

それから、言いにくそうにセルフィを見つめてこう告げた。

「なんだか、君がそのまま飛び込んでしまいそうに見えてね」

「あ、自分、人魚なんで飛び込んでも平気ッスよ？」

悲しいかな、セルフィには生来空気を読むという機能が備わっていないのだ。

ビチビチと尾《お》びれの足を揺らしてみせるが、少年は首を横に振った。

「いや、そういうことじゃなくて、なんというか。……悲しそうだったから」

「……そう、見えるッスか？」

「見えるね。……隣、座ってもいいかな？」

まるで自殺者でも止めにきたような反応だった。

――初対面の人にそう思われるような顔してるんスかね……。

やはり、リリスたちとは別れておいて正解だったのかもしれない。

とはいえ、少年の方こそなんだか悲しげな顔をしているように見えた。セルフィは少年の顔を覗《のぞ》き込んで首を傾《かし》げる。

「元気ないッスね。自分でよければお話聞くッスよ？」

「おかしいな。それ、僕《ぼく》が言おうとしていた台詞《せりふ》なんだけど……」

とはいえ、自覚はあるのか少年は片手で自分の顔を覆《おお》う。

「ふむ。少し君の〝歌〟に中《あ》てられたみたいだね」

「うぇ、自分、なんかしちゃったッスか？」

セルフィの言葉に、少年は目を丸くする。

「気付いていないのかい……？　君の歌は〝呪歌《じゅか》〟だ。自覚がないということは、天性のものなのかな。僕が知る時代に、君ほどの歌い手はいなかったよ」

予期せぬ事実に、セルフィは思わず言葉を失った。

――〝呪歌〟って、レヴィア姉さんが言ってた……？

魔力《まりょく》を込めて歌うことで、耳にした者を操《あやつ》ることができると聞いた。セルフィは、そんなことをしていたのか？

——王家の歌は選ばれた者にしか聴かせてはならない——

ネプティーナ家のしきたり。下らないと思っていたそれには、そうしなければいけない理由があったのかもしれない。

「〝歌〟はよく歌うのかい？」

「えっと、そこそこ……」

思わず青ざめていると、少年は逆に感心したように言う。

「これまで悪い影響《えいきょう》がなかったんだね。それはたぶん、奇跡《きせき》なんかじゃなくて君自身の人柄《ひとがら》のおかげなんだろう。それは素晴《すば》らしいことだと思うよ」

「……？　どういうことッスか？」

「〝呪歌〟は人の心に影響を与《あた》える。でも君が気付かなかったということは、みんな君の歌を聴いて元気になっていたんじゃないかな？」

どうだろう、とセルフィは首を傾げる。

「そんなのわかんないッスよ。みんな喜んでくれてたと思うッスけど、あたしはただみんなが少しでも喜んでくれたらいいなって思ってただけスから」

少年は納得したように頷く。

「うん。きっとそれが答えなんじゃないかな。僕は君の歌が好きだよ。これからも、怖《こわ》がらずに歌ってほしい」

「でも、さっき中てられたって言ってなかったッスか？」

そう指摘《してき》すると、少年は困ったように顔をしかめる。

「ああっと……。ちょっと失恋《しつれん》のようなものを経験した直後だったから、つい共感しちゃったというか……」

その言葉で、セルフィにもわかった気がした。

——あたしの悩《なや》みが歌に出ちゃったってことッスか？

失恋したつもりはないが、セルフィはリリスの反応に動揺《どうよう》してしまった。だから、同じような悩みを抱《かか》えていた少年を引き寄せてしまったのかもしれない。

——なんか、ネフテロスさんの歌のときみたいッスね。

もうずいぶん昔のことのような気がするが、前にスフラギタで〝泥《どろ》の魔神《まじん》〟が出たとき、ネフテロスが歌った神霊魔法《しんれいまほう》はその場にいた者たちに記憶《きおく》と感情を伝えた。

セルフィがいぶかっていると、少年は先を促《うなが》されていると思ったのか言葉を続ける。

「僕は自分の記憶と感情に、自信がなかったんだ。でも、好きだった子が違う人と歩いていくのを見たら、存外にショックでね。そのときになってようやく、その〝好き〟って感情は自分のものでもあったんだと気付いたんだ」

少年の言葉は抽象的《ちゅうしょうてき》で、セルフィにはよくわからなかった。

――でも、なんかわかる気がする。

だから、セルフィはいつも通り脳天気に笑ってみせる。

「だったら、いまから追いかけて連れ戻したらいいッスよ！　自分ならそうするッス」

そうだ。なにを落ち込む必要がある。セルフィは堂々と戦ってリリスを振り向かせると決めたではないか。

決意を確かめていると、少年は目を丸くした。

「君は、強い人なんだね」

「えへへ、そうッスか？　なんか照れるッスね」

いつの間にかセルフィも気を持ち直していた。それを確かめると、少年も立ち上がる。

その瞬間《しゅんかん》、バキッと嫌《いや》な音が響いた。この桟橋は、老朽化が進んで危険だから立ち入りが禁止されているのだ。そこにふたりもの体重がかかった結果――

「へ――？」

「うわっ」

腐《くさ》っていた支柱はひとたまりもなくへし折れていた。桟橋は綺麗にひっくり返り、セルフィたちは運河に転落する。

幸いにして、足が着く程度の浅瀬《あさせ》だったが、セルフィと少年はぽかんとして顔を見合わせていた。

「「…………ははっ」」

それからお互《たが》い噴《ふ》き出した。

と、そこで自分がまだ少年の名前を知らないことに気付く。

「自分、セルフィっていうんスよ。お名前、なんていうんスか？」

「名前……は、実はないんだ。ひとまず銀眼って呼んでもらってるけど」

セルフィは面食らって仰《の》け反《ぞ》った。

「銀眼は名前じゃないと思うッス」

セルフィは腕を組んで考える。前髪《まえがみ》から伝った水滴《すいてき》が一粒《ひとつぶ》、二粒と落ちて音を響かせた。

この少女にしては相当な熟考である。

やがて、名案を閃《ひらめ》いて声を上げた。

「そうだ！　じゃあ〝アイン〟って名前はどうッスか？」

「アイン？　素敵《すてき》だと思うけど」

首を傾げる少年に、セルフィはいつも通りの笑顔《えがお》でなんでもなさそうに言う。

「自分の名前、アインセルフっていうんスよ。長いから半分あげるッス」

少年は目をまん丸にして、くしゃりと顔に貼《は》り付いた髪をかき上げる。

「……参ったな」

それから、少年はようやく笑顔を見せた。

「ありがとう。喜んでいただくよ。これから僕の名前はアインだ」

「気に入ってくれてよかったッス」

そんな少年の顔を覗き込んで、セルフィも満足そうに頷く。

「お、やっと笑ってくれたッスね」

「……？　笑ってるつもりだったんだけれど」

「うーん、なんかこう、作り笑いみたいだったッスよ？　でもいまは自然に笑ってる感じになったッス」

少年――アインは、衝撃《しょうげき》を受けたように自分の顔に触《ふ》れる。

「そう、か……。気付かなかったよ」

それから、アインは屈託《くったく》のない笑顔を返す。

桟橋の残骸《ざんがい》によじ登ると、アインはセルフィに手を伸ばして引っ張り上げてくれる。

「ありがとう、セルフィ。また会えるといいね」

「自分はいつでもこの街にいるから、いつでも会えるッスよアインくん」

去って行くアインを、セルフィはぶんぶんと手を振って見送った。

◇

「フォルちゃん、さっきのアルシエラちゃんは友達なんですか？」

結局、玉座の間にいた者の大半がアルシエラの出歯亀《でばかめ》に参加した。いないのはラーファエルと、銀眼の少年くらいだろう。

ラーファエルは執事《しつじ》として職務に戻ると言い、銀眼は尾行《びこう》の趣味《しゅみ》はないとどこかへ去っていった。どことなく、ラーファエルがリリーを気にしているように見えた。彼も〈魔王〉としての顔を見たことがあったのかもしれない。

とはいえ、それでも七人も残っている。全員で固まってつけるのはいくらなんでも目立ち過ぎるため、いくつかの組に分かれたのだった。……まあ、つけていることは、アルシエラに気付かれていそうなものだが。

そんな中、フォルといっしょに来たのはリリーだった。

リリーからの質問に、フォルは答えようとして首を傾げる。

「友達……だと思う」

歯切れの悪い返事に、リリーは気を揉《も》むような顔をする。

「えっと、ケンカでもしてるんですか？」

「ううん。アルシエラは友達だけど、私のおばあちゃんでもある。たまに説明が難しい」

ときおり、友人と答えていいのかわからなくなるときがある。ちょうど、いまのように家族の話をしたあとなどだ。

「あ、そう……なんですね？」

非常に反応に困ったように、リリーはぎこちなく微笑《ほほえ》んだ。

——アルシエラの方は、別に大丈夫そう。

このまま眺《なが》めていたい気もするが、これ以上邪魔をするのは気の毒だ。フォルは踵《きびす》を返すことにした。

「リリー、ついてきて」

「……？　どこに行くんですか？」

「リリーにもちゃんとした服が必要」

病衣として用意したワンピースなのだ。街を歩くならまともな服装……せめて下着くらいちゃんとしたものが必要だろう。

これにはリリーもホッとしたような顔をする。

「えっと、ありがとう。助かります」

「うん。……ただ、覚悟《かくご》はしておいて」

「はい？」

フォルが足を向けた先には、ある意味では〈魔王〉すら恐《おそ》れる防具店が聳《そび》えていた。

「いらっしゃいませー！」

「逃《に》げてフォルちゃん！　こんなところに可愛い女の子なんて連れてきちゃダメー！」

「えっ、えっ？」

狐獣人《きつねじゆうじん》の少女の悲鳴とともに、リリーは店の中に引きずり込まれていた。

半刻後。

「――いやあっ、こんなの服じゃない！　ただの紐《ひも》じゃないですか！」

「いい！　いいわよリリーちゃん。恥じらいは女の子の可能性なのよ！　もっとその顔を見せてちょうだい！　あ、次はこれね」

そんなふたりの様子を、フォルはジュースのストローをくわえながら眺めていた。今回の客はリリーだと告げると、クーが飲み物を持ってきてくれたのだ。

「フォルちゃん、お菓子《かし》とかもあるよ。そろそろあのチーフ殿《どの》も落ち着くと思うから、ちょっと待っててね」

「ん。いま食べると晩ご飯が入らなくなるからいい」

「くうぅ、フォルちゃんは偉《えら》いなあ。いつでも遊びにきてね！」

クーは顔をほころばせてほっぺたを擦《す》り付けてきた。最近、ちょっと反応がマニュエラみたいになってきたような気がする。

リリーの体は傷だらけだ。それを見ても、マニュエラは容赦《ようしゃ》しなかった。下着のような露出《ろしゅつ》の激しい服を着せたかと思えば、傷は隠《かく》れるがそれ以外はなにも隠れないような服とも呼べないものを着せたりしている。

それでいて、ちゃんとリリーに似合うものを着せているのだから恐ろしいものだ。

リリーがグルグルと目を回し、なにを着せられているのかもわからなくなってくると、マニュエラは優しくその肩《かた》を抱《だ》いてささやきかける。

「傷は男の勲章《くんしょう》だとか言うらしいけれど、ナンセンスな言葉だわ。傷はね、女の体だって美しく見せるのよ？　リリーちゃんの傷は、とても綺麗よ」

「それとこの布きれみたいな服は話が別じゃないですかっ？」

「そこは私の趣味よ！」

「ひぃぃぃっ」

微塵《みじん》の迷いもなく断言するマニュエラに、リリーは愕然《がくぜん》とすることしかできなかった。

この街の通過儀礼《ぎれい》のようなものだが、いまのリリーにはちょっと刺激《しげき》が強すぎるかもしれない。フォルはジュースを置いて立ち上がると、マニュエラの服の裾《すそ》を引っ張った。

「マニュエラ。そろそろちゃんとしたの着せてあげて。リリーが困ってる」

「むう、フォルちゃんにそう言われたら仕方がないわね」

しぶしぶといった様子でマニュエラが持ち出したのは、ふわふわのレースで縁取《ふちど》られたシャツと、ボリュームのある長いスカートだった。胸元《むなもと》には真っ赤なリボンが結ばれ、どこか貴族の令嬢《れいじょう》のようでさえあった。

手には白い手袋《てぶくろ》まで着けてあり、これまでとは打って変わって露出の少ない服である。

「これでどうかしら？　全体的に暗い色彩《しきさい》だけれど、あなたの紫《むらさき》の瞳が際立《きわだ》つ取り合わせにしてみたわ。生地《きじ》も薄いから、これからの季節でもばっちりよ」

「あ、はい……。えっと、素敵だと思います」

ちゃんとした服を着せてもらえるとは思わなかったのだろう。ずいぶんと面食らった様子でリリーは答える。

それからリリーの手を両手で包《つつ》み込むと、マニュエラはこう続けた。

「でも、さっきの言葉も本当のことよ？　傷を見せるという選択肢《せんたくし》があるんだってことも、覚えておいてね」

「は、はい」

「うちに来てくれたらいつでも私が好きな服を着せてあげるからね！」

「それは……ちょっと考えさせてください……」

苛烈《かれつ》な洗礼に、リリーはなんだかやつれた顔でそう答えた。

◇

「――まったく、あの子たちときたらなにをしているのですかしら」

当然のことながら、ザガンたちが魔王殿《まおうでん》からつけてきていることには、アルシエラたちも気付いていた。

呆《あき》れてため息をもらしていると、アスラは愉快《ゆかい》そうに笑う。

「ははっ、いいじゃねえか。愛されてるってことだろ？」

「貴兄《きけい》が人前でこんなことに誘ったせいなのですわ。少しは責任を感じてもらいたいのですけれど」

「だってアーシェ、ああでもしねえとまた何日も逃げ回るだろ？」

「…………」

図星なのでアルシエラも閉口することしかできなかった。すでに二週間以上逃げ回っている事実がある以上、言い訳のしようもない。

アスラはアルシエラの手を握《にぎ》るとグイグイ引いて歩く。吸血鬼《きゅうけつき》の自分とは違って、あたたかい手だった。

外見はあくまで十三歳《さい》程度の少女と十五歳の少年であるため、デートというより兄妹《きょうだい》のお出かけといった具合かもしれない。一年近く〈魔王《まおう》〉ザガンとネフィを見守ってきた住民たちは、速《すみ》やかに察して微笑ましく見守ってきた。

そんな視線に気付く様子もなく、アスラは聞いてくる。

「で、なにする？　実は俺《おれ》、デートってすんの初めてなんだよ」

「あたくしに聞かれても困りますわ。あたくしだって似たようなものですのに」

その答えに、アスラは首を傾げた。

「ギンとはデートとか行かなかったのか？」

「……まあ、あのころ世界はあなたがいたころより滅茶苦茶《めちゃくちゃ》でしたし、戦いが終わるころにはもう、あの方は歩くこともできない体になっていましたから」

二代目銀眼の王ルシアは、十五歳でこの世を去った。

そのあまりに短い人生の全《すべ》ては、戦いの中にあったのだ。

「アーシェ……」

「そんな顔をなさらないでくださいまし。あたくしはちゃんと幸せでしたわ」

ルシアは残った時間の全てをアルシエラのために使ってくれたし、ザガンとリリシエラという子供たちも残してくれた。

それらを守れなかったのは、アルシエラが弱かったからだ。

「わぷ」

思い出をふり返っていると、アスラが突然《とつぜん》乱暴に頭を撫でてきた。

「もうっ、なにをなさいますの？」

「っとに、変わってねえな。俺がいないとすぐにあれこれ我慢《がまん》しちまうんだから」

「……貴兄には、あたくしを怒《おこ》らせない努力というものが必要だと思うのです」

批難がましく睨《にら》み付けると、アスラはむしろその反応を待ってたように笑う。

「いいじゃねえか。たまにはそうやって怒ったりしねえと健康に悪いぜ？」

「あたくし、そもそも不死者なのですけれど……」

健康に気を遣《つか》う吸血鬼などいたら嫌だと思う。

アスラは人の話を聞いているのかいないのか、キョロキョロと周囲を見回す。

「そうだなあ。じゃあ、この街で一番見晴らしのいいところってどこだ？」

「さあ？　あたくしもあまり詳《くわ》しくありませんけれど……」

そんなふたりの視線が止まったのは、教会の尖塔《せんとう》だった。

これにより、またひとりの人間が不運に巻き込まれることが確定した。


「――というわけで失礼するのですわ」

「悪りいな！　ちょっと通らせてもらうぜ」

アルシエラとアスラは、窓から、シャスティルの執務室《しつむしつ》に押し入っていた。

「え、なになになに？　なんなの……って、ああっ書類が！」

哀《あわ》れにも巻き込まれたシャスティルは、動揺のあまりポロッと手にしていた羽ペンを取り落とす。直前まで書いていた書類にインクが滲《にじ》んで台無しになっていた。

堪《たま》らず涙《なみだ》ぐむシャスティルを見て、アスラは悪びれた様子もなく片手を上げる。

「よう。いつかの女じゃねえか。そっちも無事そうでよかったぜ。あのとき戦ったやつらにはあらかた会えたけど、あのネフテロスって子助かってよかったな！」

「あ、うん。その節はどうも……じゃなくて！　なんでそんなところから入ってくるのだっ？　なにか事件か？」

その言葉に、アルシエラとアスラは揃《そろ》って首を傾げる。

「いや、ここの上に登りてえんだけど、アーシェのやつが壁歩いていくもんだから、そんなのできるかって……」

「え、ここの上って尖塔？　あの、一般人《いっぱんじん》は立ち入り禁止なのだが」

見晴らしのよいところと言って教会に思い立ったアルシエラは、そのまま重力に逆らって教会の壁を歩行してやったのだ。

途中《とちゅう》まではアスラも勢いを付けて駆《か》け上ってきたが、それで頂上まで登れるはずもなく、苦情をつけられた。そこでちょうどよいところにあった窓が、ここだったのだ。

シャスティルの抗議《こうぎ》など聞こえていないように、アルシエラは澄《す》ました顔で首を傾げる。

「散々振り回されたのです。それくらいのお返しをしてもいいと思うのですわ」

「馬鹿《ばか》だなあアーシェは。建物にはちゃんと階段ってものがあるもんなんだぜ？」

「知らなかったわけではないのですけれどっ？」

「……なんだか知らないが、意趣《いしゅ》返しに人を巻き込むのはやめてもらえまいか？」

アスラのことを空気が読めないだとか批難するアルシエラだが、この少女も同じくらい空気を読まないのだ。ふたり揃うと、もはや歩く災害である。これはさすがにシャスティルの精神の許容を超《こ》える事件だったようで、涙ぐんでポンコツを露呈《ろてい》していた。

まったく他人事のように、アルシエラはアスラを睨む。

「ほら、謝《あやま》ったらどうですの？　人に迷惑《めいわく》をかけるものではないのです」

「ごめんな。こいつ、人の言うこと聞かねえだろ？」

「どっちもどっちだと思うのだが……」

屈辱《くつじょく》か困惑《こんわく》か、目に涙を浮《う》かべてプルプル震《ふる》えるシャスティルに、アスラがすっと目を細める。

「ところでお前、足下になんかいるぞ？　大丈夫《だいじょうぶ》か？」

「えうっ？　彼はその……っ」

「――少し特殊《とくしゅ》な性癖《せいへき》なだけなのです。そのふたりの関係に、部外者は口を出さない方がいいのですわ」

「えっ！　ああ、そうなのか。悪い……」

シャスティルの言葉を遮《さえぎ》るように言うと、アスラも察したらしい。珍《めずら》しく賢明《けんめい》にも口をつぐんでいた。

「と、特殊な性癖などではない！」

「へ、へへへ変な理解示してんじゃねえよ！」

堪らず〝影《かげ》〟の中から陰鬱《いんうつ》な顔が飛び出すが、アルシエラはしれっと一瞥《いちべつ》して言う。

「ご覧の通りなのです」

「……みたいだな。邪魔してごめんな」

「「違うと言ってるだろうっ！」」

そこに、ポタッとなにか滴《しずく》のようなものが落ちる音が聞こえた。

（くふうっ、ナイス愛《め》で力《りょく》！　この仕事やっててよかったのじゃ。あ、これレイチェル嬢《じょう》、鼻血が出ておるぞ）

（ぐへへ、主よ。私の信仰《しんこう》はいま、爆発的《ばくはってき》に視野を広めました。魔術師《まじゅつし》さんこそ鼻血こぼれてますよ）

扉《とびら》の隙間《すきま》からこちらを覗く変なおばあちゃんと修道女の瞳に、アルシエラはゾワッと怖《おじ》気《け》が走った。

——え、なんなんですのこのふたり。まったく気配を感じなかったのですけれど。

この世界に千年在り続けて、相応の力を持つと自負するアルシエラがまったく認識《にんしき》できなかった。鼻血の音がなければこの先も気づけなかっただろう。

絶句するアルシエラの隣《となり》で、アスラも頬《ほお》にひと筋の汗《あせ》を伝わせる。

「千年後の世界って、やべえやつがいっぱいいるんだな」

「……いえ、あれは極《きわ》めて特殊な例だと思うのですわ」

ともあれ〝やべえやつ〟はシャスティルたちに注目しているようなので、アルシエラはこっそり執務室を通り抜《ぬ》けようとする。

「あ、待つのじゃアルシエラ嬢！」

「ひっ」

思わず短い悲鳴をもらすと、おばあちゃんが鼻血を拭《ぬぐ》いながら親指を立てていた。

「そんなに楽しそうなそなたは初めて見たのじゃ。アルシエラ嬢に、よき愛で力を！」

その言葉に、アルシエラはとっさに返す言葉が思いつかなかった。

自覚はしていなかったが、たぶん図星だったのだ。

確かめるように自分の顔に触れて、小さくため息をもらす。

「……貴姉《あなた》もほどほどにしとくのですわ」

「きひひっ、これも仕事ゆえ許すのじゃ」

仕事というか趣味だろうに。アルシエラはこれ以上関《かか》わりたくないのでそそくさと執務室をあとにした。

（魔術師さん、あのおふたりと知り合いなんですか？　ちょっと詳しく！　シャスティルさまの血縁《けつえん》ぽい人と吸血鬼さんなんて非常に気になります！）

（さすがレイチェル嬢。同志クーが見惚《みと》れた才能よのう。だが早まるな。この街にはまだまだ愛で力の高い――）

「さっさと逃げるのですわ」

アルシエラは恐怖《きょうふ》に駆られて走り去った。

「へえ、これはなかなかいい眺めだな」

嵐《あらし》のような一日も終わりが近づき、空は赤く染まっていた。

尖塔の先端《せんたん》には大きな鐘《かね》が下がっており、テラスのように見えるこの空間は整備のための足場である。

なのだが、豪奢《ごうしゃ》な手すりも相まって景観は街一番と言えるだろう。高所ゆえ一般人の立ち入りは禁じられているらしいが、それでもこの景色を楽しみたい誰《だれ》かの秘密の場所でもあったようだ。ふたりがけのベンチがこっそりと置かれていた。

手すりから身を乗り出して喜ぶアスラに、アルシエラは冷ややかに問いかける。

「それで、なんだってこんなところに来たかったのです？」

「そりゃあ、アーシェが守った世界を、ちゃんと見ておきたかったからに決まってるじゃねえか」

「……まったく」

吸血鬼に血の流れはない。心臓など動いていないのだが、顔が火照《ほて》ったような気がしてアルシエラはぷいっとそっぽを向いた。

そんな反応にも慣れた様子で、アスラはよしよしと頭を撫《な》でてくる。

「アーシェはどうだ？　お前が守った景色ってやつはさ」

「……別に。いつもの景色なのです」

ただ、デートと聞いて尾行してくる子供たちがいたり、少しいじると面白《おもしろ》い反応を返してくれるポンコツたちがいたり、一生懸命《いっしょうけんめい》生きてる友達がいたり、悪くない街ではあるのだろう。

素っ気ない言葉からなにを感じ取ったのか、アスラは遠慮《えんりょ》もなく頭をぐしぐしと撫で続ける。

「ははっ、やっぱり結構気に入ってるんじゃねえか」

「それはこの世界はもう、あたくしの子供みたいなものですもの」

ずっと見守ってきたのだ。

悲惨《ひさん》なことは山ほどあった。希少種や弱き者が襲《おそ》われるのは、なにもシアカーンに始まったことではない。何度も吐《は》き気《け》のするような出来事を見てきた。

それでも、人は生きるのだ。

どうしようもない暗闇《くらやみ》の中でも恋《こい》をし、愛を育《はぐく》み、あるいは運命さえ覆《くつがえ》す。

そんな世界が、愛《いと》しくないはずがない。

アスラは満足そうに頷《うなず》くと、今度はベンチにすとんと腰《こし》を下ろす。

「アーシェもこっちに座《すわ》れよ」

「はいはい」

素直《すなお》に隣に座ってやると、アスラは意外そうな声をもらす。

「お、なんだよ。今日はやけにすんなり言うこと聞いてくれるじゃねえか」

「デートなのでしょう？　少しくらいはわがままも聞いてあげるのです」

「へへ、ならもうひとつ聞いてもらうぜ」

「……？」

返事をする間もなく、アスラはアルシエラの手を引っ張った。

コテンと、アルシエラはアスラの膝《ひざ》の上に転がってしまう。横向きに膝枕《ひざまくら》をされた形である。

「なんのつもりですの？」

ネフィやシャスティルあたりならここで可愛《かわい》らしくうろたえてあげられるのだろう。しかし一千歳のアルシエラが表情を変えることはない……つもりなのだが、実際に自分がどういう顔をしているのかは恐ろしくて確かめる気になれなかった。

アスラは先ほどとは打って変わって、優《やさ》しく金色の髪を撫でてきた。

「千年もひとりでよくがんばったな、アーシェ」

「……ッ」

思わず目を見開くと、アスラは言葉を続ける。

「ごめんな。ずっとひとりにしちまって」

「……別に、ずっとひとりだったわけではありませんわ。隣にいてくれる人がいたときもあったのです」

「そいつを聞いて、少しは安心したぜ」

そう言いながらも、頭を撫でる手が止まることはなかった。

「今度こそ、最後までいっしょにいてやるよ」

「……あたくしは、吸血鬼なのですわ。あたくしには寿命《じゅみょう》なんてありませんのよ？」

「なら俺も吸血鬼になってやるよ。今度やり方教えてくれ。アーシェになら血を吸われたっていいぞ？」

「……本当に、バカね」

声に出した言葉は、震えていた。

いつの間にか、横向きに涙がこぼれていた。

普段《ふだん》はおしゃべりなくせに、アスラはなにも言わずに、いつまでも頭を撫でてくれた。

◇

フォルに手を引かれて、リリーは雑踏《ざっとう》の中を進んでいた。

「リリー、あのお店に入ってみたい」

「ご飯屋さんみたいですよ？　晩ご飯が入らなくなっちゃうんじゃないんですか」

「でも美味《おい》しそう。食べよ？」

「ええっ、知らないですよ？」

フォルが指差したのは軽食屋だった。飲み物がメインのようだが、生クリームを使った菓子なども売っているようだ。客層はなんだか男女の組が多いように見える。

リリーは知る由もないが、〈魔王〉ザガンが入り浸《びた》ったせいで〝恋人《こいびと》同士で入ると末永くいっしょにいられる〟という噂《うわさ》が流れている店なのだ。

フォルは椅子《いす》によじ登ると、躊躇《ちゅうちょ》なくここで一番大きいパフェとやらを注文する。

「こういうの、高かったりするんじゃないんですか？　私、一文無しですよ？」

この服だって、結局フォルに買ってもらったことになるのだ。自分より小さい子にお金を使わせるというのは、すさまじい罪悪感を覚えるものだ。

「ん、大丈夫。リリーは私が守るから、ご馳走《ちそう》する」

「ええー……？」

ハラハラしていると、店員がハート型のストローが刺《さ》さったカップを運んでくる。とうてい、ひとりで食べられる大きさには見えないのだが。

フォルは生クリームの積まれたカップを見上げ、瞳《ひとみ》を輝《かがや》かせる。

「おお、これが……。ザガンたちが食べたと言ってたから、一度食べてみたかった」

「それってカップルで食べるやつじゃないんですか？」

「デクスィアとアリステラは、姉妹だけど注文したって言ってた。だから大丈夫」

フォルは長いスプーンを手に取ると、さっそく生クリームをすくって口に運ぶ。

「甘《あま》い」

嬉《うれ》しそうに目を細めて身震《みぶる》いする幼女は、リリーが見ても庇護欲《ひごよく》が湧《わ》いた。

フォルはまたスプーンで生クリームをすくうと、今度はリリーの前に突《つ》き出した。

「リリーも食べて」

「え、私も？」

「ひとりで食べるには多い」

それはそうだろうという言葉をグッと飲《の》み込《こ》み、リリーは差し出されたスプーンにかぶりついてみる。

「……ッ、本当だ。すごく甘い」

「でしょ」

フォルは満足そうに笑った。

――可愛いな。優しいな。

この子はどうしてリリーにこんなに優しくしてくれるのだろう。

自分に妹がいたら、こんな感覚なのかもしれない。

胸元に下がるロケットを握る。

ロケットの中には、自分ともうひとりの肖像画《しょうぞうが》が収められていた。年齢《ねんれい》から考えると自分の方が姉だろうか。とにかく姉妹がいたらしい。

そして、その子はたぶん、もういない。シュラが宝石族《カーバンクル》はもう、滅《ほろ》びてしまった種族なのだと教えてくれた。

――私はたぶん、なにか悪いことをしてきた人間だ。

覚えていなくても、周囲の反応を見ていればいくらなんでもわかる。

なのに、フォルは一度もそんな目を向けずに優しくしてくれた。

――私は、この子の優しさに応《こた》えられる人になりたい。

いまはまだ右も左もわからないが、自分にもできることを探していっしょにいられるようになりたい。

そんなことを考えながら、スプーンを手に取り生クリームをすくっていると、フォルがとうとつにこんなことを聞いてきた。

「リリーはシュラのこと好き？」

「へっ？　え、え、シュラさんですか？」

あまりといえばあまりの質問に、リリーは椅子から落ちそうになった。

「えっと、それは友人としてですか？　それとも、あの、男女の……的な？」

「じゃあ男女の方」

「じゃあってどういうことなんですかっ？」

記憶喪失《きおくそうしつ》の人間に恋バナを振《ふ》られても困る。思わず声を荒《あら》らげると、フォルは興味深そうに続けた。

「ザガンもアルシエラも、ちゃんと好きな人がいるのに、なぜかいつまでももだしてる。好きってどういうことなのか、私は知りたい」

「あー……」

彼《かれ》らとは少し話しただけだが、それでもフォルの言わんとするところは理解できた。

リリーは申し訳なさそうに両手の指を絡《から》めて言う。

「シュラさんはとてもいい人だし感謝もしてますけど、いきなり好きかと言われてもわからないですよ。私の状況《じょうきょう》、色恋《いろこい》どころじゃないですし……」

「人は大変なときほど好きになるって聞いた」

「えうぅっ？　いや、どうなんですかね……。同族って知って、すごくホッとしたのは事実ですけど……」

だからといって好きと言われると、まだそんな時間は過ごせていないので答えられない。

リリーが困っていると、フォルは小さく肩を落とす。

「人が好きになる瞬間《しゅんかん》を押《お》さえられるかと思ったのに」

「そう言われても……。なんかそういうのって、こう目が合った瞬間にビビッと来ちゃったりするものなんじゃないんですか？」

そう言ってみると、フォルはきょとんとして瞬《まばた》きをした。

「リリーはロマンチスト？」

「悪かったですねぇ！」

思わず顔を真っ赤にすると、フォルは小さく笑った。

「そういうの、嫌《きら》いじゃない」

「違《ちが》いますってば……」

「リリーは、まだ恋をしたことがない？」

「してたとしても、覚えてませんからねえ」

自分も、顔が火照って胸が高鳴るような経験をしていたのだろうか。そういうことに憧《あこが》れる余裕《よゆう》はないと思っていたが、改めて言われてみると羨望《せんぼう》のような感情が動いている。

――いやでも、こんな体だし、絶対報《むく》われないですよね。

マニュエラはリリーの傷跡《きずあと》は綺麗《きれい》だと言ってくれた。

お世辞《リップサービス》なのはわかっているつもりだが、それでも本気で言ってくれているように思えて、少しだけ自分のことを肯定《こうてい》できる気がした。

だが男が好きになってくれるかは、また別の話だと思う。

――シュラさんなら確かに初めから知ってるわけですけど……。

とはいえ彼とそういう関係になっている自分というものが想像できない。恋とかいうものは、せめて自分の身《み》の振《ふ》り方《かた》が定まってから考えるもののような気がする。

「フォルちゃんこそ、好きな男の子とかいないんですか？」

「……どうだろう。雄《おす》の竜《りゅう》は、たぶんもうこの世界には残ってない」

その言葉で、リリーはハッとした。

――フォルちゃんの種族も、もう滅んでるんだ……。

宝石族《カーバンクル》と同じく、竜もこの世界から消えようとしている。

種族も年齢もバラバラの家族。彼らがぬくもりと愛情を与《あた》えてくれても、もうこの世界に竜がいないという事実は覆せないのだ。

もしかしたら、フォルがリリーを気に懸《か》けているのはこれが理由なのかもしれない。

胸を痛めるリリーをよそに、フォルはつぶやく。

「ザガンより格好《かっこ》いい人がいたら、もしかしたら好きになれるかも？」

「それはまた、難しそうですね」

まだ初対面だが、ザガンにはカリスマというのだろうか。人を惹《ひ》き付ける魅力《みりょく》のようなものがあったと思う。フォルにとってもきっとよい父親なのだろう。

それを超える人物となると、なかなかいないような気がした。

――でも、友達になら、なれるかな……。

友達というものがいつからどんなふうになるのかは知らないが、こんなふうに恋の話をしたりいっしょにお菓子を食べたり、フォルの隣はとても居心地《いごこち》がよい。

フォルやシュラがいてくれれば、こんなリリーでもがんばれる気がする。

そんなときだった。


「――ごきげんよう、お嬢《レディ》さん。またお会いしましたな――」

聞いたことのない、しかしなぜか聞き覚えのある声がかけられた。

背筋に悪寒《おかん》が走り、思わず立ち上がって周囲を見渡《みわた》す。やがて、裏路地へと去って行く老紳士《ろうしんし》の背中が見えた。

根拠《こんきょ》はないが、声の主だと直感した。

「リリー。どうしたの？」

フォルが心配そうな声を上げる。

――フォルちゃんを巻き込んじゃいけない。

あれは、なにかどす黒い悪意のようなものだ。フォルのように真《ま》っ直《す》ぐな子が関わってはいけないものだ。

「すぐ戻《もど》ります！」

「リリー！」

そう言って、リリーはひとりで駆け出していた。

◇

裏路地の奥《おく》は迷路《めいろ》のように入り組んでいたが、リリーが飛び込むと老紳士の背中をなんとか見つけることができた。すぐにまた別の道に入り込んでしまうが、その先を追いかけて覗《のぞ》き込むと、また辛《かろ》うじて奥へと消える背中を見つけられた。

誘《さそ》い込まれている。

そんな気はしたが、だがなぜか追いかけなければならないと、焦《あせ》りにも似た衝動《しょうどう》に突き動かされてリリーは老紳士のあとを走る。

やがてどこをどう進んだかもわからなくなってきたころ、ようやく老紳士は足を止めた。

息が乱れて声を出せないでいると、老紳士は優雅《ゆうが》にふり返って腰を折る。

「お嬢《レ》さん《ディ》、こんなところで迷子ですかな？」

それから、おかしそうに口元を歪《ゆが》める。

「敬服いたしますな。お嬢《レ》さん《ディ》の核石《かくいし》を斬《き》ったときは殺してしまったかと思いましたが、わたくしめの杞憂《きゆう》でございました。実に見事。さすがは我《わ》がともがら《蒐集士《しゅうしゅうし》》」

老紳士がなにを言っているのか、リリーには半分も理解できなかった。それでも、ひとつだけわかったことがある。

――つまり、この人が私を斬ったんですか……？

自分が、ひどく危《あや》ういことをしているのは理解していた。

でも、この老紳士をフォルに近づけてはいけないと思ったのだ。

「はあ、はあ、あなたは、誰なん、ですか……？　私のこと、知ってるん、ですよね？」

なんとか声を絞《しぼ》り出して問いかけると、老紳士はにわかに目を丸くする。

「はて……？　なにやら話がかみ合いませんな」

首を傾《かし》げて、それからニイッとおぞましく口元を歪める。

「まあ、お嬢《レディ》さんの事情には踏《ふ》み込みますまい。とはいえ、これは僥倖《ぎょうこう》。獲物《えもの》の方からわたくしめの前に来てくれたのでございます。応えねば《殺人卿《きょう》》の名が泣きましょう」

老紳士は、腰からスラリと剣《けん》を抜く。

いや、剣ではなかった。柄《つか》の形をしてはいるが、そこに在るべき刀身がない。

――いや、刀身はある。だってあれは、〈呪刀《じゅとう》〉だもの……。

ズキッと胸の核石が痛んだ。

それから頭の中に見知らぬ映像がいくつも浮かび上がる。紙切れのような姿をした怪物《かいぶつ》と、それと向き合う自分。襲われる街の娘《むすめ》。親しげに話しかけてくる老紳士。そして――

「あうう……っ」

目の前に刃物《はもの》を抜いた狂人《きょうじん》がいるのだ。なのに、立っていられなくなってリリーは膝を突いてしまう。

「――なにやってんのよっ、避《よ》けろ！」

ふわりと誰かに体を抱《かか》えられ、少女は眼前に迫《せま》った刃《やいば》から逃《のが》れた。

「アリス、テラ……ちゃん？」

「デクスィアよ。あの子を、こんなやつと戦わせるわけにはいかないでしょ」

フォルの従者である双子《ふたご》の片割れだった。デクスィアはアリステラと違って、少女にはあまりよい印象を抱《いだ》いていなかったように見えたのだが。

少女を抱えるデクスィアの手は、震えていた。

「《殺人卿》グラシャラボラス……あのおっさん、当ってんじゃゃん。嫌《いや》になるわ」

デクスィアは、老紳士が何者か理解しているのだ。

理解しているのに、助けにきてくれたのだ。

「時間を稼《かせ》いであげるから、さっさと逃《に》げなさいよ。言っとくけどアタシ、あんなのの相手できるほど強くないから、大して長くは保《も》たないからね」

蛇腹剣《じゃばらけん》を抜いて死を覚悟《かくご》するようなデクスィアに、別の光景が重なる。

——大丈夫。お姉ちゃんは魔術師なんですから、悪いやつらに負けたりしないです——

その言葉に縋《すが》って、自分は逃げたのだ。

そして、あとにはなにも残らなかった。

なにも、だ。

少女は、デクスィアの腕《うで》をキュッと握る。

そんなふたりに、老紳士は肩《かた》を竦《すく》める。

「ふうむ。お嬢《レディ》さん方、そのように傍《そば》におられると危のうございますぞ？」

「うっさい！　お嬢がこいつを守るっつってんのよ。アタシが見捨てるわけにはいかないでしょうが」

少女は、デクスィアを盾《たて》にして逃げるべきなのだろう。

――はは、なんでですかね。足が、動かないです。

それどころか、自分の意思に反してデクスィアを庇《かば》うように前に出てしまう。

老紳士は、悲しげに目を伏《ふ》せる。

「……あまり健気《けなげ》な姿を見せないでいただきたい」

それから少女たちに向けられた表情は、あまりにもおぞましい笑《え》みだった。

「辛抱《しんぼう》が利かなくなりますゆえに！」

「――ッ、逃げて！」

デクスィアが少女の腕を引くが、老紳士の間合いから逃れるには遅《おそ》すぎる。

そうして、少女が腕を伸《の》ばしたときだった。

ぐしゃりと、老紳士の顔面に拳《こぶし》が突き刺さっていた。

「ぐごおっ?」

拳はそのまま大地に向かって振り抜かれ、老紳士が頭で地面を抉《えぐ》りながら激しく転がっていった。

「俺がこの世で一番許せんのは、嫁《よめ》とのデートが邪魔《じゃま》されることだ」

「王さま!」

アルシエラの尾《び》行《こう》に飽《あ》きて、ネフィとデートを始めていたザガンが、そこに立ちはだかっていた。

◇

時刻は多少前後する。

「ふうむ。教会に逃げ込まれると追跡《ついせき》できんな」

デート中のアルシエラを尾行していたのだが、彼らは教会の中に潜《もぐ》り込んでしまったの

だ。バルバロスとシャスティルが繊細《デリケート》な時期に突入《とつにゅう》しているいま、物見遊山《ゆさん》に執務室を踏み荒《あ》らすのはちょっと避けたい。まあ、手遅れな気もするが。

そんな教会大聖堂を見上げ、ザガンがうなっているとネフィが微笑《ほほえ》んだ。

「ふふふ、でもアルシエラさま、楽しそうでした。いえ、楽しそうというか、肩の力が抜けたようで、あの方もあんな顔をされるんですね」

「まあ、ろくでもない人生を送ってきたのだろうからな」

それが気心を許せる相手と巡《めぐ》り会《あ》えたのは、幸運なことなのだろう。もう、あの少女に残された時間は少ないのだから。

「「…………っ」」

それから、お互《たが》いふたりきりという状況に気付く。

ネフィのツンと尖《とが》った耳の先がほのかに赤く染まり、ザガンも目に見えてあわあわとうろたえる。

それでも、ザガンの判断は素早《すばや》かった。

「ああっと、ネフィ！　その、アルシエラの尾行も飽きたことだし、こ、これから、デートなど、どうだ……？」

「……っ、喜んで」

ネフィも寂《さび》しかったのだろう。ふにゃりと表情を緩《ゆる》めて、ザガンが差し出した手を握《にぎ》り返す。握り方は、先日教えてもらったばかりの〝恋人繋《こいびとつな》ぎ〟というものだった。

「ふ、ふはは……」

「え、えへへ……」

お互い多忙《たぼう》になったこともあって、ここのところちゃんと話もできていなかった。そんな寂しさが、手を繋《つな》いだだけで霧散《むさん》していく。

「で、ではどこへ行こうか？」

「えっと、えっと……あ、そこの噴水《ふんすい》のところを、見てみたいです」

教会の前には噴水を中心とした広場があるが、一応教会は魔術師とは敵対関係にある組織なのだ。シャスティルが長をやっている以上、気にすることでもないのだが、無意識に避けていたところはあるかもしれない。

ザガンとネフィは広場のベンチに足を向けて――そこで、ピタリと足を止めた。

「ザガンさま、これって……」

今朝からどこぞの〈魔王《まおう》〉がキュアノエイデスに入り込んでいることは、ザガンも把握《はあく》していた。なのだが、ときを同じくしてフォルがリリーを連れてきたため、対処を後回しにしていたのだ。

キュアノエイデスを覆《おお》う結界が、その〈魔王〉がリリーに接触《せっしょく》したことを検知したのだ。

結界の検知能力はネフィとも共有されている。久しぶりのデートにいきなり邪魔が入ったことで、思わず悲しげな顔をしてしまう。

そんなネフィに、ザガンは慈父《じふ》のごとき穏《おだ》やかな笑顔《えがお》を返した。

「すぐに始末してくるから、少し待っててくれネフィ」

そして、いまに至る。

◇

「――俺《おれ》がこの世で一番許せんのは、嫁とのデートが邪魔されることだ」

それが理由で、友になれただろう男さえ殺してきた。

渾身《こんしん》の拳を受けた老紳士は、しかし何事もなかったように立ち上がって帽子《ぼうし》を拾《ひろ》う。

「これはこれは、親愛なるともがら〈魔王〉ザガン殿《どの》。わたくしめとしたことが、貴殿《きでん》の領地だというのに挨拶《あいさつ》が遅《おく》れましたな。グラシャラボラス。みなからは《殺人卿》という名で慕《した》われております」

「歯の浮くような社交辞令などいらん。俺が貴様に望むのは速《すみ》やかなる死だ」

苛烈《かれつ》な殺気を叩《たた》き付けると、老紳士は鼻血を拭《ぬぐ》って肩を竦める。

「おやつれない。お連れに手を出したのがいただけませんでしたかな？」

ザガンはデクスィアとリリーに意識を向ける。デクスィアは尻餅《しりもち》をついているが、リリーの姿はいつの間にか消えていた。

それを確かめ、ザガンは首を横に振る。

「やつが何者だろうが知ったことか。やつを守ると言ったのはフォルだ。ならば、俺が首を突っ込む用件ではない」

ザガンの怒《いか》りは真っ先に告げてある。久しぶりのネフィとのデートを邪魔した件だ。

なのだが、老紳士は話がかみ合わないように首を傾げる。それから「ああ」とつぶやく。

「否《ノー》。貴殿は勘違《かんちが》いをなさっている。わたくしめの標的はそちらのお嬢《レディ》さんでございます」

その視線が向けられたのは、デクスィアだった。

ビクリと身を震《ふる》わす配下を守るように、ザガンは腕を伸ばす。

――狙《ねら》いはデクスィアか、それともアリステラか。

いずれにせよ、踏み込めば後ろのデクスィアから離《はな》れることになってしまう。〈魔王〉

が相手である以上、ザガンの手が届く範囲《はんい》にいなければ確実には守れない。

老紳士の反応を探《さぐ》るように、ザガンは鼻で笑う。

「では貴様が死なねばならん理由が、ふたつに増えたな」

「遺憾《いかん》ながら、これも仕事ですゆえに。しかし同じ顔のお嬢《レ》さん《ディ》がふたりいるとは聞いておりませんでした。どちらが標的なのか見定めていたのですが……」

デクスィアに目を向け、グラシャラボラスは恍惚《こうこつ》に身を捩《よじ》った。

「こうも健気な姿を見せつけられては、わたくしめも昂《たか》ぶって辛抱が効きませぬ！」

「き、気持ち悪い……」

震えていたデクスィアも、思わずそう罵《ののし》ってしまうほどの狂気《きょうき》だった。

「あー……。もういい。黙《だま》っていろ」

「おや？　貴殿にはご理解いただけると思いましたが。シアカーンの一万の軍勢を容赦《ようしゃ》なく鏖殺《おうさつ》した〈魔王〉ザガンであれば」

胸に手を当て、歌うようにグラシャラボラスは語る。

「歴史上、これほど人を殺した〈魔王〉はマルコシアス以来でございます。わたくしめも《殺人卿》などとは呼ばれておりますが、数の上では足下《あしもと》にも及《およ》びません。ゆえに、わたくしめは貴殿に尊敬の念を抱《いだ》いているのです」

そう、ザガンは一万の〈ネフェリム〉を殺したのだ。

直接的な手段はどうあれ、ザガンが命じたのだから、ザガンが殺したのである。その事実に後悔《こうかい》など微塵《みじん》も抱いていないが、軽く受け止めているわけでもなかった。

グラシャラボラスは笑う。

「さあ、お聞かせくださいまし。一万の命を奪《うば》った気持ちを！　いかなる昂ぶりが、あるいは苦悩《くのう》が、さもなくば虚《むな》しさがあったのか！　わたくしめはそれを確かめたくて貴殿に会いにきたのです」

その問いに、ザガンの答えは冷ややかだった。

老紳士は、言われたことが理解できなかったように目を丸くした。

「……なにも？」

「いま、なんと……？」

「なにも、と言ったのだ」

「俺に逆らう有象無象《うぞうむぞう》を始末しただけだ。なぜ俺がいちいち感じ入る必要がある？」

ザガンは〈魔王〉なのだ。いかなる虐殺《ぎゃくさつ》も悪行も、平然と行う魔術師《まじゅつし》なのだ。

そこでいちいち揺《ゆ》らぐことなどあってはならない。

〈魔王〉の怒りに触《ふ》れた者は、例外なく滅びる。ザガンはそれを証明し続けなければならないのだ。

その答えに、グラシャラボラスはだらんと腕を降ろした。

「なにも……？　一万の命を奪って、なにも感じなかったと……？」

あたかも自らの正義が踏みにじられたかのように、グラシャラボラスは声を震わせた。

そして、叫《さけ》ぶ。

「貴殿はっ、命をっ、なんだと思っているのだっ！」

あまりと言えばあまりの言葉に、ザガンは我が耳を疑った。

「《殺人卿》の言葉とは思えんな」

「……わたくしめは《殺人卿》。己《おのれ》の快楽のために人を殺す〈魔王〉でございます」

ギリッと歯を食いしばり、グラシャラボラスは怒りに身を震わせる。

「ゆえにこそ、摘み取る命には敬意を払《はら》うのです」

胸元《むなもと》をギュッと握り締《し》め、芝居《しばい》がかった仕草で老紳士は語る。

「単純な愉悦《ゆえつ》でもいい。怨恨《えんこん》や怒りによる衝動も美しい。追い詰《つ》められてなにもわからず行った殺人は、初恋《はつこい》のように甘美《かんび》でございます。金品目的の俗《ぞく》な殺しは人間らしくて共感を覚える。悪を討《う》つという独善的な殺害は歪んだ優越感《ゆうえつかん》が見えて胸が高鳴りましょう。血まみれの手を見て呆然《ぼうぜん》となる殺人者には、頰《ほお》ずりをしたくなるような愛しさまで抱ける」

刀身の見えない剣を鞘《さや》に収めると、老紳士は吠《ほ》える。

「理由はなんでもいい。だが、殺すからには情緒《じょうちょ》を込めよ。それが命への礼儀《れいぎ》だ。わたくしめは、これまで殺してきた人間、全《すべ》ての最期《さいご》を覚えている」

《殺人卿》の言葉は徹頭徹尾《てっとうてつび》理解のできないものだったが、ザガンは鼻を鳴らす。

——見かけによらず、熱くなる質《たち》か。

言ってることはなにひとつわからなかったが、ザガンにとっての『ネフィとのデートを邪魔される』ことと同じくらい、ザガンの答えは許せないものだったようだ。

グラシャラボラスの殺気は、完全にザガンひとりへと向けられている。もはや標的と呼んだデクスィアの存在すら認識《にんしき》していない。

『ネフィ。デクスィアを連れて離れていろ』

念話にてネフィに語りかけると、彼女《かのじょ》は言うまでもなくデクスィアを抱《だ》きかかえて腰を折っていた。

『ご武運を、ザガンさま』

そして《魔術師殺し》と《殺人卿》――通り名に同じ文字を抱く〈魔王〉は衝突《しょうとつ》した。

◇

「ぬるいもんですね。あちこちの〈魔王〉にケンカ売っててんだから、もう少し警戒《けいかい》しとくもんだと思うんですけどねえ」

デクスィアの前から姿を消した少女は、魔王殿《まおうでん》にいた。

〈魔王〉の本拠地《ほんきょち》とは言え、なんとも好都合なことにいまは主力たる魔術師たちが揃《そろ》って留守にしている。おまけに、親切なことに内部の案内までしてくれたのだ。いくら罠《わな》や結界に守られていても、こんなものは《蒐集士》にとっては無人の城でしかなかった。

ここの住民たちの姿を思い出す。

「あんな平和呆《ぼ》けした脳天気な連中に負けたんじゃ、シアカーン《猫ちゃん》も浮《う》かばれませんね」

あざ笑うように声に出して、キュッと胸を押さえる。

記憶《きおく》をなくしたと話したら、馬鹿《ばか》みたいに同情して世話を焼いてくれた少年がいた。自分のことを疑っているくせに、グラシャラボラスの前に飛び出してきた少女がいた。そして、小さいくせに『リリーを守る』と張り切って、笑いかけてくれた女の子がいた。

――どいつもこいつも吐《は》き気《け》がする！

下らない偽善者《ぎぜんしゃ》ども。そのはずなのに、なぜか無性《むしょう》に胸の中が苦しかった。頬を透明《とうめい》な滴《しずく》が伝って落ちて、どうしてもそれを止めることができなかった。

そうして、造作もなくたどり着いた宝物庫の扉《とびら》に手をかけようとしたときだった。


「リリー。それ以上は、進んじゃダメ」


少女はとっさに顔を拭うと、肩越《かたご》しに首を傾《かたむ》けてふり返る。

「あはー、よくここがわかりましたね。信じるとか言いながら、やっぱり私のこと疑ってたんでしょう？」

そこには、息を切らした竜の少女が立っていた。

琥珀色《こはくいろ》の瞳に涙《なみだ》が浮かぶのを見て、またチクリと胸の奥が痛んだような気がした。

そんなものは気の迷いだと振り払うように、少女は笑う。

「ちょっと意地悪でした？　でもまあ、これが現実ってやつですよ。いい社会勉強になったんじゃないですか？　簡単に人を信用しちゃダメだってね」

口を開いても声が伴《ともな》わないフォルを畳《たた》みかけるように、少女はにっこりと笑って見せる。

「怒りました？　それとも失望しちゃいました？　でも、そもそも私はこういう人間なんでした。騙《だま》されちゃって可哀想《かわいそう》ですね。同情しますよ？」

スラスラとあおり立てる言葉が飛び出す。

純真無垢《じゅんしんむく》な幼女が絶望していく様は心地《ここち》良《よ》い。

――そうですよ。気分がいいんです。

そのはずなのに、胸の核石が、いやそのもっと奥が、耐《た》えがたいほどに痛くて、苦しい。

思いつく限りの嘲《あざけ》りを乗せて笑ってやると、フォルはようやく顔を上げてこう言った。

「ううん。私は、リリーを信じてる」

子供らしく頑《かたく》なな答えに、少女は哀《あわ》れむつもりが苛立《いらだ》ちを覚えた。

「あ、もしかして私が誰《だれ》かに操《あやつ》られたり脅《おど》されてるとか思ってます？　残念でした。そもそも私、ここの宝物庫を破りにきたんですよ」

ヘラヘラと笑って、胸元を開いてみせる。

「〈魔王〉ザガンくんはお人好《ひとよ》しだって有名ですからね。重傷を負って流れ着いた〈魔王〉がいたら、殺す前に庇護するだろうって思ったんですよ。少なくとも事情を把握するまでは。実際、ここまで潜り込めたんですから大成功ですよね」

フォルは信じられないように問いかける。

「リリーは、わざと斬られた？」

「そういうことです。……まあ、まさか核石狙ってくるとは思わなかったんで、危うく本当に死ぬとこでしたけどね」

そこは本当に誤算だった。

もしも拾ってくれたのがフォルでなかったら、少女には生き延びる術がなかった。おかげで先ほどまで記憶が混乱して忘却《ぼうきゃく》したような状態になっていた。

だが、グラシャラボラスが本気で斬らなければ、ザガンの目は欺《あざむ》けなかっただろう。

それでいて、これはフォルなら〈祈甲《きこう》〉を解くだけで少女を殺せるということでもあった。少女の胸の核石はいまも割れたままで、金色のつなぎ目が浮かび上がっているのだから。

――なのに、なんで私、こんなこと話してるんだろう。

フォルの泣いた顔でも見たかったのだろうか。

なのだが、フォルは悲しげな顔のままつぶやく。

「リリー。そんな危ないことしないで」

「リリーって呼ぶな！　私はアスモデウスです」

もう、その名前で呼んでいい人間はいないのだ。

あの日、姉を見捨ててひとり生き延びたときに、リリーはもう死んだのだ。

――私は宝石族《カーバンクル》の……ううん、虐《しいた》げられし者たちの王国を作りたい――

そう言って、姉は魔術《まじゅつ》を学び始めた。

かまってくれないことに不満を覚えながらも、そんな姉に憧れた。

だから魔術だって勉強した。

だが、少女は姉にはなれなかった。

偉大《いだい》な志を持っていた姉は、宝石族《カーバンクル》の村が襲《おそ》われたときに少女を守って死んだ。

生きていても価値のない少女だけが生き残ってしまったのだ。

フォルは首を横に振る。

「私にとって、リリーはリリー。いなくなったのは私を巻き込《こ》まないためでしょ？　デクスィアのことだって守ろうとしてくれた」

「……あのさあ。わかってないんですか？　さっきの変態と私は仲間なんですよ。あなたの頼《たよ》りのザガンくんもあっちに気を取られて私の侵入《しんにゅう》を許しちゃったでしょう？　そういう作戦だったんですってば」

懇切丁寧《こんせつていねい》に説明してあげても、フォルは微笑み返す。

「リリー。本当に卑怯《ひきょう》な魔術師は、そんなこと説明しない。情に訴《うった》えて、油断を誘う
これだけ教えてあげても、まだ自分を信じるような答えに、アスモデウスは苛立ちを募《つの》
らせた。

「思い上がらないでくれます？　あなたみたいな子供にそんな必要、あると思います？

夢見がちなお子様に、現実ってやつを教えてあげてるんですよ。――こんなふうに！」

これ以上、話してもイライラするだけだ。

アスモデウスが伸ばした指先から、小さな黒点が放たれた。

〈漆極《しっこく》〉――魔族さえ一撃《いちげき》の下《もと》に屠《ほふ》る魔術である。そんな一撃に、哀れな幼女は悲鳴を上
げる間もなく食《つ》い尽くされる……はず、だった。

「――リリーこそ思い上がってる」

バグンッと、黒点が黒い顎《あご》にかみ砕《くだ》かれた。

フォルの腕からは、巨大《きょだい》な竜の顎が出現していた。

――これが黒竜〈マルバス〉。

ウォルフォレを〈魔王〉にした力だ。

「私はリリーを守ると言った。だから、助けにきたの。それ以上進むと、ザガンに殺されるから。なにより、リリーがリリーを傷つけているから」


苛立ちが、頭痛を訴えるほどに激しくなった。

「フォルちゃん。そんなちんけな力で勝ち誇《ほこ》ってるあたりが、子供なんですよ?」

優《やさ》しい声でそう語りかけたときには、アスモデウスは黒竜の前に立っていた。

「――ッ」

目を見開くフォルの前で、ゆっくりと黒竜の頭を撫《な》でてやる。

それだけで、ぐしゃりと黒竜は潰《つぶ》れてなくなった。

だが、フォルの瞳《ひとみ》に動揺《どうよう》の色はなかった。

「――賢竜〈オロバス〉――」

「ッ……?」

その瞬間、アスモデウスは後ろに飛び退《の》いていた。

直後、アスモデウスが立っていた場所から巨大な翠《みどり》の顎が突《つ》き出す。ふわりと床《ゆか》の上に着地するころには、砕けた黒竜も復元されてフォルの隣《となり》に並んでいた。

「へえ？　その竜、二体いたんですか」

黒と翠の竜を前に、アスモデウスはこの幼女を自分と対等な敵なのだと認識した。

フォルは二頭の竜を従え口を開く。

「私は《亡霊《ぼうれい》》ウォルフォレ。死せる魂《たましい》と共に歩む竜」

「なるほど。《蒐集士》アスモデウス。〈魔王〉の宝物庫へ押し通る」

魔王殿宝物庫前にて、また別の〈魔王〉ふたりは衝突するのだった。

◇

「推《お》して参る！」

先に踏み込んだのは、グラシャラボラスだった。

剣を握ってはいるものの、鞘から抜《ぬ》いてはいない。納刀したままでの踏み込みである。

意図は摑《つか》めぬものの、ザガンも拳を振《ふ》り上げて迎《むか》え撃つ。

「――――ッ」

その瞬間《しゅんかん》、自分が斬られる姿を予感して、ザガンはとっさに身を伏せた。

シャンッと鋭《するど》い音を残して、ザガンの黒髪《くろかみ》が宙を舞《ま》っていた。

さらに後方で、家々が上下でズレて倒壊《とうかい》していく。バルバロスが使う、空間の断層でもぶつけたかのような破壊《はかい》である。

この破壊力《はかいりょく》は〈呪刀〉とやらの力だろう。だが問題はそこではない。

――抜いた瞬間が、見えなかった。

〈魔王〉の中でもさらに肉体強化に特化したザガンが、見えなかったのだ。

単純な速さとは違《ちが》う、なにか仕《し》掛けがある。

「ほう。躱《かわ》しになるか」

冷《ひ》や汗《あせ》が噴《ふ》き出すのをなんとか堪《こら》えて、不遜《ふそん》に笑い返す。

「奇妙《きみょう》な剣技だな。聖騎士《せいきし》の太刀《たち》筋《すじ》とも違う。……リュカオーンの流派か？」

「ご明察でございますな。若いころ、あちらで少々修行《しゅぎょう》いたしました」

抜《ぬ》き身《み》となった剣をグラシャラボラスは両手で握る。

そのまま上段から振りかぶるが、そのひと太刀《たち》はザガンの想像を遙《はる》かに超《こ》えて鋭かった。

「くッ……」

わずかに半歩足を引いて上体を反らすが、空振《からぶ》りしたはずの〈呪刀〉はその速度のまま跳《は》ね返るように足下から迫ってきた。

ザガンはその一撃を躱さず、逆に左足を踏み込んで拳をたたき込んだ。

胸元をざっくりと裂《さ》かれ、鮮血《せんけつ》が宙を舞う。

「ごっは？」

同時に、グラシャラボラスもまた脇腹《わきばら》を拳に抉られ吹《ふ》き飛ぶ。

――当てるだけで精一杯《せいいっぱい》だった。剣だけならアンドレアルフスより上か？

だが、それならば《剣神》の名はアンドレアルフスではなく、グラシャラボラスのものでなければおかしい。なにか仕掛けがあるのだ。

壁《かべ》に叩き付けられたグラシャラボラスは、驚嘆《きょうたん》さえ顔に浮かべていた。

「恐《おそ》ろしいものですな。〈逆燕《げきえん》〉を凌《しの》いだ上に一撃を返されるとは。現役《げんえき》時代も含《ふく》めて初めての経験でございます」

「現役……？」

老紳士は帽子の位置を正して優雅に腰《こし》を折る。

「魔術師となる前は、聖騎士業を嗜《たしな》んでおりました。あいにくと聖剣《せいけん》には選ばれませんでしたが、代わりに〝剣聖ラボラス〟などと呼ばれておりましたな」

「なるほど、剣聖とはな」

聖騎士の歴史には明るくないが、聖騎士長以上の腕を持つ聖騎士に与《あた》えられる称号《しょうごう》だったはずだ。ザガンの知る限りでは、ここ数百年その名を冠《かん》する聖騎士は生まれていない。そんな伝説的な聖騎士が〈魔王〉に落ちぶれているのだから、世の中は平和にならないのだろうが。

――いや、それもマルコシアスの思惑《おもわく》か？

魔術師と聖騎士は、マルコシアスによって意図的に対立させられているのだ。その聖騎士が魔術師に転向したということは、なにかしらマルコシアスが働きかけたと考えるのが自然だろう。

となると、この男はマルコシアスの隠《かく》し球《だま》とも呼ぶべき存在なのだろう。ザガンを圧倒《あっとう》しているように見えて、しかしグラシャラボラスはそれ以上踏み込んではこなかった。

「貴殿こそ、その回避《かいひ》能力はいかがなものなのですかな？　まるでわたくしめが剣を振う前からわかっているような……そう、予知でもしているかのようでございますが」

――さすがに気付くか。

ザガンは手の平で片目を覆ってみせる。

「魔力《まりょく》の流れが見えるということは、動きも読めると思ったんだがな。なかなか銀眼のようにはいかんものだ」

シアカーンとの決戦で、二代目銀眼の王はその瞳を持ってザガンの動きをことごとく読んで完封《かんぷう》してみせたのだ。

同じ銀眼を持つザガンなら同じことができると考えたのだが、一朝一夕《いっちょういっせき》ではいかないものだった。

――動きはなんとか〝視《み》えた〟が、代わりに〝魔術喰《まじゅつく》らい〟が使えん。

同時に扱《あつか》えなければ、実用に足るとは評価できない。

それでも、不完全ながら魔力から動きを読んでいなければ、最初のひと太刀でザガンの首は胴《どう》から離れていただろう。

――いや、読んだ動きよりも遥かに速かった。

そこまで考えて、ふと逆の可能性を思いつく。

ザガンが読んだそれよりもグラシャラボラスが速かったため不完全だと考えたのだが、もしも読み自体は正しかったとしたらどうだろう。

「……試《ため》してみるか」

ザガンは深く腰を落とし、拳を構える。

「ふっ――」

そして、鋭く息を吐いて踏み込んだ。

「むうぅっ」

ザガンの渾身の一撃を、グラシャラボラスはスルリと躱していた。

「なかなか凄《すさ》まじい拳打でございますが、拳では剣には敵《かな》わぬものですぞ？」

剣と拳では、間合いというものが違い過ぎるのだ。拳が当たるところまで踏み込むには、剣の三倍の力量が必要だとまで言われている。

それを踏まえた上で、ザガンは確信した。

「なるほど、読めたぞ貴様の魔術。貴様は、俺の時間を止めるのだな？」

アンドレアルフスの〈虚空《こくう》〉は、己の速度を時間が止まって見えるほどに加速する魔術だ。

グラシャラボラスのそれは、アンドレアルフスとは逆の魔術なのだ。自分以外の体感時間を遅らせることで、時間が止まっているように錯覚《さっかく》させている。

老紳士《ろうしんし》は感動さえ込めて胸を押《お》さえる。

「たった三度の打ち合いで見抜かれたのも、初めてでございますな。――〈夜帷《やとばり》〉――と名付けております」

　これが、アスモデウスが斬《き》られた理由だろう。

　それで問答は終わりだと言うように、グラシャラボラスは〈呪刀〉を構える。

「それでは貴殿の〝読み〟とわたくしめの〈夜帷〉、どちらが上か勝負と参りましょうか」

　だが、ザガンは首を横に振る。

「その必要は感じないな。その魔術では……いや、違うな。そもそも魔術で俺は殺せん」

　――とはいえ、感覚をずらされては〝魔術喰らい〟も使えんが。

　大口を叩くザガンに、しかしグラシャラボラスは笑わなかった。

「でしょうな。貴殿の通り名を考えれば、当然の答えでございます」

〈魔王〉の継承《けいしょう》の場には、もちろんグラシャラボラスもいたのだ。ザガンの〝魔術喰らい〟とて知られている。当然、その弱点もだろう。

「それでも、貴殿はここで斬る。貴殿のような男は、生きていてはならぬのです」

〈魔王〉が命を懸《か》けて戦おうとしているのだ。

　相手がいかな狂人《きょうじん》だろうとも、その覚悟《かくご》を一笑《いっしょう》することなどできようはずもない。

「来い。受けて立つ」

　ザガンは再び拳を握るのだった。

◇

「――〈魔王〉の戦い方というものを、教《レクチャーし》えてあげますよ」

そう言ってアスモデウスが放ったのは、先ほどと同じ黒点の魔術だった。

――確かに強力。でも〈マルバス〉と〈オロバス〉なら止められる。

黒き呪《のろ》いの竜《りゅう》〈マルバス〉と、〈天鱗《てんりん》〉を器として紡《つむ》いだ翠の竜〈オロバス〉。

そう、この〈オロバス〉はザガンの〈竜式〉を応用して作ったものなのだ。それゆえ、いかなる魔術も魔力を枯渇《こかつ》させてかみ砕く。

そうして黒点をかみ砕こうとした瞬間、黒点は虚無《きよむ》となって弾《はじ》けた。

「〈魔王〉とは魔術師の王。つまり、魔術を極《きわ》めているのが最低条件です。その魔術を極めるっていうのは、こういうことですよ」


広がる虚無は、顎が閉じるよりも速く二頭の竜をも飲《の》み込んでいた。

一度は破ったはずの黒点に、〈オロバス〉と〈マルバス〉は為《な》す術《すべ》もなく破られる。

「同じ魔術でも単純な効率化や精度の向上ではなく、いかなる場合にも即座《そくざ》に型を組み替《か》え、必要なら新たな型を生み出す。フォルちゃんの竜は確かに速くて強いですけど、触れられる前に潰しちゃえばどうってことないんですよね」

それはつまり、フォルに通じるようにこの場で魔術の構造を造り直したということだ。

「……ッ」

フォルは息を呑《の》んだ。

確かにフォルの力は〈魔王〉に届くほど強くなった。

だが、知識の蓄積《ちくせき》に於《お》いては何百年と生きてきた現役〈魔王〉には遠く及ばないのだ。

ザガンはそれを誰よりも理解しているから、それでも十三人の〈魔王〉全てを滅《ほろ》ぼすと決めたから、常に相手を自分の土俵に引きずり込み、勝利してきた。間違《まちが》っても、相手の土俵に乗ってはいけないのだ。

フォルもそれはわかっていたはずなのに、いつの間にかアスモデウスの土俵に引きずり込まれていたのかもしれない。

アスモデウスは握った手を掲《かか》げ、順番に指を立てていく。

その指先には、全てあの黒点が浮かんでいた。

「ちゃんと止めてくださいよ？　でないとこの街が大きな穴になっちゃいますから」

そう言って、五つの黒点をふわりと宙に放《ほう》る。

「――〈奈落《ならく》〉――」

その呼びかけはおぞましく響《ひび》いた。

「――〈マルバス〉、〈オロバス〉！」

五つの黒点が交われば、全てが終わってしまうと直感した。

その直感は正しかった。フォルは知る由もないが、これは不完全でもパラリンニアを沈《しず》めた魔術だった。

フォルが放った竜たちは、爪《つめ》や牙《きば》を部分的に出現させて黒点を引き裂く。……引き裂いた、はずなのだ。

引き裂かれたのは、二頭の竜たちの方だった。

――〈天鱗〉が砕かれた？

そんなことが起こりうる理由はただひとつ。〈天鱗〉が魔力を吸収してなお、相手の方が強大だった場合だけだ。

そして、この魔術はまだ発動すらしていないのだ。

五つの黒点は一点に交わり、連星のように回転してひとつの球体へと変化していく。

ヴンッと、世界が震えた。

弾けたのは、闇《やみ》のように見えた。

ただし、質量を持った闇だ。

蛍《ほたる》のように小さな塊《かたまり》だったはずのそれは、まばたきをする間に通路を埋《う》め尽くすほどに肥大化し、その表面に触れた床と天井《てんじょう》が塵《ちり》すら残さず消滅《しょうめつ》し始める。

――これは、ダメ！

竜であり〈魔王〉であるフォルの中に、恐怖《きょうふ》がこみ上げた。

即座に両手を重ねて突き出し、そこに黒竜と翠竜《すいりゅう》の顎を重ね、同時にフォル自身も大きく息を吸って口を開く。

『――アアアアアアアッ』

三つの顎から三つの吐息《といき》が放たれる。

翠と黒と青の三つの吐息が入り交じり、共鳴し合って光すらも融解《ゆうかい》させていく。強大なガンマ線の渦《うず》となったそれは〈奈落〉の黒体に亀裂《きれつ》を穿《うが》ち、ついには打ち砕く。

「くううっ」

破壊の衝撃《しょうげき》はすさまじく、仕掛けたフォルの方が通路の奥《おく》まで吹き飛ばされる。鞠《まり》のように床を何度も転がり、壁にぶつかってようやく止まった。

「あはっ、すごいすごいドラゴンブレスだ！　いまの〈奈落〉は禁呪だったんですよ？

魔術関係ないですけど、力だけならちゃんと〈魔王〉に届いてるじゃないですか」

たったひとつの魔術を防ぐだけで満身創痍《まんしんそうい》のフォルに対し、アスモデウスはかすり傷ひとつ負っていなかった。それどころか、最初の一撃を躱してから一歩も動いていない。

これはつまり、フォルに破壊された魔術の崩壊《ほうかい》すら完全に制御《せいぎょ》していたことを意味する。

ひとしきり手を叩いて笑うと、アスモデウスは打って変わって静かな声で語った。

「でも、人の身で扱えるのは〈奈落〉くらいが限界なんですよ」

そう言って、自分の頭をトントンと指で叩いてみせる。

「魔力の大きさの問題じゃない。いくら魔力が強くたって、これ以上の魔術は人間の演算能力では処理しきれない。どれだけ身体を強化しても、どれだけ高度な理論を完成させても、自分ひとりじゃこれ以上先には進めないんです。虚しいですよね」

アスモデウスは右手を掲げる。

「もうわかりましたよね？　〈魔王《まおう》〉ってのは、個としての器を超えちゃった者なんです。それを補うための装置が〈魔王の刻印〉なんですよ」

ギュッと握《にぎ》った右手の甲に、〈魔王の刻印〉が輝《かがや》く。

それに呼応するかのように、アスモデウスの周囲にいくつもの黒点が、それこそフォルの〈雪月花〉のような数で出現した。

〈魔王〉になれば人を超えられるのではない。

人を超えてしまった者に〈魔王の刻印〉が与えられるのだ。

それが〈魔王〉になった者と、なれなかった者の違いなのだろう。

アスモデウスは星の印の浮かんだ瞳を、真《ま》っ直《す》ぐフォルに向ける。


「フォルちゃん。あなたはこの境界を、越《こ》えられますか？」


それはここで引き返すことを祈《いの》るように。

あるいは越えることを願うように。

悲痛な響きさえ込めて、アスモデウスは問いかける。

フォルは自分の胸に手を当て、うつむく。

「ザガンと会う前は、〈魔王の刻印〉さえ手に入れれば強くなれると思ってた。ううん。ザガンと会ってからも、大きくなれば強くなれるって、私が子供だから強くなれないんだって思ってた」

そのせいで、ザガンに呪いをかけてしまった。

でも、ザガンは小さくなっても強かった。

強さとは、力の有無《うむ》ではないのだと、そのときになってようやく理解した。

「私は強くなりたかった。最初は復讐《ふくしゅう》のため。そのあとは認めてほしくて。でも、いまは違うよ、リリー」

フォルは右手を掲げる。

——ザガンやネフィの力になりたい。それはいまも変わらない。

でも、それだけではなくなったのだ。

ラーファエルやリリスたち城のみんな。ザガンの配下の魔術師たち。デクスィアとアリステラ。今度は〈ネフェリム〉たちも加わった。


「私は、大好きなみんなを守りたい」


そして、フォルは〈魔王の刻印〉の力を解き放った。

『ル、ウゥ、ウウウウウゥゥウウゥッウウッ』

ミシミシと体が軋《きし》む。

心臓が破裂《はれつ》しそうなほど激しく弾《はず》む。

地面に手を突き、激しく息を喘《あえ》がせて、そんな痛みに耐える。

やがて〈刻印〉の輝きが収まると、フォルはゆっくりと立ち上がった。

その姿を見て、アスモデウスも目を見開く。

「成長……した？」

立ち上がったフォルの視線は、アスモデウスと同じくらいに高くなっていた。ぶかぶかだった服は、いつしかぴったりになっている。

三つ編みに結《ゆ》っていた髪《かみ》は解けて、地につくほどに長くなっていた。

「こうすることでリリーを止められるのなら、私は喜んで〈魔王の刻印〉を使う」

かつて〈魔王〉ザガンの力を借りても失敗した、年齢《ねんれい》操作魔術。

それがフォルの答えだった。

◇

「――なるほど、刀身の見えない剣《けん》というのは厄介《やっかい》なものだな」

強がるように笑うザガンの足下《あしもと》には、すでに真っ赤な水たまりができていた。

身のこなしと魔力の流れから太刀筋は予測できるが、間合いがまったく読めない。なにより、あの尋常《じんじょう》ではない切れ味だ。

拳《こぶし》の当たる距離《きょり》まで近づくまでに、ザガンは幾度《いくど》となく切り刻まれていた。

「ザガンさま……」

ネフィが震《ふる》える声をもらすが、ザガンは乱れた髪《かみ》の毛《け》をかき上げて微笑《ほほえ》み返した。

「心配をかけたなネフィ。終わったぞ」

ずるずると、壁にもたれかかった老紳士が頽《くずお》れる。その背の壁は、べったりと赤い汚《よご》れで染まっていた。

いったい何度拳をたたき込んだだろう。バルバロス相手にも、ここまで殴《なぐ》ったことはない。下手をすればキメリエス並みに耐えたかもしれない。

――それだけ殴っても〈呪刀〉とやらは折れなかった。

恐るべき魔剣《まけん》である。

そうして踵《きびす》を返そうとして、ザガンはその足を止める。

「……やめておけ。俺《おれ》はこれからデートの続きだ。血なまぐさくては台無しだから生かしてあるだけだ。デートの邪魔《じゃま》をするなら、次は〈刻印〉ごと腕《うで》を引きちぎる」

〈呪刀〉を杖《つえ》にして、グラシャラボラスはまだ立ち上がろうとしていた。

当然、ザガンは殺すつもりで殴っている。それでなお生きているのは、純粋《じゅんすい》にこの男が強いからだ。ザガンの拳を以《もっ》てしても、殺しきれなかったということだ。

であれば、この場は手打ちにしてもいい。どんな悪党にだって、一度くらいはやり直すチャンスがあってもいいのだから。

《殺人卿《きょう》》はそれでも〈呪刀〉を振りかぶる。

「貴殿《きでん》は、これからも、そうやって、人を殺すの、だろう。わたくしめには、それが、許せない」

殺人鬼《さつじんき》の美学なのかなんなのかはわからないが、この男にとってザガンは不倶戴天《ふぐたいてん》の敵らしい。

「……わかった。ケリをつけよう。ネフィ、いま少し待っていてくれ」

「ザガンさまのお心のままに」

優雅《ゆうが》に腰を折るネフィに見送られ、再びグラシャラボラスと対峙《たいじ》しようとした、そのときだった。

ジャラリと、鈍色《にびいろ》の鎖《くさり》がふたりの間を一閃《いっせん》した。

「そこまでよ、グラシャラボラス。あの方は、まだお前を必要としている」

声の方へ目を向けると、宙にひとりの女が浮かんでいた。

右手には〈魔王の刻印〉が浮かんでいて〈魔王〉のひとりであることがわかる。

「……やれやれ。人の領地に〈魔王〉が何人入ってくるつもりだ？」

ため息をもらすと、女はザガンに顔を向ける。

しかし、その瞳の部分は分厚い呪符《じゅふ》に覆《おお》われ隠されていた。

「こんにちは〈魔王〉ザガン。私は《星読卿》エリゴル。この男を痛めつけてくれたことには胸が空く思いだけれど、見逃《みのが》してもらえないかしら？　私たちはあなたとことを構えるつもりはないわ。……いまは、ね」

ザガンはグラシャラボラスを顎でしゃくって返す。

「向こうはそう思っておらんようだが？」

「なら私が――ッ？」

シャコンッと、老紳士が剣を一閃する。なにもない宙を薙《な》ぎ払《はら》ったのだが、その上にいた女――エリゴルの体がガクンと揺《ゆ》れた。

そして、そのまま地面に落下する。どうやら浮遊魔術《ふゆうまじゅつ》を斬ったようだ。

「お前……ッ」

「お嬢《レディ》さん。紳士《しんし》が命を懸けた場にしゃしゃり出るものではありませんぞ？」

味方を敵に回してでも、この男はザガンと戦いたいらしい。

「わからんな。貴様がそうまでして戦う理由はなんだ？」

「貴殿が、一万の命を無造作に消したからでございます。命は、軽《かろ》んじられてはならない」

「誰が軽く見た。踏《ふ》みにじった命も背負えぬ王に配下がついてくるものか」

「……はて？」

突きの型に〈呪刀〉を構えたまま、老紳士は首を傾《かし》げた。

それから、ザガンは先ほど自分が答えた言葉を思い出した。

――俺に逆らう有象無象《うぞうむぞう》を始末しただけだ。なぜ俺がいちいち感じ入る必要がある――

なるほど、言葉足らずだったかもしれない。

ザガンは改めて言い直す。

「一万の〈ネフェリム〉は、敵だから殺した。〈魔王〉の俺が全力を尽くして倒すべき敵だったから殺したのだ」

そう答えると、老紳士はぽかんと口を開いた。それから、おかしそうに顔を歪《ゆが》める。

「ぱう。貴殿も人が悪い。初めからそうおっしゃってくだされば、こんな無駄《むだ》な剣など振るわずに済んだものを」

なにやら気が済んだらしい。ボロボロの紳士帽《しんしぼう》を拾《ひろ》い上げると、優雅にかぶり直した。

そうして背を向けると、一度だけ肩越《かたご》しにふり返る。

「そうそう。急いで戻《もど》られた方がよろしいぞ。彼女《かのじょ》は執念深《しゅうねんぶか》い魔術師《まじゅつし》ですゆえに、いまごろ宝物庫でも漁《あさ》っているころでございましょう」

その言葉に、ザガンは首を横に振った。

「必要ない。うちの娘《むすめ》はやるといったことはやり遂《と》げる子だ。慌《あわ》てて戻るのは、娘への信頼《しんらい》を違えることに外ならん」

老紳士は肩《かた》を竦《すく》めると、最後に帽子《ぼうし》を脱《ぬ》いで腰を折った。

「いずれ、また」

その言葉とともに、老紳士の姿はボロボロと黒い灰のように崩《くず》れて消えていた。

気が付けば、エリゴリの方も姿を消している。

——面倒《めんどう》な連中に関《かか》わったな。

渋面《じゅうめん》を作りながらも、ザガンはネフィに向き直った。

「では、デートを続けるか」

あまりと言えばあまりの言葉に、ネフィはわかっていたように微笑んで頷《うなず》いた。

「はい。喜んで」

◇

地上での戦いが決着を見るころ、魔《ま》王殿《おうでん》宝物庫の前では大きくなったフォルとアスモデウスが向き合っていた。

アスモデウスが語った〈刻印〉の使い方とは、器を超えた力に対して新たな器を継《つ》ぎ足《た》すというものだ。

だが、フォルはその力で器そのものを拡張したのだ。

——でも、〈魔王の刻印〉を使っても、十五歳《さい》くらい。

ちょうどアスモデウスと同じくらいの年齢だろう。人間の年齢に換算《かんさん》すると、たった五歳の成長である。それでも、竜がこれだけの年齢を経るには百年近い年月が必要になる。

——この姿でいられるのは、せいぜい五分。

その五分で、アスモデウスを倒せなければフォルの負けである。

「だから、これも使う——〈メルクリウス〉」

フォルの呼びかけに紡がれたのは、魔術ではなかった。

ともすれば、槍《やり》のようにも見える、一本の杖である。いまのフォルの背丈《せたけ》よりもさらに長く、穂先《ほさき》は二股《ふたまた》に分かれて先端《せんたん》は平らになっている。〝叩《たた》く〟という動作以外には不向きな形状だと言えるだろう。

フォルが〝虐げられし者の都〟に赴《おもむ》く直前、ザガンが手渡《てわた》してくれたものだった。

アスモデウスの表情が、にわかに青ざめる。

「……へえ、なんですか、それ？」

「ザガンは杖だと言っていた。〈メルクリウス〉。私の武器」

手の中でくるりと回してみると、コォンと小気味良い音が響いた。

——リリーは、これがなにか知っている？

いまはもう平然とした笑《え》みを浮《う》かべているが、これを見たアスモデウスは一瞬《いっしゅん》だけ顔を強張《こわば》らせていた。

——なら、きっと通じる。

だから、フォルは杖を構えて呼びかけた。

「行くよ、リリー」

アスモデウスはそんなフォルに苛立《いらだ》つように、それでいて褒《ほ》めるように答える。

「本当に、困った子ですね」

フォルは地を蹴《け》って叫《さけ》ぶ。

「お願い――〈マルバス〉」

瞬時《しゅんじ》に通路を埋め尽くすような巨体《きょたい》の黒竜が紡がれ、アスモデウスに向かって突進《とっしん》する。

十五歳のフォルが紡いだ黒竜は、根本的にそれまでのものとは魔力の密度も強度も別次元に完成されていた。もはや元魔王候補たちですら、これを倒すには数人がかりで策と力の限りを尽くす必要があるだろう。

「目くらましのつもりですか？」

そんな黒竜に、ひらひらと黒点が舞い降《お》りる。

『グギャアアアアアアッ』

黒竜が絶叫《ぜっきょう》を上げた。

黒点に触《ふ》れた部分が、スプーンですくい取ったように消滅したのだ。ひとつひとつの破壊はせいぜい人の頭くらいの大きさだが――それだけでも信じがたい破壊力だが――それが十も二十も降り注げば話は別だ。

黒竜は瞬《また》く間《ま》に上半身を丸ごと削《けず》り取られて地に伏《ふ》した。

――この〈マルバス〉でも近づくことすらできない。

だが、黒竜が盾《たて》になっている間に、フォルはもうアスモデウスを間合いに捉《とら》えていた。

「〈雪月花〉」

黒点ごとアスモデウスを囲むように、光の花弁が舞っていた。

――まずは、あの〈漆極《しっこく》〉を薙ぎ払う。

〈メルクリウス〉を突き出し、小さく唇《くちびる》を震わせる。

「――〈神音《かのん》〉――」

音の衝撃が、アスモデウスを飲み込《こ》んだ。

「かはっ――ッ」

血を吐《は》き、初めてアスモデウスが吹き飛ばされる。

彼女を取り巻く黒点までもが、ぐにゃりと歪んで消えていた。

「通った――」

「――ほら、そこで油断しない」

アスモデウスに一撃《いちげき》を与えたと思った瞬間、フォルの鼻先に小さな黒い点が揺れた。

「――ッッ！」

仰向《あおむ》けに倒れ込むように身を逸《そ》らし、なんとか黒点の範囲《はんい》から逃《のが》れる。

そのまま硬《かた》い床の感触《かんしょく》が背中を打つ……と思いきや、フォルの背中は優《やさ》しく誰《だれ》かに受け止められていた。

青ざめるフォルの顔を、アスモデウスが笑顔《えがお》で覗《のぞ》き込んでくる。たったいま、吹き飛ばしたはずの彼女がだ。

「あは、フォルちゃん大きくなるとなかなかの美人さんですね。綺麗《きれい》な宝石とかで飾《かざ》り立てると、もっと魅力的《みりょくてき》ですよ？　奪《うば》い甲斐《がい》があります」

「ごっは」

そのまま背中を蹴り上げられ、天井に叩き付けられる。

――〈漆極〉の重力に、乗った？

だから、一瞬で移動できるのだ。

もう一度地面に落下し、手から離《はな》れた杖をアスモデウスはスルリと手の中に収めた。

「ふぅん。これが〈メルクリウス〉ですか。音叉《おんさ》みたいだと思いましたけど、まんま音叉なんですね」

くるくると回しながら、アスモデウスは杖を観察する。

「いまの魔術《まじゅつ》〈神音《かのん》〉って言いましたっけ？　あれに私の〈漆極〉を壊《こわ》す威力《いりょく》はないと思

ったんですけど、この音叉で共振増幅《きょうしんぞうふく》したんですね。まさにフォルちゃんのための武器です」

そう言って、アスモデウスはにっこりと笑う。

「気に入ったんで、私もらっちゃっていいですか？　まあ、ダメって言われてももらっちゃうんですけど。私、ドロボウさんなので――あぐっ？」

そんなアスモデウスの横《よこ》っ面《つら》を、鱗に覆われた尾《お》が襲《おそ》った。

「それはザガンからもらったものだから、返して」

フォルの腰の後ろからは、一本の尾が生えていた。

突然《とつぜん》の尾撃《びげき》に、アスモデウスは身構えることもできず壁に叩きつけられる。そのまま姿勢を立て直す前に、〈メルクリウス〉をひったくり返す。

「痛ったいですね。女の子の顔ぶつなんて最低ですよ？」

「人の頭を吹き飛ばそうとした人の言うことじゃない」

「あは、フォルちゃんなら避《よ》けられるって信じてましたから」

この少女の真意はどこにあるのだろう。

本気でフォルを殺すつもりなら、最初の一手でそうできたはずだ。あざ笑いもてあそぶような言動を取りながら、その実フォルを導く師のような機微《きび》が見える。

そもそも、《蒐集士《しゅうしゅうし》》の目的とはなんなのだろう。なにかを盗《ぬす》みに来たのなら、記憶《きおく》が戻った時点でもっと上手《うま》くやれたのではないか。

――もしかして、リリーもなにかを迷ってる？

だから、言動がちぐはぐに見えるのではないだろうか。

フォルはアスモデウスに手を差し出し、問いかける。

「教えて。リリーの目的はなに？　宝物庫になにがあるの？」

「……それ答えたら、プレゼントしてくれるんですか？」

「してもいい」

即答《そくとう》すると、アスモデウスは今度こそ絶句した。

「私とあなたは似ている。だから、リリーに必要なものならなんとかしたい」

その言葉に、しかしアスモデウスはなぜか怒《いか》りを堪《こら》えるように歯を食いしばった。

「……へえ。嬉《うれ》しいですね。じゃあ、私のほしいもの、教えてあげます」

アスモデウスは、ゾッとするような笑顔で答える。

「――煌輝石《エリアル・ブラッド》――私は世界中のあの石を全部集めるために〈魔王〉になったんです」

その名前自体は、フォルも聞いたことはあった。

――ザガンが言ってた。呪われた宝石だって。

だから手元にはあっても、ザガンはなにかに使おうとはしなかった。

それなら、譲《ゆず》ってもいい。そう思ったのだが……。

「でもね。ただ手に入れるだけじゃダメなんですよ。一度でもあれを手にした者には不幸になってもらわないとダメなんです。だから私、持ち主の人には殺してくれって懇願《こんがん》されるまで酷《ひど》いことをすることにしてるんですよ」

「どう、して……？」

問い返す声は、無様にも震えていた。

アスモデウスは不思議そうに首を傾げる。

「あれ？　ここまで話したら気付いてくれると思ったんですけど……」

そう言って、アスモデウスはシャツのボタンを外して、胸元《むなもと》を開いてみせる。

「みんなが煌輝石って呼んでるものは、これなんですよ」

アスモデウスの胸には、ひび割れた深紅《しんく》の宝石が埋まっている。宝石族《カーバンクル》の核石《かくいし》だ。

――じゃあ、いまある煌輝石は、全部宝石族《カーバンクル》から奪ったもの？

それを取り戻すのが目的というのはわかるが、所持しただけで拷問《ごうもん》までする理由とは。

「あは、そんな単純な話ならよかったですよね。気が済むまで暴れたら終わりますもの」

アスモデウスはほの暗く歪んだ星の瞳《ひとみ》を向ける。

「私とあなたは似ている。フォルちゃんはそう言いましたけど、私とあなたは違《ちが》う」

ギリッと歯を食いしばり、アスモデウスは叫んだ。

「私たち宝石族《カーバンクル》は、死んだあとの尊厳すら踏みにじられ続けてるんですよ！」

竜も宝石族《カーバンクル》も、ここにいるふたりが最後のひとりだろう。厳密にはシュラという同胞《どうほう》もいるが、彼《かれ》は〈ネフェリム〉という本来存在しないはずの人間なのだから。

「核石をえぐり取られた死体なんて見たことないですよね？　私はたくさん見てきましたよ。みんな苦悶《くもん》の顔で固まってるんですよ。多くの場合、宝石族《カーバンクル》は生きたまま核石をえぐり取られるんです。その方が魔力《まりょく》が高いとか言われてるせいで。迷信《めいしん》なんですけどね」

胸元に下がるペンダントをギュッと握り、アスモデウスは続ける。

「私のお姉ちゃんは、私と同じ瞳を持った希少種だから、両目まで刳《く》り抜《ぬ》かれてました。煌輝石には、そんなふうにみんな苦しんでいった最期《さいご》の記憶が残ってるんですよ。みんな助けてって、死にたくないって叫びながら、苦しみながら死んでいったんです」

だが、アスモデウスは自らの凶行《きょうこう》を復讐ではないと言った。

「だから煌輝石を欲《ほ》しがる連中には同じ苦しみを与《あた》えなきゃいけないんです。触れれば同じような最低な死に方をするって教えてやらなきゃいけないんですよ」

「どうして。そんなことしなくたって、リリーには核石だけ取り返す力がある」

「……フォルちゃん。私をがっかりさせないでください」

その声はどこまでも冷たかった。

「宝石って綺麗でしょう？　どれだけ高くて希少でも、人間って生き物は宝石を欲しがるものなんですよ。それこそ人を殺したって。あ、ちゃんと話せばわかるとか言わないでくださいよ？　話しても聞いてもらえなかったから、私たち滅んだんですからね」

ようやく、フォルにもアスモデウスの言っていることがわかった気がした。

「だから、誰も欲しがらなくなるように、呪われた宝石にした？　ひとりでも欲しがる人がいる限り、終わらないから」

「わかってくれたのなら、お話はここまでです」

フォルは首を横に振《ふ》った。

「わからないよリリー。それで、リリーは幸せになるの？」

「幸せ……？　あは、ちょっと知らない言葉ですね」

フォルにはもう、アスモデウスを止められる言葉がなかった。

――リリーはもう、止まれないの？

《蒐集士》として、いったい何百年こんなことを続けてきたのだろう。リリーとしての出会いはアスモデウスを揺さぶったかもしれないが、そんなことで止まれる年月ではないだろう。

――違う。リリーだって、普通《ふつう》の女の子だった。

でも、強くならなければ仕方がなかったから、こうなってしまった。

――そうか。リリーは、ザガンとも似てるんだ。

ザガンはネフィと出会えた。フォルはそんなザガンとネフィに出会えた。

だけど、アスモデウスはひとりだった。だって、宝石族《カーバンクル》は滅んでしまったのだから。

フォルは毅然《きぜん》として顔を上げる。

「やっぱり、私はリリーを信じる」

「……はあ？」

「人という存在は、根源的な本質は変わらない。たとえ記憶を失ったとしても、魂《たましい》という存在そのものに刻まれた記録《レコード》までは消えないから」

　だから、フォルはまた右手を差し伸《の》べる。

「私が出会ったリリーだって、いまのあなただって、リリーだもの。私は、あなたと友達になりたい」

　だから、フォルは戦う。

　言葉で届かないのなら、力で届けてみせる。

　アスモデウスは、どこかそんなフォルを褒めるように笑った気がした。

「そう。だったら、止めてみせてくださいよ！　私を！」

　周囲に無数の黒点が出現し、それがアスモデウスの頭上へと収束する。


「――魔道特異点〈奈落・禍月《まがつき》〉――」


　地下の城に、黒い月が浮かんでいた。

「全《すべ》てを虚無に還《かえ》す、私の最後の力です」

　その言葉がなんの誇張《こちょう》もない事実であることは、フォルにはよくわかった。

　――この力は、〈崩星《ほうせい》〉に比肩《ひけん》する。

　最強の吸血鬼《きゅうけつき》アルシエラが生み出した神殺しの力に、である。

これを止めるには、〈崩星〉をぶつけるしかない。

それゆえに、理解できてしまった。

どちらかの死でしか、この戦いに決着はないのだと。

逃《に》げれば助かるかもしれない。

だが、逃げたらもう二度とフォルの言葉はアスモデウスに届かない。

〈メルクリウス〉を握り、再び〈雪月花〉を紡《つむ》ごうとした、そのときだった。

「――やめよフォル！」

「ラーファエルっ？」

横合いから、ラーファエルが飛び出してきた。

そうなのだ。この男だけは、晩餐《ばんさん》の支度《したく》のため魔王殿に残っていたのだ。

フォルが突《つ》き出した〈メルクリウス〉を聖剣《せいけん》で絡《から》め取ると、そのまま地面に突き立てる。

「部外者が、横槍《よこやり》入れてんじゃないですよっ！」

「――天使【告解】〈メタトロン〉」

焔《ほのお》で紡がれた騎士《きし》が〈禍月〉へと突進するが、破壊《はかい》するには非力すぎた。踏みとどまることも敵《かな》わず〈禍月〉へと飲《の》み込まれていく。

だが、【告解】を捨て石に、ラーファエルはアスモデウスの正面に踏み込んでいた。

——でも、聖剣が！

フォルを止めるのに、ラーファエルは聖剣を手放してしまっている。

ただ、そうしてラーファエルが突き出した手には、別のものが握られていた。

「え——？」

そこに握られていたのは、深紅の宝石——煌輝石だった。

赤い光が、広がった。

◇

『ねえ、お姉ちゃん。魔術なんて覚えてどうするの？』

魔道書を読みふけっていると、妹がふくれっ面でそんなことを言ってくる。

可愛《かわい》い妹。この子がこのまま笑って暮らせる世界であってほしい。

でも、実際にはそうではないことを、自分は知っている。

——またひとつ、宝石族《カーバンクル》の村が滅《ほろ》ぼされた。

次はたぶん、この村だろう。大人たちは避難《ひなん》できる先を探しているが、きっと無駄だと思う。人間は執念深い。どこへ逃げても、いつかは追いつかれる。

――だったら、リリーだけでも守る力がほしい。

そうして魔術に手を染めたものの、それで妹を泣かせては意味がない。仕方なく、魔道書を畳《たた》んで妹の相手をする。

『ほら、綺麗でしょ』

少女の髪にも同じように百合《ゆり》の花を付けてくれる妹に、そっと頭を撫《な》でてやる。


『――襲撃《しゅうげき》だ！』

終わりは、とうとつにやってきた。

外で捕《つか》まった誰かが、村の場所をしゃべってしまったらしい。その誰かも、きっとしゃべったあとに殺されてしまったのだろうが。

あっという間に村は火に包まれ、逃げ道《にげみち》には人間が待ち構えていた。宝石族《カーバンクル》は焼け死んでも核石は残る。彼らは、ひとりとして逃がすつもりはないのだ。

宝石族《カーバンクル》の村には、こういうときのための隠し通路《かくしつうろ》がある。村でも一部の者しか知らないが、少女は両親が殺されたときに聞かされていたのだ。

そこまでたどり着けたのは少女と妹だけだった。村でも一番年若かった姉妹を、村のみんながここまで逃がしてくれたのだ。

――でも、誰かが足止めしないと逃げられない。

隠し通路の存在を知られたら、連中は一気に押《お》し寄せるだろう。

『お姉ちゃん、私たち、死んじゃうの？』

怯《おび》える妹を、少女はギュッと抱《だ》きしめた。

『リリー。お姉ちゃんの夢のこと、覚えてますか？』

『夢って、みんなの王国を作るっていう……？』

『はい。きっと、虐《しいた》げられし者の王国はあると思うんです。だからね、リリーはその王国を探しに行くんです』

そう言って、妹に読みかけの魔道書を握らせる。

『村のみんなはお姉ちゃんが助けるから、リリーは助けを呼びに行ってくるんです』

『いやだよ。お姉ちゃんもいっしょに来てよ』

『私は虐げられし者の王国を作るんですよ？　なら、村の人たちは我《わ》が最初の国民じゃないですか。これを守らずして、なにが王か』

震える腕は、なんとか隠せたと思う。

『だからリリー、生きなさい。最後のひとりになったって、生きていれば核石が奪われることはないんです。生き延びて、ざまあみろって笑ってやるんです。大の大人がよってたかって小さい女の子ひとり捕まえられないなんて、痛快じゃないですか』

そう言って、妹の背中を押す。

『大丈夫《だいじょうぶ》。お姉ちゃんは魔術師なんですから、悪いやつらに負けたりしないです』

隠し通路の扉《とびら》を閉めると、妹は走っていった。

そこで、建物の扉が乱暴に蹴破《けやぶ》られる。何人もの男たちが飛び込んできて、少女に迫《せま》る。覚えたての魔術でひとり、ふたりと吹《ふ》き飛ばしたが、所詮《しょせん》は半人前である。取り押さえられるまでそう時間はかからなかった。

——……死ぬの、怖《こわ》いな。

でも、自分が悲鳴を上げたら、きっと妹は戻ってきてしまう。なにをされたって、悲鳴なんて上げてやるものか。

『生きて、幸せになるんですよ、リリー』

それが、少女の最後の言葉だった。

『――それで、例のものは盗んでこられたのだろうな、アスモデウス？』

アスモデウスはマルコシアスの古城へと帰還《きかん》した。部屋の隅《すみ》を見遣《みや》れば、ずいぶん傷だらけになった《殺人卿》と、恐《おそ》ろしく機嫌《きげん》の悪そうな《星読卿》、糸目の男の姿がある。

丸メガネの青年の言葉に、アスモデウスは――

「話が違いますよマルコシアスさん、〈メ、ル、ク、リ、ウ、ス〉な、ん、て、あ、り、ま、せ、ん、で、し、た、よ？」

堂々としらばっくれていた。

『……どういうことだ？』

「知りませんよ。手放したのか、それとも移動したのか、とにかく宝、物、庫、の、中、に〈メルクリウス〉なんてものはありませんでした。ないものはさすがに盗んでこれませんよ」

丸メガネの青年は、鋭《するど》くアスモデウスを見据《みす》える。

『……わかっているとは思うが、俺は裏切り者には容赦《ようしゃ》をせん主義だ』

「あは、嘘《うそ》かどうか、そこに見分けられる人がいるじゃないですか？」

目を向けられたのは《星読卿》だった。

丸メガネの青年が視線で促《うなが》すと、《星読卿》は肩を竦めた。

「嘘は、ついていないわね」

「でしょ？」

そう、宝物庫の中になかったのは本当のことなのだ。フォルが持っていたかとは聞かれていないので、アスモデウスの言葉に嘘はない。

「――でも、なにかを隠しているわ」

予想できた答えに、アスモデウスはさも心外そうに目を丸くしてみせる。

「逆に訊《き》きますけど、隠《かく》し事《ごと》のない魔術師なんていないるんですか？」

「言葉遊びをするつもりはないのだけど？」

スッと目を細めて返すと、糸目の男がコホンと咳払《せきばら》いをする。

「まあ、なかったものは仕方ないでしょう。それなら計画の練り直しが必要です。毎度言ってますが、時間がないんですよ」

そこに、アスモデウスは問いかける。

「追跡《ついせき》手段とかないんですか？　あなたが作ったものなんでしょ、あれ？」

『ないから貴様を差し向けたのだ。代替品《だいたいひん》を新しく作る時間はない。探すしかあるまい』

「ふうん」

それならば、当面は安全だろう。

糸目の男が頭を抱《かか》える。

「……魔族も湧《わ》いて出てるのに、厄介《やっかい》な話ですね」

「まあ、魔族の始末くらいならやってあげますよ。金品も巻き上げられますからね」

それから、大げさに伸びをしてみせる。

「ま、心配しなくても私は裏切ったりできませんよ。しっかり弱みを握《にぎ》られてますから」

『よく言う』

軽く手を振りながら、アスモデウスは退席する。

――まったく。こんな危ない橋渡《わた》るのは、もうごめんですよ？

手の中の深紅の宝石を見つめて、アスモデウスは小さくため息をもらした。

◇

「お姉ちゃん……！」

赤い光が収まると、アスモデウスはへなへなとへたり込んでいた。

〈奈落《ならく》・禍月〉は消えていた。あの煌輝石《エリアル・ブラッド》を見た瞬間《しゅんかん》、解除されたのだ。万が一にも、吸《す》い込んでしまう危険があったからだろう。

――あの石は、リリーのお姉ちゃんのもの……？

赤い光の中での記憶は、フォルにも見ることができた。

虚脱《きょだつ》したように呆然《ぼうぜん》とするアスモデウスに、ラーファエルは煌輝石を握らせる。

「え、えっ、くれるん、ですか……？」

「元々貴様のものなのであろう？　それで気に入らんのなら、見せしめとやらは我が引き受けよう。その石の手入れをしていたのは、執事《しつじ》の我だからな」

「ラーファエル」

思わず声を上げると、ラーファエルはそれをいさめるように視線を返す。

「フォル。我の命は貴様とオロバスに与えられたものだ。本来ならとうに尽《つ》きている」

だが、アスモデウスがラーファエルを攻撃《こうげき》する様子はなかった。

「お姉ちゃん、遅《おそ》くなってごめんね。でも、わかんないよ。幸せって、なんなんですか」

大切そうに深紅の宝石を抱きしめ、ぽろぽろと目から涙《なみだ》をこぼす。

フォルはなんとか立ち上がってアスモデウスに近づく。〈魔《ま》王《おう》の刻印〉の力も尽きて、元通りの十歳に姿に戻ってしまっているが。

「リリー。まだ、見せしめはしないとダメ？」

「……あは、どうしましょう、かね。なんかいま、そういう気分じゃないんですよ」

先ほどまでの鬼《き》気《き》迫《せま》る表情もどこへやら、アスモデウスはすっかり憑《つ》きものが落ちたような顔をしていた。

フォルは、もう一度アスモデウスに手を差し出す。

「私とあなたは似ている。でも私とあなたは違う。だから、私はあなたのことが知りたい」

「フォルちゃん……」

「リリー。帰ってきて。私は、あなたと友達になりたい」

アスモデウスはフォルの手を取るように腕《うで》を伸ばし、そして……。

べしっと、フォルの額を指で弾《はじ》いた。

「……痛い」

「私、そんなチョロい女に見えます？　それで《蒐集士》辞《や》めるくらいなら、初めから核石なんて集めませんよ」

そう言って立ち上がると、アスモデウスはなにか思い出したようにつぶやく。

「ああ、でもこれ、盗んだものじゃなくてもらっちゃったものなんですよね。ってことは私、取り引きを持ちかけられちゃったことになりますか」

「……？　どういうこと？」

「私だって《蒐集士》である前に魔術師ですからね。取り引きには正当な対価を払《はら》いますよ。シアカーンのときも煌輝石三つと引き換《か》えに〈呪剣《じゅけん》〉一ダースと〈呪刀〉を差し出しましたし」

なにやら面倒くさいことを並べ立てるアスモデウスに、焦《じ》れてフォルは問いかける。

「友達になってくれるってこと？」

「そんなチョロくないって言ったじゃないですか」

「なら、なに？」

ばつが悪そうに銀色の髪《かみ》をいじると、アスモデウスはこう返した。

「……情報。欲しいんじゃないんですか？　私が誰に雇《やと》われたのか、とか」

これにはフォルとラーファエルも目を丸くした。

アスモデウスは、フォルの〈メルクリウス〉を指差す。

「私の雇い主《ぬし》はマルコシアスって名乗りました。そいつは、その〈メルクリウス〉を盗んでこいって言ったんです。使い道は知らないですけど、やばいものなんでしょ」

「リリー……」

「はい。これでチャラです。これ以上は話しませんし、お姉ちゃんの核石だって返しませんから！」

そう言って踵《きびす》を返すアスモデウスを、フォルは呼び止める。

「リリー」

「……なんですか」

「いつでも帰ってきて。私は、待ってる」

「……ふん」

アスモデウスは、そのまま姿を消していった。

――いつまでも、待ってるから。

それから、フォルは立ち上がって宝物庫の扉に手をかける。

「リリーが、ここを開けなくてよかった」

この宝物庫は解放されていたのだが、少し前にザガンが自分用に改修したのだ。それゆえ、この奥《おく》にあった財宝の手合いは他へ運び出されている。

いま、ここに入ることを許されているのはフォルとネフィ、あとはラーファエルの三人だけである。バルバロスですら侵入《しんにゅう》できない、強固な結界に守られている。

そんな宝物庫を少しだけ開けてみると——

中には、ネフィやフォルたちの家族の肖像《しょうぞう》が無数に飾られていた。

〈封書《ふうしょ》〉という記憶の中の像をそのまま映し出す魔術で紡いだものである。

——ザガンにとっての宝ものは、これだもの。

ただまあ、人に見られると恥《は》ずかしいという感覚もあるらしい。これを曝《あば》かれたら、ザガンは全身全霊《ぜんしんぜんれい》を以《もっ》て犯人を殺すだろう。だから、フォルはアスモデウスを止めなければならなくなったのだ。

「……疲《つか》れた」

フォルはぺたんと尻餅《しりもち》をつくと、そのままラーファエルの足に寄りかかって寝息《ねいき》を立てるのだった。

◇

「諸君。今日はネフィとネフテロスの誕生日だ。存分に祝ってもらおうか」

一か月後。魔王殿玄関《まおうでんげんかん》ホール。

ザガンは無事にネフィの誕生日パーティを開くことに成功していた。双子《ふたご》ということになっているネフテロスも、この日を誕生日ということにした。シアカーン戦直後だったザガンのときとは違い、怪我人《けがにん》もいなくて穏《おだ》やかなパーティになったと思う。

開会を宣言するなり、ザガンはネフィの元に駆《か》け寄ってプレゼントの箱を手渡《てわた》していた。なにやら段取りなど色々考えていたらしいのだが、渡したい気持ちが先走ってしまったのだろう。

「あ、ありがとうございます、ザガンさま」

プレゼントは時計だったようだ。

アンドレアルフスの〈虚空《こくう》〉を仕込《しこ》んだ時計らしいのだが、フォルたちが煌輝石をアスモデウスに譲ってしまったせいで、少々難航したらしい。結局なにか代用品を探して完成させたらしいが。

ネフテロスの方には、リチャードが耳飾《みみかざ》りを贈《おく》ったようだ。褐色《かっしょく》の肌《はだ》によく似合う、金色のものだった。

――しっぽ頭の誕生日は、大変なことになったけど。

まあ、ザガンたちが上手くいったのだから別にいいだろう。

そんな誕生日パーティの様子を眺《なが》めていると、隣《となり》にひとりの少年がやってくる。

「シュラ。どうしたの？」

〈ネフエリム〉たちもいつまでも〝虐げられし者の都〟に閉《と》じ込めておくわけにはいかない。ザガンへの敵意が少ない者から、外に連れ出すようになっていた。

今日がネフィの誕生日会であることを告げると、シュラが同行を申し出てきたのだった。

シュラはキョロキョロと周囲を見渡《みわた》して、小さく肩《かた》を落とす。

「いや、もしかしたらリリーに会えないかと思って」

「……大丈夫。きっと帰ってくる」

彼女《かのじょ》が黙《だま》って姿を消したことを知ると、シュラはずいぶん気を落としていた。フォルに隠れて周囲の探索《たんさく》していることまであるくらいだ。

シュラは小さく頷《うなず》くと、自分を納得《なっとく》させるように微笑《ほほえ》んだ。

「そうだな。君がそう言うなら、信じないとな」

「うん。私は、信じてる」

あれから、アスモデウスからの接触《せっしょく》はない。

それでも、きっとどこかでまた盗みをしながら元気にしているのではないかと思う。

できれば、煌輝石を手にしてしまった者への報復は控《ひか》えてくれてるといいが。

そんなことに思いを馳《は》せていると、ザガンとネフィがなにやら話し込んでいた。

「じ、実はだな。ネフィも〈魔王〉になったのだから、通り名が必要だと思うのだ」

「は、はい。え、通り名ですか？」

「うむ。もしよかったら、誕生日プレゼントにそれも受け取ってくれないか？」

そうなのである。魔術師《まじゅつし》としてほぼ無名で、その力も神霊魔法《しんれいまほう》というネフィは、未《いま》だに通り名を持っていないのだ。

これにはフォルも興味を持たないわけにはいかないので、そそくさとふたりの元に近づいた。というか、会場の客がみんな集まってきてしまっている。

「ええい、集まってくるな！　最初はネフィに聞いてもらいたいのだ」

「ザ、ザガンさま。わたしは大丈夫ですから」

ネフィに諭《さと》され、ザガンもコホンと咳払いをしてその名前を口にするのだった。

「――《妖精王《ようせいおう》》ネフェリア――というのは、どうだ」

それが〝虐げられし者の都〟を作ったタイタニア＝オリアスのかつての名だったことは、ここにいるほぼ全員が知っていることだった。

ネフィは胸を押さえて耳の先を震《ふる》わせる。

「お母さまの通り名を、わたしがいただいてよろしいのでしょうか？」

「ああ。オリアスとも話した。ネフィさえよければ、使ってほしいとのことだ」

その答えに、ネフィは花が開くような笑顔《えがお》で答えた。

「ありがとうございます。わたし、大事に使わせてもらいます！」

「……ああ！」

いろいろあったが、ネフィの誕生日は成功と言っていいのだろう。

フォルは近くの椅子《いす》にちょこんと腰《こし》掛《か》けると、両手でグラスを握ってジュースを一気に飲み干す。それからひと息ついて、ようやく肩から力を抜いた。

「初めてのお仕事、上手くいってよかった」

こうして、〈魔王〉ウォルフォレの最初の仕事は無事に完了《かんりょう》を見たのだった。

あとがき

みなさまご無沙汰しております！　『魔王の俺が奴隷エルフを嫁にしたんだが、どう愛でればいい？』十五巻をお届けに参りました。手島史詞でございます！

前回ザガンの誕生日だったので今回はネフィの誕生日！　……なのですが、シアカーンとの決着がついたのもつかの間。まだ見ぬ〈魔王〉たちはよからぬことを企て始め、そしてザガンのもだもだは母譲りであることが発覚してしまう。

誕生日くらい成功させないとあのふたりは千年経っても進展しない。いま、新しき〈魔王〉フォルの初めてのお仕事が始まる！

新章開幕というわけで、十五巻にしてついにフォルが表紙デビューでございます。

これまで何度も表紙にフォルをという話はしていたのですが、なかなか本編の内容とかみ合わなかったりなんやりで見送られてきたのです。

そのかいあってというわけでもないのですが、なんとカバーラフを四パターンも上げていただきまして、どれにするかものすごく悩みました。フォル第二形態もありまして「なんでひとつしか選べないんですか？」とのたうち回りました。全部見たかった。

そんなフォルですが、今回は新コスでございます。

軍服ワンピっていいですよね。私は定期的に軍服ワンピを接種しないと発作を起こす奇病を患っているので、ＣＯＭＴＡさまの描いた軍服ワンピが見たくなって着せてみました。今回のフォルに着せれば絶対挿絵で見られるという下心はあったわけですが、結果的にフォルに軍服ワンピ、特に第二形態との相性は最高でした。デザインも何パターンも出していただいて本当に楽しかったー！

近況報告。巻で噂の死にゲーこと『エルデンリング』が楽しい！

実は私、アクションゲーム苦手でマリオもろくにクリアできないしスマブラでも子供のサンドバッグにしかならないんですが、それがなぜかそんな発売前から絶対難しいと言われてるゲームに手を出してしまったのです。

以前『Bloodborne』というゲームの実況動画見て荒廃した世界観にすっかり魅了されてしまったのですが、同じところから新作が出ると聞いたら体が勝手に購入ボタンを押していました。ちなみにこのゲームをプレイするためだけにPS5まで買ったという。

毎回新しいボスと出会うと十回くらい殺されるのですが、もうちょっと工夫できれば勝てそうな気がしてついつい挑んでしまうのですよね。そんなこんなでいま三周目をプレイ中で、あとひとつエンディング見たらトロフィーコンプだったりします。楽しい。


新キャラについても少し。

今回、実はフォルの軍服ワンピも含めて、キャラデザを十枚以上も描いていただいたのです。COMTAさま本当にお疲れさまでした（全力土下座）！

まずはアスモデウス。このキャラを思いついたのは九巻のザガンたちが新婚旅行（仮）のときだったりします。観光気分で教会の宝物庫に押し入るバカップル描きながら、怪盗キャラ書いてみたいなーと。

キャラ造形見ていただいたらわかるかと思いますが、銀髪紫眼、軽薄口調、激重背景とこれでもかってくらい性癖を搭載した子です。ちなみにこの子ひとりで今回起こしてもらったキャラデザの半分くらい占めてまして、大変眼福でした。

ようやくお披露目もできて作者的には満足です。

次、グラシャラボラス。英国老紳士が性癖なのです。そして妙な美学持ってる殺人鬼キャラが書きたかったのです。なのでこちらは男性側の癖の詰まったキャラです。

ところで英国老紳士に刀って案外アリなのでは？　ということで十三巻に登場した〈呪刀〉は、こいつに持たせたくて生まれたアイテムだったりします。


それでは今回もお世話になりました各方面へ謝辞。

今回もページ数多くなってごめんなさい担当Aさま。キャラデザいっぱい描いてくださったイラストレーターCOMTAさま（大きいフォルも最高でした！）。コミック及びスピンオフネーム板垣ハコさま。スピンオフ双葉ももさま。両コミック担当さま。他、カバーデザイン、校正、広報等に携わってくださいましたみなさま。お菓子作ってくれたり家事手伝ってくれた子供たち。そして本書を手に取ってくださいましたあなたさま。

ありがとうございました！

二〇二二年四月　小雨の降る春の日に　手島史詞
Twitter：https://twitter.com/ironimuf8
FANBOX：https://prironimuf.fanbox.cc/

HJ文庫 https://firecross.jp/
1013

魔王の俺が奴隷エルフを嫁にしたんだが、どう愛でればいい？15

2022年6月1日 初版発行

著者——手島史詞

発行者—松下大介
発行所—株式会社ホビージャパン
〒151-0053
東京都渋谷区代々木2-15-8
電話 03(5304)7604（編集）
03(5304)9112（営業）

印刷所——大日本印刷株式会社
装丁——世古口敦志（coil）／株式会社エストール

ISBN978-4-7986-2829-5 C0193

ファンレター、作品のご感想お待ちしております
〒151-0053 東京都渋谷区代々木2-15-8
(株)ホビージャパン HJ文庫編集部 気付
手島史詞 先生／ COMTA 先生

異世界と繋がりましたが、向かう目的は戦争です 1

著者／ニーナローズ
イラスト／吠L

科学魔術で異世界からの侵略者を撃退せよ！

地球と異世界、それぞれを繋ぐゲートの出現により、異世界の侵略に対抗していた地球側は、「科学魔術」を産み出した。その特殊技術を持つ戦闘員である少年・物部星名は、南極のゲートに現れた城塞の攻略を命じられ——。異世界VS現代の超迫力異能バトルファンタジー！